北方 THE NORTH

张抗抗 著

浙江文艺出版社

自　序

我曾说过自己是个"跨地域"作家,也是一个故乡在远方的"无根"作家。我不是井,我是一条河,一条从广东发源,流经江南,一直流向了遥远的东北平原,最后辗转回到北京的"运河"。

由于"运河"一路补充汇入的水源,气质(水质)有点浑浊不清,就像我的口音。南方人说我已经是个"北佬",而北方人总是很快就发现我不是"永定河""潮白河",而是起自杭州的运河(不敢加"大"字)。

我这条载着各式人物、载着自己载不动的忧思的"运河",几十年缓缓流过很多地方,水流经过之处,船头冲开的浪头,船桨划开的水迹、水线其实都嵌留在岸上。河水继续兜兜转转往前,岸边四时不同的风光总是吸引我的视线,使我无法停下来成为一个湖泊一汪池塘或一口井。尽管国外有不少伟大的作家一生都住在某个偏僻的小镇，就像有人一生都在同一个地方打井，但也有人一生像一条河一样流淌。如今人生已过大半，很多事情都已无法重来，我只好安慰自己定下心来，做一条宽阔平缓的运河了。

如若把我的人生地理节点连接起来，是一条长长的斜线：广东—杭州—黑龙江。中年以后，斜线回返，到达北京并停留下来，目前已长达三十多年。

很多人不明白我怎么会和广东扯上关系，但我的父亲和奶奶爷爷确实祖祖辈辈是广东新会人（现划归江门），我的祖籍当然就是广东啊。我的爷爷和大多数广东人一样外出谋生，但他没有下南洋，而是去了上海。我父亲在上海虹口区的广东人子弟小学受教育，抗战时期成为一名进步青年记者，在浙北敌后来去时，在德清洛舍小镇，与一个进步女学生结识并相恋。这个女学生后来成为我的母亲。

1950年，我在杭州出生并度过了少年时代。十九岁离开杭州去北大荒农场上山下乡，20世纪70年代开始自学写作，二十七岁到哈尔滨上学，后来留在哈尔滨工作，在东北的时间长达十四年。三十三岁以后在北京定居至今。算下来，我在北方生活的时间，早已超过了南方。我生长于南方，成长于北方。

厘清以上的来龙去脉，就是这套散文集《南方》《北方》的由来。

中国当代文学一直到"寻根文学"那个阶段，才开始重新审视并探讨地缘文化因素对作家及作品生成的影响。不同的地理和气候环境产生的文学作品，除了方言俚语之外，真正的差异在于内在的气韵，气韵的运行不是通过故事，而是通过语言文字来体现。南方温暖富足，空间相对狭隘，没有巨大的气候压力和紧迫感，情感细腻温婉，语言也因此变得甜腻而琐碎。而北方的旷达与寒冷，使得人们渴望热切的交流，痛快淋漓的宣泄，故语言粗犷豪放，具有天然的幽默品格。20世纪50年代后，进入"语言大一统"时期，南北语言趋同的年代，就像"男女都一样"。近年来，南北文学的差别逐渐加大，有了更多"只能属于那个地方"的作品。几十年历练下来，如今我写江南的故事，通常使用带有江南情致的句式，比如《赤彤丹朱》《把灯光调亮》等。而在书写北方人物的时候，则用北方的语气和腔调，例如《作女》《在北京的金山上》等。而《情爱画廊》这类"双城故事"，则两种语言交替。对于这种切换，我已经驾轻就熟。在我刚完成的长篇新作里，将有更多展现，可谓来去自如，游刃有余。南北方兼具的"跨地域"写作，带给我莫大的创作乐趣和语言快感。

我虽然已在北方生活了几十年，但由于每年都回杭州探亲或采风，对江南并不陌生。我对母亲的故乡德清始终保留了美好的思念之情，对浙江的美丽山水及人文历史传统，一直抱有亲近感和认同感。只是常年在北京，南北文化错杂，国外和国内的许多地方都会吸引我的注意力，西北和东北、广东和西南，视野内的景物太多，江南仅是其中一角。然而大半生兜兜转转，最终发现除去国外纪行，我所有的作品，可归结为两大板块：南方与北方。

那些"小说"之外我亲历的种种美景美地，千里万里之遥，南方北方之异，南北文化的碰撞与融合，在我几十年来大量的散文作品中，都留下了鲜明的印记。那些真实的所见所闻所思所感，都留在我的散文作品里。

很多年前，我曾打过一个比方，杭州是我的原生血肉，黑龙江是我的骨骼，北京是我的大脑和心脏。我在黑龙江锻炼了成长期的骨骼硬度，在北京这个大气象的都市里，训练自己独立思考的能力。而杭州对于我，是一个休憩补血之地。

在中国，如我这样"跨地域"的作家相当不少，然而，如我这般一年年记录下南方和北方文化如何滋养了自己的作家，也许并不很多。

很多年来，我一直想把自己这些"文化散文"进行分类，把我几十年来写的所有带有鲜明地域特色的散文，分成《南方》《北方》两部散文集。我可借此回望、审视自己写作的本源与变化，读者也可借此看到地域文化在一个作家身上发生了哪些潜在的影响，如何塑造或修改着一个作家的文化基因。在我看来，即便是那些地域落差极大的作品，作家对生活的爱与思考也是恒久不变的。地域对于一个作家并非是决定性的，重要的是文学品质和思想内涵。

感谢浙江文艺出版社圆了我这个梦。编完稿子后我才发现，几十年来，这竟然是我在浙江文艺出版社出版的第一套书。

现代人热爱行走或迁徙。我愿南方或北方的读者，都能从这部书中获益。

目录

第一辑

雪原·绿野

地下森林断想　003

北方的仙人掌　008

热石头　016

大江逆行　022

乘槎河上下　031

一个南方人眼中的哈尔滨　038

火山沉默　048

遥远　059

林中记事　093

没有春天　122

白色大鸟的故乡　125

初识明月岛　134

金上京镜像　139

北国边地纪行　145

五色城徽太阳岛　162

第二辑

长城·槐花

窗前的树　173

山野雕塑　177

山野现代舞　182

鹦鹉流浪汉　186

鹫峰鹦鹉　191

鹊巢　195

瞬息与永恒的舞蹈　199

高山流水听诗琴　207

边缘与跳脱——有关HAYA的传说　214

第三辑

大漠·西域

鸣沙山听沙　223

海市　231

缤纷西域　236

滴水葡萄沟　241

天山向日葵　245

蒙古房子　249

草原之路　252

风过无痕　255

石砌的史书——阿斯哈图　259

惊叹克什克腾　263

西拉木伦河漂流　273

天边草原芍药谷　278

第一辑

雪原·绿野

地下森林断想

　　森林是雄伟壮丽的，遮天蔽日，浩瀚无垠。风来似一片绿色的海，寂静如一堵坚固的墙。那就是森林，地球尚未造就人类时，却已经造就了它，植物世界骄傲的代表。

　　可是你，却为什么长在这里？长在这阴森森黑黝黝的幽深的峡谷。我寻找你，爬上了高高的山岭，穿过了长长的石洞。袅袅烟云在我身边飘浮，而你那充满生机的树梢，却刚够得着我的脚尖，不及山坡上小草儿高。山谷深不见底，宽不可测，没有人见过这片森林的全貌。虽然你拥有珍贵的树木，这大自然无价的财富，然而你沉默寡言、与世无争——多么不公平啊，你这个世上罕见的地下森林。你从哪里飞来？你究竟遭受了什么不幸，以致你沉入这黑暗的深渊，熬过了那么漫长的岁月？

　　一定是在很久很久以前，遥远的远古年代。那时候这里也许是一片芬芳的草地，也许是清澈的湖泊，美丽的大自然，万物鼎盛。可是突然一次巨大的火山爆发，瞬息间改变了一切。狂风呼啸，气浪灼人，沙石飞腾，岩浆横溢，霎时天昏地暗，山崩地裂，好像到了世界的末日……

人们不知道地球为什么要发这么大的脾气。或许仅仅是因为它喜欢运动。瞧，听苍郁的巨木在风暴中咔咔折断，见地心的"热血"喷射上天，气势之宏伟壮观，连太阳都要肃然起敬。

然而它终于息怒了。于是一切都平静下来。平静了，草地变成了明镜似的湖，昔日的湖底成了奇形怪状的石山。它把岩石熔化成沙砾，把峻岭劈成深渊。一切都改变了：烧焦的石头取代了绿色的森林，黑色的岩浆覆盖了娇艳的野花。多么宁静的世界啊，万籁俱寂，没有百鸟啾啾，没有树叶沙沙……

就像地球上有的火山爆发后留下的痕迹一样，在这里，黑龙江省宁安境内距镜泊湖180公里的山林里，早已沉寂的火山留下了七个不规则的深坑，四面均为悬崖，险岩峭立，怪石嶙峋。深处百十米，浅处少说也有三四十米。谷底开阔，散落着万年前山摇地动时崩塌下来的巨石。

火山制造了峡谷、深渊，却没有留下生命。山是光秃秃的，谷是光秃秃的，太阳依然高悬，可是山没有颜色，谷没有颜色……

多少年过去了，风儿把山顶上岩石的表层化作了泥土，瘠薄而细密；它又不辞辛苦地从远处茂密的树林里捎来种子，让雨水把它们唤醒。坡上青翠的小苗讨得阳光喜欢了，便慷慨地抚爱它们。于是，灰黑的火山石变绿了，悬崖上，山岭间，一片郁郁葱葱，鸟儿也回来了，为的是歌唱生命。

然而那幽暗的峡谷，却依然如故。黑黝黝、光秃秃、阴森森、静悄悄。樵夫听得见泉水在谷底的石洞里激起的滴答回声，猎人追踪狼嗥虎啸至此，除了厚厚的青苔之外什么也没有。几千年过去了，大自然的生命无处不在，峡谷却没能生长出哪怕一株小草……

也许鸟儿掠过山崖，衔叼的草茎曾在这里落下过草籽儿，但是草籽儿没有发芽；也许山泉流过谷底，携带过几粒花种，但是小花儿没有长大。都说阳光是公平的，在这里却不，不！阳光享用着高山大川平野对它的欢呼致意，却从来没有走到这深深的峡谷的底部来探访。它吝啬地在崖口徘徊，装模作样地点头，它从没有留意过这陷落的大坑，而早已将它遗忘了。即使夏日的正午偶有几束光线由于好奇而向谷底窥测，也是斜视着眼睛，没有几丝暖意。

阳光不喜欢峡谷，峡谷莫非不知道？

不幸的峡谷，它本可以变成一串明珠似的小湖，像五大连池那样，轻而易举就可赢得人们的赞美。可是它却不。它悄然无声地躺在这断崖绝壁下，并不急于到世上去炫耀自己；它隐姓埋名，安于这荒僻的大山之间，总好像在期待着什么，希望着什么。它究竟在期待和希望着什么呢？

长空的大风经过这里，停下了脚步。不等探询，便很快理解了它。它把坑口的石块碾成粉末，一点一点地撒落到峡谷的石缝里去。

洁净的山泉日日与它相伴，也终于明白了它。它从石洞里流出来，又一滴一滴渗进石缝里去，把石块碾成的粉末变成了泥土。

　　山顶的鱼鳞松时时顾盼着它。虽然相对无言，却是心心相通。它敬仰峡谷深沉的品格，钦佩峡谷坚韧的毅力；它为阳光的偏爱愤懑，为深渊的遭遇不平。秋天，它结下了沉甸甸的种子，便毅然跳进了峡谷的怀抱，献身于那没有阳光的"地下"。也许为它所感召，纯洁的白桦、挺拔的白杨、秀美的黄菠萝，它们勇敢的种子，都来了，来了。一粒、几十粒、几百粒。不是出于怜悯，而是为了试一试大自然的生命力究竟有多强……

　　几千年过去了，几万年过去了。

　　孱弱的小苗曾在寒冷霜冻中死去，但总有强者活下来了，长起来了，从没有阳光的深坑里长起来。

　　几千年过去了，几万年过去了，进入了人类的文明时代。终于有一天，人们在昔日的死火山口发现了一个奇迹，一个生命史上的奇迹——幽暗的峡谷里竟然柞木苍郁，松树成林。整整齐齐、密密麻麻地耸立着一片蔚为壮观的森林。只因为它集于井底一般的深谷之中，黑森森不见阳光，有人便为它起了一个恰如其分的名字，叫作地下森林。

　　如果它早已成为漂亮的小湖，奇丽的深潭，也许早就免除了这"地下"的一切艰辛。但是它不愿意。它懂得阳光虽然嫌弃它，时间却是公正的，为此它宁可付出几万年的代价。它在黑暗中苦苦挣扎向上，爱生命竟爱得那样热烈真挚。尽管阳光一千次对它背过脸去，它却终于把粗壮的双臂伸向了光明的天顶，得到了自己期待和希望已久的荣光——那不是人们的赞美，而是它无私地奉献给人们的伟岸的成材！坚硬、挺直，绝无半分媚骨。

地下森林——我为寻你爬上了高高的山岭，原只是因为好奇，却想不到你如此强烈地震动了我的心怀。我不愿离去了。我望见涧底闪烁的泉水，我明白那是你含泪的微笑。

秋日的艳阳在森林的树梢上欢乐地跳跃，把林子里墨绿的松、金色的糖槭、橘黄的杨、火红的枫，打扮得五彩缤纷。瞧！阳光现在多么喜爱它们，好像它从来就是这么慷慨。

风儿从我脚下的林子里钻出来，送来林涛愉悦而又深沉的低吟。你的歌是唱给曾在困难中真诚地帮助过你的伙伴们听的吗？它们如今都到哪儿去了呢？……

干枯的小草儿在我脚下发出簌簌的响声，似乎在提醒我注意它。它确实比你这地下森林要高出好几分呢，这得意的小草儿。然而我却想攀着古藤爬下去，爬到那深深的谷底去。那儿的树木虽然远不如山上的小草儿高，但它却可以自豪地宣布：我是森林！

啊，我听见了，听见那莽莽群峰和高高天庭上震荡的回声：我是森林！

大自然每一次剧烈的运动，总要破坏和毁灭一些什么，但也总有一些顽强的生命，不会屈服，绝不屈服啊！地下森林，我们古老的地球生命中新崛起的骄子，谢谢你的启迪。

我景仰那些曾在黑暗中追寻光明的地下的"种子"。愿你们创造更多的奇迹！

北方的仙人掌

一个雨天。呼兰城湿漉漉的。城边儿上的西岗公园，也是湿漉漉的。

它就静悄悄地躲在公园角落里的花窖中，佝偻着腰背，收缩着胳膊腿，默默注视着往来的行人，想着自己的心事。

它确实是太老啦。老得青青的脚掌都已纠成一团，变成了灰褐色的树干，又粗又硬地缠绕在一起，像一位饱经风霜的老人的双腿，失去了光泽的皮肤，粗糙而坚韧。谁要是看见这样的树干，绝不会认为这是一棵仙人掌。

可它又实实在在是一棵仙人掌。就在这变了形的树干上，还残留着绿色的针刺，像一根根细细长长、尖利的竹签儿；又像一簇簇流苏或是老人的胡须，软软地耷拉下来。但如果顺着树干往上瞧——那一丛丛苍郁的"仙人掌"全都张开着，摊开着，高举着。一只"手掌"有半张荷叶大，狭长而厚实，重重叠叠，如堆砌的岩石一般，往天空伸展上去，挤满了小小花窖的玻璃门楼。一根根约有火柴棍长短的绿针，密密地从掌心穿出，挺拔而刚硬，耸立着，很有一点锋芒毕露的架势。

这树干和上半部的绿掌相加，足有一人多高。

老吗？不，不老。鱼美人，鱼尾人身。或是一尊雕塑，树干是基石，而油绿的仙人掌，从侧面看，就是一个少女的头像。是她。如她当年，健康、秀美、生气勃勃……

谁也不知道它究竟活了多少个年头。人们只是记得，萧红还在呼兰镇的时候，就有了它。萧红小时候到西岗公园，就见过它。

在北方，东北，怎么会有仙人掌呢？而且，是一株巨大的仙人掌。

我在心里唤它仙人树。

我在远处、近处，瞻仰它，欣赏它，怀着敬意，又有一点小小的惆怅，凄恻。却说不出来，是为什么。

忽然发现，在仙人掌那墨绿色的叶片和针尖上，挂着一串串晶莹的水珠，好似它的眼泪，正从它汁水饱满的心房里，汩汩地溢出来。而在它那巨大的叶丛的顶端，绿掌的边缘上，却奇迹一般地开着几朵小黄花，绒球似的缀在半空中，火红色的花蕊，在晶莹闪烁的水珠里，如滴血一般鲜丽……

人说，仙人掌60年才开花。

这西岗公园的仙人掌，去年才头一次开花。萧红走了50年了，她生前没见过它开花。

我惊异。愕然。我默默地站在它的脚下，仰视它。它，无声地垂首，凝望着我。

我不知站了多久。

我想，开了花的仙人掌，定是有灵气的吧。

小雨淅淅地落着。在这清凉的雨雾中，我与仙人掌，有了以下的这段对话：

"你是第一回来呼兰吧？"

"是的。可我早知道呼兰河，早就想来看它了。"

"你知道我是谁吗？"

"仙人掌，不，仙人树呗，要不你咋会说话呢！"、

"唉，年轻人，说句悄悄话给你听，我，是萧红的朋友。"

"我也这么猜。呼兰城，数你活得长久。……你，给我讲讲萧红吧，我就是为她而来的。"

"行。不过，我得先问你几句话儿。"

"问吧，我高兴听你说话。萧红要活着，77岁了，怕是顶爱同人絮絮叨叨地唠嗑呢。"

"你头晌来，可去了萧红故居了？"

"别提了，那叫啥故居？还故——居哩，《呼兰河传》里写到的她家前院后园，东厢西厢，全没了。只剩孤零零一座正房，里头还有一户住家没迁走。萧红当年捉蝴蝶、采天星星的花园里，只留下一棵半截的枯树，也不知是不是原来那株老榆树。有人在树底下种了一圈牵牛花，紫嘟嘟地绕着树干开得热闹，倒添了几分凄凉。"

"别这么说，孩子。这故居修成现在这样儿，就不易了。前年省政府拨下五万块钱叫人修，刚够做那几户住家的动迁费。萧红就一个亲弟弟，还出去当了兵。有个侄儿，在省城，老家没根了，土改时这房就归了公。圈回这块园子，还是政府

说了话的。荒废了几十年,哪能说修就修起来了?钱哩?不瞒你,圈这矮院墙,砌这砖门楼,还是县里挪了别的款子垫上的。如今要花钱的地儿忒多,你寻思……"

"可我还以为能到故居买个纪念册、买套书或照片什么的……谁知啥也没有,连坐的地儿都没有,打1980年就开始纪念了,四年过去,还这么简陋?萧红要是回家来,一准伤心死……"

"30年也没纪念不是?怨谁去?有啥可伤心的?真宝贝埋多少年,挖出来还是宝。我就知道早晚有这天,世上的人终于明白了她作品的好,我的花儿就是留给她开的!"

"你瞎说,我看见你哭了。你的手掌上,全是眼泪。没有人来的时候,你悄悄哭。因为啥?你别以为我不知道……"

"这孩子,你这孩子……唉……你去了萧红小学没哩?"

"萧红小学、萧红大街,我全去了。刚命名的,多好听。你兴许又会说,你的花儿是为这开的。可你不会走路,你只会待在玻璃房子里听别人瞎嘞嘞。你去亲眼看过吗?萧红小学,窗子全用板条钉着,没几块玻璃;教室里墙皮剥落,像大水泡过似的;萧红大街就更惨了,萧红写过的那个大坑怕是还在哩,下雨可以养鸭子,一辆装满火柴盒的大车从坑里过,一颠全散了架,撒得满地满坑的火柴盒。这大概可以算呼兰城里保存最为完好的古迹了。街道的茅草屋顶上,还长着几只白得晃眼的蘑菇,又肥又大,就是萧红在《呼兰河传》里写过的会长蘑菇的屋顶,像是千年不倒地流传下去——你不为萧红落泪,还不为水坑和草房落泪?"

"……别寻根究底儿,年轻人。人岁数大了,眼睛花了、酸了、倦了，会落泪，要高兴，也会落泪。你走的地方多，还有哪块，用女作家的名字命名一条大街呢？别不知足，说到底儿，萧红并不是啥伟人，啥英雄，只是个写小说的哟……"

杜甫草堂、郭沫若故居、三味书屋、三苏祠……可有鲁迅大街呢？没有没有。杭州有一条白堤、一条苏堤。它说得对，没有。该知足了。萧红小学、萧红大街，你来得太晚，但毕竟，你来了。为着不能忘却的纪念，为着不能忘却的历史。也许，以往那一切疏忽、遗漏、不公，你都会谅解？

"你为什么不说话，年轻人？"

"你还要问什么？"

"你见着县长了吗？那个胖胖的豁牙子。"

"见着了。他正忙着修路，贯通县城的，柏油马路，全铺上下水道。还忙着办公司、建粮仓，忙得脚跟不着地儿，倒是他亲自陪我去的故居。"

"他说什么来着？"

"他说，亏得我今年来。要明年来，街上的大坑就见不着了，他要把这'古迹'破坏了。还说，等他赚了大钱，不用再打报告求爷爷告奶奶时，他动动手指头，萧红的故居就修上了。花点儿钱，把萧家散落到老百姓手里的几件家具收回来，恢复原样，再做个大沙盘，把那《呼兰河传》里有的，都给摆上。他还想着，把萧红的墓从香港浅水湾迁回一部分来，再在西岗公园里，盖上一座纪念馆，成立一个呼兰河萧红研究会，来开会的人，顺便儿还可以参观你！"

"参观我？"

"可不是。这豁牙子县长，说话半点不漏风。他说：那棵仙人掌，是呼兰河的骄傲，是呼兰河历史和文明的见证。怎么，你又掉泪了？"

"……这县长，他有闲空就爱上我这儿来，同我叨叨，我就知道，他心里有主意，这呼兰河，要涨水了。呼兰的人，有奔头了。我这花儿，也是为他开的。他明白萧红是啥样的宝贝，说起来，他爹还管萧红的爹叫老师哩……"

"你问得真够多的了，可还没给我讲萧红呢！"

"怕是我讲的，同别人不一样。"

"不一样才好，我就爱听不一样的。"

"好吧，我讲。刚才，我问了你三道题，这会儿，我答你三句话，行不？"

"行。"

"第一句，萧红生在阴历五月五，这儿有句老话：'男不生重阳，女不生端午'，她的生辰，是'鬼胎'。依我看，她的才气、灵气是不凡。天上地下带到人世，旁人比不了，没有这样的才，也甭求身后的名。你要好好读过她的书，就明白了，我不诳你。她死得早，死得可惜，死了也没能回呼兰河，把自个儿的魂，留在了那陌生的地儿。后人纪念她，修个屋子建个碑，是为了她写的那几本书，还有人接着往下传……"

"……"

"第二句：萧红是呼兰的闺女，呼兰河养育的骨肉，她到死也忘不了故乡。可是，她要不走出这呼兰，不走进那又脏又黑的大世界里去闯荡，她也成不了萧红。像我似的，一辈子窝在这花窖里，有啥出息？萧红早不是呼兰的闺女了，她是黄河的闺女，是长城的闺女。她留下的书，是大家伙儿的财富。我得替她说句公道话,她那32年,是为别人活了,像支蜡烛,烛芯比别人都粗,火焰倒是欢实亮堂,可熬得也快,烤干了,熄灭了,留下那半部《红楼》,不甘不甘……"

"……"

"第三句:看你也是个女人,说就说了吧。萧红是多情的人,爱得太狠,失望的也多,那颗心,就比别人单薄。没有这多情,也没有那多恨;没有那么多坎儿,也写不出那么多的文章书信。她活在这上头,也死在这上头。萧红终究是走不出自己的心,女人啊,不能太相信男人、依恋男人……"

"……"

"再来呼兰,别忘了来看我。我想,打这以后,这小花儿年年都会开着,一直开到萧红回来……"

小雨淅淅落着。西岗公园,湿漉漉的;我的头发、衣裳、裤腿,全是湿漉漉的。

当然,萧红不是呼兰的,是全中国全世界的。她心里有那么多爱,不会怪我们忘掉了她那么多年。等到她故居修复的那一天,那棵大榆树会复活吗?那位忙碌的县长不会忘记自己的使命,他说过,要让呼兰河流淌过的地方,有闪亮的黄金,有不倦的生命、无边的爱、永世的情……他说要把萧红从浅水湾请回呼兰,让那个不安定的灵魂,在故乡的怀抱里永久安息……

等她回来的时候,也许再也见不着草屋顶上的蘑菇了。呼兰城里将会有很多崭新的红砖房、鱼鳞片似的黑瓦、雕花的屋檐,屋顶上站着一只只温和洁白的鸽子。

走远了,那株玻璃花房里的仙人树,在雨中渐渐变得模糊。

你这开着小黄花的仙人树,这噙着泪珠的仙人树,谢谢你对我讲了那么多话。你像一位睿智的老者,严峻而又仁厚。你是最宠爱她的祖父吗?你身上为什么有那么多刺儿?

我从未见过这么神奇的仙人掌,在东北,呼兰河畔。

热石头

远奔鞑靼海峡而去的黑龙江,流经这古老的瑷珲重镇时,留下了长达十里笔直宽阔的江面。

江水缓缓流淌,波澜不兴。这条江在春夏季,大多平静而温柔。只是在江边的陆地上,常常硝烟弥漫。

人说,十里长堤是出将军的地方。

历史上曾出过多少个将军,史志上有记载。没有同将军一起进入史书的,是战火下百姓的呻吟。

十年,恰好是十年前,我来过这十里江堤。那是一个夏日的黄昏,我默坐在堤岸上,眼看那轮惨红的落日跃入大江,被江心那条锋利的主航道无情地切割成两半。深黑色的大江浸透夕阳的血色,如同鲜红的血浆汩汩流淌。我觉得江水是湍急而紧张的,紧张得没有了呼吸。我甚至感觉到江水的疼痛。我在寒栗与恐惧中紧紧闭上了眼睛,从眼前一片血光与眼底酱紫色的云翳中突现出来的,是江两岸高高的瞭望塔……

所以我决不会再在黄昏时到江堤去。

这一次,我走向江堤时正是中午。

江堤在顶头暴热的阳光下一览无余地伸展开去,连我自己的身影也蜷缩在脚底板下。堤上一长排杨树树荫浓密,显得潇洒而风姿绰约。

大江就那么温和而柔软地俯卧着。呈现着天空一般的清澄明澈。它黝黑的皮肤似乎因着阳光的爱抚与亲吻,变得细腻而光滑。

没有风。

阳光穿过清澈的江面,我看见了悠然游弋的小鱼,大江给我亲切的透明感。

江水悄然无声。

有远远的鸟叫声从岸边传来。我不知道鸟叫声是从这一边还是从那一边传来。江对岸是一片葱郁的灌木丛,隐隐露出桦树白色的树干。我觉得江的两岸,看起来没有什么两样。

我挽起了裤腿,踩着江滩上圆鼓鼓的卵石朝江里走。

卵石很硬,硌脚,被太阳晒得发烫。这是一条石头打底的江。

水边有一个女人的背影,蹲在一块石头上搓洗衣服。那样空阔的江面、那样蔚蓝的天空、那样绵长的江滩,上上下下、前前后后就只有她一双手荡起的涟漪。

卵石很硬,硌脚,差点就绊着了什么。

是一堆隆起的卵石。从卵石下透出一团鲜艳的红色。那红色还在蠕动,蠕出一摊湿印——确切地说是一个人。一个孩子。不,是两个。两个男孩。离他们不远的江滩上,放着一堆衣服和两只书包。

那两个孩子就那么趴在江滩上,几乎赤裸着全身。呵,那红颜色竟然是条裤衩,湿漉漉地绷在他们小小的屁股上。他们紧紧地贴着肚皮下的卵石一动不动,只是抬起眼睛飞快地看了我一眼。

你们在干什么?我很好奇。

晒太阳呗。那声音从卵石堆里传出来。

晒太阳?我忍不住笑了起来,哪有这么晒太阳的——身子趴在石头上,屁股朝天,上面却又一块块放满了石头。到底是晒石头还是晒脊梁骨?

这么的,干得快。其中那个大些的孩子微微翘起下巴说。显然这"干得快"对于他们十分重要。那么究竟为什么需要干得快呢?我迷惑不解的目光,落在他们身上唯一的那块红布(红裤衩)上。

你们游泳了?我叫起来。哈哈,你们是在晒游泳裤呢,对不对?一定是偷偷跑出来游泳的,下午还要上课去,对不对?

他们惊讶地张开了嘴,惊讶自己那个被揭穿了的秘密。年龄小些的孩子羞赧地扭过脸去,一只手下意识地揪住自己的裤衩。大些的孩子冲我挤挤眼睛,低声说家里的大人不让他们游泳,他们只好用午休的时间偷偷来游一会儿。

你可别告诉我妈啊。小的央告说。

我笑起来:我从北京来,我不认识你妈,你放心。

也不能让我爸知道。圆眼睛的大孩子补充。知道了准挨揍。他当过兵,知道游过水的胳膊,用指甲划道印儿就能看出来。我俩这么晒一会儿，道道就晒没啦。

老师也不让游。小些的尖下巴颏儿的孩子说。

为啥呢？我接上去问。

那个圆眼睛的孩子朝江对岸努了努嘴。——还不是因为那儿。

一块扁圆的卵石从他身上滑下来，他伸出手在滩地上抓了另一块——热乎的石头烙得快，他告诉我。我蹲下身子在周围拣了几块，帮他把那已经散了热的卵石换下来，再把这烫石头一块块小心翼翼地"摆"上去。

快干了吗？

快了。

那两个浅褐色的小人，俯卧在离水边不远的江滩上，活像是两条偶然游上岸的小鱼。倒好像他们的栖息地不应在水里，而是在陆地上。我知道自20世纪60年代"珍宝岛事件"以来，父母们视这条大江为孩子们的禁区，江边的孩子很少有敢下江游泳的。

莫非如今这道坚固的防线正在悄悄消失？

我便提起了一个有趣的话题，故意问他们能游多远，能不能游到江对岸。

尖下巴颏儿的小脑袋摇得拨浪鼓一般，说如果游过了主航道，就再也回不来了。圆眼睛瞪了他一眼说你怎么知道回不来，爷爷说，总有一天，江两岸的人还可以像以前那样来来去去。爷爷还说，从前，这边江上的船钓到了大鱼，如果有那边船上的大叔招手要，鱼就从空中"飞"过去。他如果学会了游泳，将来就不犯愁……小的那个打断他的话嚷嚷起来，说他学了游泳可是为了长大后到海南去……

怎么，你觉得这儿不好吗？我的心略略地沉了沉。许久，那孩子硬邦邦吐出两个字：不好。

因为啥？

因为打仗。总打仗。江边一开仗，俺们就倒霉。

你干吗不想办法当解放军呢？你到海南岛去是为了当海军吧？你当兵保卫祖国，有枪，啥也不怕！

我以我最熟练的思路和对天下少年之好斗本性的理解，说出了这些我自己也未必相信的千篇一律的话。

然而我碰壁了——他们呆呆地望着我，一言不发。又有几块淡黄色的卵石从他们身上滑下来。

我不想当兵！那个大些的孩子突然大声说。我不想打仗！最好这一辈子再也不打仗！他忽而翻了一个身坐起来，圆圆的石头从他的红裤衩上滚落下去，发出一阵铮铮的响声。我爷爷说他打仗打够了，边境上的人想过太平日子。

那……那你们长大了，做什么？不当兵，当什么呢？我竟然木讷起来，思路一时乱了，许多年前那惨红的江水在眼前流淌。

不知道。那尖下巴颏儿慌慌张张地套着衣裤。我注意到他的红裤衩确实已干了一大半。他问我是否已到了两点钟，又说他长大了干什么都无所谓，只要不再打仗。那圆眼睛的大孩子嚷嚷说，不当兵怕没活儿干吗？上游新开了玛瑙矿，那儿的红玛瑙，像电影里一样好看。

如果有一天真的同那边拉钩了——他做了一个和解的手势——我就游到对岸去，用红玛瑙石换一个望远镜回来。真的，不唬你，我水性好着呢。我见过最漂亮的红玛瑙，透明的，里头带血丝儿……

他说完，抓起他的书包便一溜烟跑了。那小的夹着鞋追上去。江滩上的卵石在他们脚下发出格愣格愣的响声。

大江温和而轻松地俯卧着，发出均匀而舒畅的呼吸声。

那个女人已解开鞋袜，步入江中去漂洗她的衣服。水很清，望得见大大小小的卵石斜斜地铺进江底去。没有风，只有一双手，撩起一圈又一圈的涟漪，上游下游地荡漾开去。很少见大江有这般从容与恬静的微笑。

我在那两个孩子曾经躺过的那片凸凹不平的江滩上坐下来。他们留下的水迹已被阳光舔净，那石头是温热的，散发着阳光的气息。

我渐渐沉入一种久违的安宁的氛围中去。

视线很远，江对岸的白桦树闪烁着银色的光斑，此岸与彼岸，实在没有太大的区别——我又一次那么觉得。

也许十里江堤是不会再出将军了。

大江逆行

墨 迹

一条墨迹斑斑的大江,从天边来,到天边去。岸是白色,水是黑色;岸是绿色,水是黑色;岸是金色,水是黑色;它一路走,一路用自己碾磨的墨汁,写着墨迹斑斑的历史。

它的父亲是灰色的山岩,它的母亲是褐色的泥土,灰与褐,调成了黑色。

它从上游峻峭的石砬子下来,它的父亲是高高天上金红的太阳,母亲是茫茫旷野上蓝莹莹的冰雪。太阳拥抱了冰雪,橙与蓝生成了黄色。

它从上游丰茂的草原上来。它的父亲是猎人红红的篝火,它的母亲是山谷中绿色的帐篷。不,还没有猎人和帐篷的时候,就有它了。它的源头是额尔古纳河。

它从上游密密的森林中来。它撞开石硔子、穿越雪原、绕过森林——自由自在地兜着圈子。在江汊里留下一个个迷人的崴子与小岛。几千年来，它这弯弯曲曲的江道，迷倒多少远来的探险者！

如今若是有人坐着船，从那灌木葳蕤的江湾里西行，望望天，望望水，便迷惑起来——太阳怎么落到身后了？这是往哪儿？

它便咯咯地乐，咬牙切齿地乐——记住了这是条无可奈何的回头路。你必须走主航道，小岛在主航道一侧；你不想同太阳捉迷藏，就白白地将那小岛拱手相让了。

除了那时常迷失方向的太阳，还有那些钉在它身上的红红白白的浮标，还有巡逻艇、瞭望塔……总使它感觉到被肢解、被分割的耻辱。都说水是无法切分的，可它就摆脱不了那种被剖开后，又重新拼起来的羞愧。好像它是一双鞋、一双手套，走同一条路、为同一个人，似乎是一个整体，却明明又貌合神离。从什么时候开始，那些汲取它的江水灌溉土地的人，那些造了船让它推着走的人，那些隔江相望嬉戏游泳的人，变得这样互相仇恨？它总为这仇恨觉着隐隐的不安——因为他们似乎因争夺它而仇恨，仇恨中又似乎对它爱得越发痴迷，把它爱成了一条人迹罕至的孤独寂寞的江，一条没有电站大坝江桥水运的无能的江，一条连太阳都经常站错位置的混混沌沌的大江。

它好悲哀。

于是它常常闭上眼睛。它的眼前发黑。人们看它也眼睛发黑。

于是它常常沉默，缩在它的冰雪母亲怀里，戴上它儿时的小白帽静静怀想，怀想那个没有巡逻艇的远古年代和父亲的石碇子。

它实在憋闷得太久时，便发出惊天动地的吼叫，粗鲁地将母亲白色的庇护砸得粉碎。它承受不了自己的愤怒，便露出尖尖的牙齿咬噬江岸，将自己撕成冰雹和雪片，炸裂成巨大的冰排——那冰块在阳光下竟也透明得发黑，如凝结的血液，缓缓东移。

每年春天，它总要这样爆炸一次、毁灭一次，又复生一次。

它墨迹斑斑地写下自己的欢愉和痛楚。从天边来，到天边去。黑龙江。

浅　滩

用达斡尔语或满语，可以将这条大江的名字译为：平安的江。

那江水几千年几万年安分守己地流淌，江中既无礁石险滩也无急流漩涡。虽说是本国疆土上最冷最北的江，但在这条江上行船，却极少有什么风险。从黑河到漠河，逆流而上，只是在两岸恬淡的原野风光中打打扑克、唠唠嗑，若有江里的大鲤子、鳊鱼、鳇鱼上钩，就有了口福。再在马达的催眠声中甜美地睡上一觉，如此经历四个昼夜，大江就到了源头。

去源头洛古河，水路全程一千余公里。

夜气弥漫，白色的双体客船轻盈地顶水起航。顺风，托舟举手之劳。唯恐风顺得天一亮就到了终点，心里巴望出点什么事才好。晚风黑得神秘，罩住两岸的旷野村镇，让人觉得似在遥远又深不可测的黑海中航行。大江褪去了白昼的玄衫，在天边闪烁的星群和忽明忽暗的航标灯辉映下，江面亮晃晃地铺上一层银箔。

忽然间，船底发生惊天动地的巨响，那巨响来得特别，船的四壁似遭到无数锋利的石块袭击，又似有粗重的金屑互相敲击。马达发出绝望的颤抖，舱壁的灯摇摇欲坠。船身似乎就要断裂，却还竟然跌跌撞撞地挣扎，有什么巨大的力量将它死死拽住，它哼哼着，呻吟着，终于，不动了。

有水手们急促的脚步声上上下下地冲上甲板，有喊声、吼声，忙而不乱。有人说，是船搁浅了。

只见那船身几乎已横了过来，船头对着江岸，微微喘息着，似要摆脱江底那双魔爪的纠缠，却无济于事。船头灯雪亮的光柱射出去老远，大江在黑暗中显得更苍白了。

今年水瘦。

没事。江底除了泥就是石子儿，没啥玩意儿，船坏不了。

照这情形往上走，浅滩可不老少。

有乘客三三两两在船舷上议论，声音从浓黑的夜雾中钻过来。马达已无可奈何地熄火，整条船停止了呼吸，奄奄一息地瘫软虚浮。江上静寂，唯有船灯亮着，照见洪荒原野上茫无边际的黑暗，也照见自己的孤独。它好似被世界抛弃的一条小船，在这渺无人迹的国土尽头，遭受着比沉船更为难耐的寂寞。不知道究竟是沉入了江底还是被甩出了地球之外，也不知道自己是活着还是死去。它眼前明明有光亮，却被吞没在黑暗中；它身上明明有力气，却被困陷在淤泥中；它心中明明有勇气，却消耗在无谓的等待中。

它过得了险滩，却过不了浅滩吗？

它过得了险滩，却过不了浅滩。也许就因为险滩太险，而浅滩又太浅了。

它无声无息地钉在黑暗中，如同江心一块突起的礁石。

却竟然没有人抱怨，没有人责难。只有人悄悄地溜到驾驶台上去，想看看那个大鼻子船长如何趴在江图上一根接一根抽烟，听听那些摩拳擦掌的水手们吵吵嚷嚷。再后来连窗户也懒得趴了，只把信任交给那些满身机油的水手们。客舱里，老爷子枕着自己的行李睡了，行李有在黑河街里百货商店买回的电饭锅和电动玩具，会让他做个好梦；妈妈搂着娃娃蜷在长椅上睡去了，娃娃的口水淌出了一条小河……没有人抱怨，没有人责难。大江瘦了是因为它的水都流走了，船搁浅了就是说大江累了，担不起这么多人的重量，要歇歇，歇足了，没准儿明天一早下场透雨，江水就会猛涨个半尺……

人们很宽容，很谅解。他们习惯于忍受飞来的灾祸，习惯于服从命运的安排。浅滩，就像人生，就像人这一辈子，真要顺顺当当、平平安安啥坎儿没有，还倒怪了，倒叫人心里不踏实。船搁浅说明船大，没听说小船搁浅的，船也像人哪……

夜深了，梦中隐隐听到长长的汽笛，如同迷途的孩童委屈地呼叫，时断时续。又似有雄壮的呼应，从远方传来。隔了许久，船身猛地一震，只觉得整个人儿漂浮起来，悠悠地荡开去。马达轰然鸣响，国歌一般庄严，绞盘的缆绳嘎嘎作响，从船头传至船尾。甲板上有粗哑的嗓子欢呼——它活了。披衣跑出去，天空什么时候褪去了那层黑壳，银亮的蝉翼在冰凉的晨风中瑟瑟抖动。朦胧的薄雾中,只见一只小小的货船,从大船旁边摇摇晃晃驶开去。船体上一行白字依稀可辨:"黑木拖315"。

汽笛又响了,是诚挚的敬礼。甲板上站满了人,朝看不见人影的小船挥手。

是的。那是一只小木船。小船不怕浅滩,小船通过了浅滩。小船把大船拽出了浅滩。

大船过得了险滩,却过不了浅滩吗?

是的,它过不了浅滩。它吃水1.4米,而大江枯水期最浅处仅1.2米。浅滩承受不了它的重量、它的雄心、它的深度。它生来是要在大江里航行的,它在浅薄的河道里受挫,让浅薄拦截了,它悲哀之至。

谁都认为这是一条浩浩荡荡、满满登登的平安大江。如果不是江图上有着记载,谁也不会想到在那样深沉、雄浑的大江江床上,浅滩竟一个接一个排到源头……

干旱的6月竟泄露了大江的隐秘。大江从此坦然真实。

夜　泊

于是,每到天黑尽,船便不再走。(船搁浅总是在太阳下山以后,江上的夜气咕嘟嘟往上冒的时候。)往江底抛下锚链,江是船的床榻。

那座小山在薄淡的夕阳里,像只巨大的鸡冠,抖抖擞擞地耸立。鸡冠的边缘是悬崖,顶端一派黑森森的树林,浓郁得走投无路。崖顶有一座小小的哨所,牛眼似的瞪着。

小山在江对岸。远望很有一点江南山水的灵秀，同一路上憨厚笨拙的石砬子，很有些相异。

船泊在江边，伸出漆得锃亮的白色舷梯，半落在水里。不是搁浅，满甲板的灯欢喜地亮着，照见四边水里的石子，五颜六色地放光。有人走下船去江里洗脸洗脚，江风湿寒，江水里倒藏住些太阳白天的亲吻，水竟微热，让人觉着大江的温暖与慈善。于是，对这不知名的小山，也充满好奇与好感。

江边有一土坡，生着杂乱的灌木丛。坡顶是一块平坦浓密的原野。紫色的晚霞在地平线上烧出冉冉的荒火，模糊的草地上，星星点点散落着白色的小花，似初春尚未化尽的残雪，在黑暗中提醒着什么。

弯腰采下那小花。是一朵白罂粟。遍地的白罂粟。一个白罂粟的世界。

渐渐地，它沉入弥漫的夜幕。它开过，又谢了。谢了，又开过。它沉入黑暗，犹如从来没有过一般。

没有人知道这个停泊地的确切位置，它叫什么，它在哪里，它为什么存在，又为什么被一群陌生的过客冒犯，然后留在他们记忆中，漂流到陌生的远方去。

如果没有这偶然的夜泊。

此生也许再也不会到这儿来了。这些自由又孤独的小花，你好，再见。

白　夜

终于是没有能行船到源头，那上游神秘的洛古河。

也许一切本来就不会有尽头。当你发现白天与黑夜的循环往复在这里竟然失去了意义，白天与黑夜在这里竟然找不到终点和转折，白天与黑夜在这里是一个夏季的蜜月时，你会开始怀疑从浅滩爬到那再无法前行的开库康，又辗转汽车长途跋涉到这大江的最后一站，究竟是否有必要。你会怀疑那个守候在大江边的北极村，究竟更像一块墓碑还是里程碑，矗立在人生的旅途上。你会怀疑继续溯水北上寻到大江之源的乱石滩，究竟是不是一个伟大的壮举。怀疑……

你到过这个地方，你便什么都可以怀疑。既然太阳不再遵照上帝的作息时间表按时起落升降，那么白天有谁可以证明，黑夜又有谁可以判断——在这大江上游的一个奇特的村子，时间的运转如此随心所欲，何况想象的空间？

那村庄极大。结实而密集的砖房、草房，整整齐齐排列在一块阔绰的高地上。那高地之大，足够它每年接纳许多关里关外来的新人。于是那村庄的边界也就一年年膨胀和拓展开去，有了宽敞的街道、镶着五彩瓷砖面的邮局和商店。若沿着村子中央那条松树夹道的土路往前走，可以一直走到江边。大江在高高的悬崖下拐了一个小弯，环抱着依恋着，情意绵绵地远去。

江对岸是山，山上有被山火燎过的浅褐色的树林。

江边是草地，有金光闪闪的黄罂粟花，花瓣纯金似的灼人。

树林间正有一轮旺盛的太阳，朝气蓬勃地降落。这或许是北极村一天中最威严、最壮观的时刻——整个村庄都沐浴在一片灿烂的金色光芒之中，无比绚丽，无限辉煌。它这般气派这般傲慢,也许是因为它根本不认为这一天将要结束,它仅仅只是躲在地平线下打个哈欠而已——

果然黑夜来得懒洋洋,漫不经心。那夜色极薄极淡,似有似无,轻扬扬地飘来,似一阵蓬松的干土,让风吹得弥天旋转,灰茫茫白茫茫一片。夜色似乎就此到了极限,不再加深,好似舞台上的纱幕,若明若暗、若隐若现地透出村舍房顶的电视天线,透出瓜棚马圈,透出栅栏和窗台上的茉莉花,像一场隐隐约约、热热闹闹又安安静静的皮影戏。

北极村,整个儿一首现代朦胧诗,却朦胧得如此淳朴、如此天然。朦胧得让人怀疑太阳是否曾经来过,让人怀疑太阳是否真的不会落下去。夜变得这么浅显、这么稀薄,不像是真的夜,夜被人剽窃了、涂改了;白天被人嘲弄了、欺侮了。夜好软弱、好无能、好虚伪——神奇的北极村。

远来的客人,揉着困倦的眼睛,在江边等待太阳升起。无眠的城市人,不夜的村庄。

而北极村家家户户的村民,却在玻璃窗上挡上了厚厚的窗帘,天亮天黑,照睡不误。他们谢绝了太阳这额外的馈赠,造出黑夜香甜的酣梦给自己享用。

看来什么都可以怀疑,却不可以怀疑人需要黑夜。需要黑夜保管秘密、需要黑夜慰藉灵魂、需要黑夜休养生息。

白夜?

黑龙江!

乘槎河上下

长白山下，直到最后一分钟我还在犹豫，究竟是坐汽车登天池，还是跟随男子汉们爬上去。

坐汽车安全，省时省力。爬山呢，要经过随时可能有滚石砸人的滚石坡和笔陡的壁，听着都叫人打寒战。

但是，只有爬山上去，才能一直走到天池的水边，才能亲手撩起长白山天池的"天水"洗把脸。我登天池，只为水。

汽车已经发动，在它关上车门之前那一瞬间，我跳下了车。

"永别了——"我真想对这个"鬼迷心窍的女子"喊一声。她莫非不知道，走到天池，要经历多少跋涉的艰难，冒多少生命的危险，更何况，什么东西走近了看，也许就什么都没有了。

然而，没想到夏天也是寒气袭人的长白山天池脚下，竟有这么多的温泉。洁净透明的水流从石缝下喷涌而出，咕嘟咕嘟地蒸腾着热气。灰褐色的石滩上，被热气熏出一圈圈铁锈似的红斑，还有青苔似的绿迹，水流如在上头覆了一层釉，忽闪忽闪地发亮。把手泡在水里，软酥酥温馨馨的浑身舒坦。

过了温泉，便听见如雷的哗哗巨响声传来，一抬头，只见前方两座灰蓝色的陡峭大山之间，有一条银练，任性湍急地垂天而下，在河滩的巨石上激起雪白的泡沫。细看，似又分成不规则的两股，一宽一窄地并驾飞驰。而在这瀑布之上，还有一条细细的银线，蜿蜒于山壁石沟之中，高远而玄秘。

人说，瀑布之下，叫二道白河；瀑布之上，叫乘槎河。

假如真的漂来竹木编的筏子，我便能乘风而去也。心里暗暗得意。

山路颠簸，汽车在灰白色的山峰之间转悠，即便是夏天，那些山头也是灰蒙蒙白秃秃的，像盖着一层尚未化尽的积雪，绿色的森林越来越远地沉到脚下的谷地去。高山严厉的气温女神，在海拔1200米以下，整齐地划出红松混交林，红松、落叶松、水曲柳、柞木依次排列，组成了井然有序的植物王国。又在1200米至1700米之间划出暗针叶林，在那里可以见到细高的冷杉、云杉，身上披挂着淡绿色长茸毛的寄生草。在这茫茫天涯的绿色海洋中，生命与生命在每一圈年轮上争执与厮杀，那细弱的，那高大的，那由于太高大而倒下的，那倒下以后依然威伟雄壮的，那倒下一半仍在挣扎的，还有早已枯死却不甘倒下的……随着汽车环山上行，树林退出视线，山根下那块新鲜的翠绿，衬着山腰间沉着的墨绿，两重绿色，展现着长白山林带特有的自然奇迹。

这恐怕是只有坐汽车才能享用的眼福——俯瞰森林层次，如同参观了一座森林博物馆。

开始进入滚石坡。

世界曾经崩溃过多少次？在这里，它固执地不肯复原。

整整几里地长的一面陡坡，竟是由桌面大小棱角尖尖的石块叠架而成。旅游者由此登山，每每有突如其来的山石从高处滚下，捎上个人去祭山神。

我吸口气，脚步颤颤地踩了上去，双手死死抠住前面的石块，石块并未晃动，也许是我太轻。周围的人，见状跃跃然。后头有人大步赶上，飞燕似的从石上跳过去，竟无恙。石头连着石头，石缝里冒出飕飕的冷风，溜索一般。有一块石子扑扑滚下陡坡，声音久久不止。回头望，坡下的人形如蚂蚁，正蠢蠢向上追攀。发现自己不知不觉有了高度，得意起来，忽觉石块不过是施以艺术加工的台阶，就看你怎么一个走法。想来全国的名山大川，石阶铁链大多修得整齐、牢靠，却少了野趣。唯有长白山自然保护区，地地道道一个原始森林，连条上山的路都没有。这样的山若不登，再过几年定是踏遍天涯无觅处。看来登天池之妙，滚石坡为第一。

车窗外不时掠过一种奇怪的树。树不高，树干灰白，上面瘢痕累累，树形有些像白桦，却全然不似白桦的挺拔，而是怕冷似的缩成一团，佝偻着腰身，痛苦地蜷曲着。灰绿色的树叶稀稀朗朗，在山风中簌簌颤抖。奇怪的是，一路上山，清一色都是这种怪树。再也见不到一株红松,满目的凄凉与单调。

司机说这叫岳桦。海拔1700米至2000米之间,山上就只有这种岳桦林了。

岳桦?这么说,它确是桦树,只是在高山的风寒和冰雪的重压之下变了形。可它为什么偏要生长在这连红松都躲避的地方来受折磨?绝没有人会想到秀气纤细的桦树,竟是这般倔强。

抬眼望去,对面山坡上的岳桦林带以上,便是一片灰冷的荒芜,岳桦林是长白山最高的伴侣。

想到变形的现代艺术,有大自然的依据。

瀑布就从这里腾空、抱膝、转体,翻着令人头晕目眩的筋斗,如悬崖跳水一般、惊心动魄地跌落下去,发出震耳欲聋的巨响。冰凉的水珠子,将山岩上板着面孔的绝壁,溅得湿漉漉、潮乎乎的,格外鲜明耀眼。紧贴着石壁,走过被瀑布劈断的两山豁口,顺着汹涌翻腾的瀑布溯源而上,水势忽而变得温和、绵软,变得轻声细语。那由于激愤而唾沫飞扬的二道白河,终于在这里消失,从那浮躁的白浪花中牵出一条透明的小河,安安静静地贴着峡谷边上的巨石流淌。有时不经意地漫出一小角水洼,映出一朵浓云,连着浅浅的草滩,星星点点开着蓝色、黄色的小花,很是温柔。

我见过许多山泉清溪,却未见过如此明净的众水之源。那水纯净得似乎连山岩、连地球的岩芯都能看透。阳光似有似无,峡谷里白茫茫一片。那水却因此更显得质朴,把通往天池的路,默默地洗了一遍……山谷豁然开阔,从突兀耸立的山峰下猛然袭来的风,吹得人几乎站不住。那水,却宁静得连涟漪也没一丝,如冻凝的琼脂,一片冷艳。好一个超凡脱俗的乘槎河,我真怀疑自己是不是已来到了天的尽头。

那些坐车上山的人,绝体验不到这种探幽穷源的快乐。

汽车爬了一个坡,拐了一个弯,那些曲曲弯弯的岳桦林渐渐不见了。雾气浓一阵淡一阵,隐隐可见山岩上低矮的灌木与暗绿色的苔藓。司机说已到达海拔2400米的高山苔原带。我们在垂直高度不到两公里的范围内,经历了温带到寒带的完整生态系统。

车停了。雾散去些,眼前黑色的巨石峭立。空旷的苔原上,贴地匍匐着稀稀的灰绿色地衣,除此再无别的生命。像月球、北极,如此苍凉孤寂,如此荒漠冷酷。如同史前的洪荒年代,尚无人类,便也无人类的恐惧和悲哀。

那条小河在峡谷间引导我们。风越来越大,我有一种顺着银河上天的感觉。阳光暗下来,远远地,前方模糊的山影上升起一片黑色的烟雾。

小河莫名其妙地不见了。

我很难记述第一眼看见天池的感觉。湖的四周几乎没有什么绿色,环湖的山峰笼罩在乌云沉沉的烟幕之中,水色灰冷,绝非蓝也绝非绿,是我从未见过的一种颜色,那么干净又那么绝望。干净得没有生命存在,绝望得没有一丝热气。风拍打它,它便如大理石块似的沉重推移,很快又恢复原状。站在湖边,手脚很快冻僵了,而时令正是七月。我犹豫很久,终于没有走到水边去。我害怕如果把手伸进水里,我的心会结冰。并且,没有一个人走到水边去。

我有些失望,没想到它这么冷酷。我曾经多么想亲手拂一拂天池的水啊!

我也很满足,似乎这才是名副其实的天池。

我到了天池边,我才终于了解了天池。我不会再编织关于它的幻想了。而从山顶上遥望天池的人,只能是雾里看花,终究隔了一层。

就像撩开一层纱幕——群山之间,悬崖之下,茫茫云海之中,忽而显出一方碧绿——那便是天池。像一双刚刚睁开的杏眼,睡意蒙眬地眨了一眨,便又闭合上。只一会儿,从那片云雾中,忽而显出一方淡紫、一方橙黄……天池竟如一个万花筒,短短几秒钟内翻了几个身。所有的人都惊异地定在原地。似一个五彩缤纷的梦,在天地间扬洒开去……

就那么短短几秒钟,湖便消失了。又等了许久,天池再也没有出现。厚厚的云漫上来,封隔了一切。

尽管短暂,却如此神奇。只有在山顶上俯瞰天池,那高山湖才会给人天池之感。那些到水边去看天池的人,看得真切,却少了含蓄,少了距离,少了想象。

没想到车上下来的人,也同我们"登山队员"一样兴高采烈,这未免让人好奇。他们没费气力、没冒险,也同样饱览天池,这有点不公平。也许他们是故意为了蔑视我们征服长白山的胜利。不过,站在山顶上遥望天池,也许确是别有一番情趣。如果能对换一下，两条登山之路都亲自体验一下，就不会有什么遗憾了。但世事往往不能两全，非此即彼。生活中常有这样无奈的选择，艺术亦如此。还是走自己想走的路，能走的路，走到底，就能到达天池。

那女子居然平安无事地回来了。看样子走得还挺轻松，她兴致勃勃地讲滚石坡和通天河，好像只有她发现了天池的奥秘。就算滚石坡独有其趣，人们也不会认为天池是属于她的。由此联想到通往艺术的天池之路绝不止两条，每个人都可以编一个自己的竹筏，乘风而去。天池是属于大自然的，只有那只竹筏——那只"槎"可以属于你！

一个南方人眼中的哈尔滨

有一年,我妹妹从杭州到哈尔滨出差。

几天后,我问她对哈尔滨印象如何,满心希望她会给我一个惊奇的赞叹。

她撇了撇嘴,说:"我真难以想象,你怎么在这种地方住了那么多年。"

评价只此一句,再无下文。她做编辑,喜欢简练和含蓄。

惊奇留给了自己。惊奇地想起自己十几年前刚到哈尔滨时,也对那些先于我们来到这儿的南方人,说过同样的话。那时就有人回答我:哈尔滨是个有魅力的城市,就看你怎样品味。真在这儿待下来,没准儿不想走了呢。

一晃就在哈尔滨断断续续地住了十几年。我不敢说我已了解了哈尔滨。但我想写以下的文字,给我妹妹以及其他来过或没来过哈尔滨的人。

衣

都说哈尔滨的姑娘漂亮,作为南方人,一开始心里有些不服气。后来发现,哈尔滨的女人别有风情,是一种爽利之美。也许是松花江的水养人,哈尔滨姑娘个儿高挑,皮肤粉白;随便在街上走,总能遇上几个"东北大美人"。即使偶尔肤色有欠缺些的,也定是用时下广告中最引人注目的面霜,将面孔抹得白雪公主一般。那白里透红、粗而不糙的丰腴,令黑黄单薄的南方姑娘望尘莫及。哈尔滨小伙便更"帅",似乎未出娘胎就已规划过尺寸,又像是输入了篮球或滑冰运动员的基因,个个挺拔健壮,白脸再加上两撇黑黑的小胡子,风流潇洒中添了几分野性,绝对的北方男子气概。

刚到哈尔滨时,夏天去松花江沿散步,眼睛就缭乱起来。江堤沙滩游船满世界的五彩缤纷。还在20世纪80年代初,哈尔滨姑娘的"布拉吉"就开始招摇过市。后来眼见着一年年地"泛滥",香港、广州最新式最时髦的服装,坐着飞机直奔哈尔滨而来。长裙短裙马海毛镶珠子的大毛衣配裙子的短毛衣牛仔裤加T恤衫……即使价钱昂贵,哈尔滨人连眉毛也不会动一动就下手。若想知道今年服装的流行趋势,只须在哈尔滨的大街上遛一趟,再赶着模仿,还是领先新潮流。

所以哈尔滨的服装销售业挺发达。广州有什么,哈尔滨就有什么。而广州没有的,哈尔滨也有。哈尔滨北依俄罗斯,东临日本、韩国,再加上满族、赫哲族的民族特色,四通八达的优势,别的城市就只好相形见绌。

都说哈尔滨人穿衣服"洋气"。可有衣服还看你会不会穿。冰天雪地之中,哈尔滨姑娘照俏不误。呢短裙筒靴,加一件鲜艳的长大衣,那个窈窕细巧,竟比南方还南方。寒风飞雪中挤车上班,风姿绰约却绝不感冒。那围巾系得也是别具一格,四四方方的一块绸巾,就能变着法子围出花样来;那种围法儿在别的城市敢说找不着一个,这是哈尔滨人的专利。

年轻人追求时尚,美中不足的是缺少个性。要想从服装中了解哈尔滨的文化和历史,眼光还得投向中年以上。

哈尔滨中年以上的女人爱穿旗袍。东北本是旗袍的策源地,所以无论是绸缎是呢子还是棉布,是长袖低开衩还是无袖高开衩,只要是哈尔滨女人穿在身上,看着就顺溜就正宗就生辉。好像旗袍就属于哈尔滨。这个感觉确立之后,即使在别的城市,若是有一件旗袍鲜艳地从街角移过来,会恍惚以为自己是在哈尔滨街头。

哈尔滨男人的骄傲主要表现在头顶上,享有天下一绝:帽子。既然身在寒带,帽子讲究些很是顺理成章。前些年流行贝雷帽,毛编纺织的、各种面料裁剪的——女人们很为男人的脑袋费了一番心思。于是,一旦开会了,台下一片赤橙黄绿青蓝紫竞相争妍,式样之丰富别致亦如展销会。那些帽子很被男人珍惜,一冬轻易不摘,总说冷,一直戴到春,忍一夏,秋风乍起,便早早地又戴上了。这几年开始流行或者说"复辟"俄罗斯大礼帽,优质呢面料、宽边、镶有各色缎带,再配上一件厚呢子长大衣,果然就有了绅士风度,很翩翩的,像是早年译制片中的某个角色。冬天下大雪的日子,台阶上走来这么一位,轻轻掸着帽子上的雪花,微微喷着酒气——嗬,绝对的俄罗斯风味。

从马斯洛健康人格的五个需求层次出发,来看哈尔滨人对服装的爱好,是否可见其中重要的一层:荣誉感的需求。

食

一般来说,南方人对于北方,最不敢恭维的,便是食物。日常的饭菜之粗糙和匮乏,随意和简便,常常是南方人有资格表示轻蔑的话题。

在哈尔滨住得久了,渐渐地,就觉得口味有了变化。变化自然是在潜移默化之中,诸如炒菜不放葱炝锅,就觉得菜不香;吃饺子没有蒜泥,就不算是吃饺子;喝酒若是没拌凉菜,那酒也没滋没味儿。有一天突然发现自己的口味"南腔北调"起来,就不得不郑重其事地对南方人声明:其实,北方菜有北方菜的味道!

哈尔滨红肠,是哈尔滨家庭餐桌上常见的一道冷盘。那红肠外面皱皱的有如树皮,切开却是鲜嫩的粉红色,缀着一星半点雪白的凝脂,肥而不腻,吃着有熏肉的香味;干肠细如手指,极长,因而卖时便将其盘成一卷或切成段,吃时无须蒸热,切片就可入口,全没有广东香肠的甜俗,也不知用何配方制作,香味极怪,又韧又硬,可嚼性较强,费时琢磨,却余香满口,回味无穷。

哈尔滨的酸黄瓜是极地道的,罐头瓶里必有洋葱、芥末籽和香叶,咬一口酸脆。有过比较之后,非哈尔滨出产的酸黄瓜绝不可买。烧鸡外观焦黄油亮,肉质鲜嫩极入味。还有配餐的面包，正宗的俄罗斯"大列巴"，枕头般大小，一个足有五斤重。

由此总结，哈尔滨人十分重视冷盘凉菜，大约受到俄餐影响，系舶来品，不可算作本地特产。但后来发现，冷盘中有一种中式凉菜十分可口，后来成为我最喜欢的东北菜。凉菜通常是大拼盘，冬天用新鲜的大白菜丝、心里美萝卜丝、干豆腐丝、豆芽菠菜粉条，夏天用黄瓜丝青椒丝粉丝，煸好细细的肉丝，码放成图案一样，加上葱姜蒜末香菜辣椒末酱油醋，上桌后待客人都欣赏完毕，最后大刀阔斧地搅和一阵，即成。鲜凉爽口，价廉物美，吃得满头冒汗，却爱不释嘴，欲罢不能。试着给家中南来北往的客人显露过几次，手艺照"老哈"差远了，却也是杯盘狼藉，一抢而空。

哈尔滨热菜的特色比凉菜稍逊。锅包肉熘肉段，多为肉类。杀猪菜的新鲜血肠、炖猪蹄、熘肝尖，炒上十个八个十几个菜，堆成个宝塔状才算甘心作罢。名声在外的是猪肉炖粉条，小鸡炖蘑菇，大多是一锅烩。其实一锅烩也可大有作为——比如酸菜汆白肉，就烩得不同凡响。酸菜丝儿的刀功须极细，肉必须是肥瘦搭配的五花，还必须有筋筋道道的冻豆腐宽粉条辅助，炖出满满一砂锅，还须配上蒜泥，寒冬腊月的，腾腾直冒热气，那是个什么气氛！我至今只要在冬天回到哈尔滨，总是死乞白赖地对我的老邻居说："我要吃酸菜汆白肉。"

近几年哈尔滨的涮羊肉也逐渐盛行。哈尔滨称为"吃锅子"。那锅子也与别处不同，锅里是必须有一只螃蟹垫底的，至于远道而来的螃蟹是否新鲜且另当别论。然后是羊肉猪肉牛肉统统一锅端上,如有鱿鱼猪肝蛤蜊什么天南海北的新鲜玩意儿,则多多益善来者不拒,其汤味道之复杂或者多元,可谓独创的"哈尔滨浓汤",充分体现哈尔滨人兼收并蓄、融会贯通的口味与宽容胸怀。

如是在一家专营锅子的餐馆,客人只须往桌边一坐,两个彪形大汉抬着一只煤气罐咚咚直奔你的座位,然后将煤气罐塞进桌下,拉出一根管线,接通桌上的煤气炉盘,哧地划一根火柴,火苗轰然而起,锅里的水旋即沸腾,便有三五个系着白色三角头巾的姑娘,排成一队,送上大盘大盘的生肉蔬菜——那情形何等壮观。那个时刻我总是为哈尔滨人蓬蓬勃勃的生命热情所感动所鼓舞。哈尔滨人活得多么洒脱多么痛快啊!

所以哈尔滨人买菜,不用篮子而用筐。冬天的大白菜土豆自不用说,就是夏天的黄瓜西红柿豆角,也成堆成堆地摊在街上菜站,主妇们成筐成筐地往家买。我有一次在集市买菜,因是偶尔做饭,又没有冰箱,只能各样买一点儿,弄得小贩非常不耐烦。顺便买了一小块姜,那卖菜的瞪了我一眼,说:"就这么点儿,没法儿算账,拿走,给你得了!"

住

还在哈尔滨念书的时候,星期天或是节假日,我自己一个人,徒步走过大街小巷的许多地方。无论是冬天还是夏天,无论是那些赭红色的"洋葱头"大圆屋顶建筑、拜占庭式的东正教教堂,还是太阳岛上形状各异的玩具似的别墅和中央大街光滑的石子路,都使我深深入迷。

我曾久久地徘徊于大直街与中山路交叉的那个巨大的转盘路口，寻找那座今天已永远地留在哈尔滨人的记忆和遗憾中的尼古拉大教堂的遗迹，在我的想象和景仰中，完成它昔日的灿烂与辉煌。

然而更吸引我的，是街边道旁那一座座普通的俄式民居——绿色的木栅栏，一棵矮矮的丁香或是樱桃树，树叶里隐隐露出雕花的木制屋檐、刷着油漆的门斗和阳台……那房子朝南的一角，总有一个宽大的玻璃房间，三面透亮迎光，里面摆满过冬的花草，称为花房。

这些精致的小楼，许多年来已几易其主，而哈尔滨的大部分市民都已住进了公寓楼房。虽然住房的外观与其相距甚远，但室内的装修和陈设，却保留了俄罗斯文化的影响。我在搬进黑龙江省作协分配给我的单元房时，房间的墙壁都已按照哈尔滨人的习惯，分别贴上了浅蓝、淡绿和银灰的壁纸。在接近天花板的画径线上方，每个房间都印有不同的几种图案，或如水波，或如树叶，或如花卉，是古典艺术的趣味与情致，如同置身于一个小小的宫殿。我留神观察了几家邻居的墙，竟然没有一家的图案是重复或雷同的。这在南方的城市，定是一个时髦的新事物。而在哈尔滨，却是一个连"文革"中都没有被破坏的传统。

由于寒冷，门窗都是双层的。在两层玻璃之间，撒上些干燥的锯末。过冬前在窗缝上仔细地糊好纸条以免透风，那纸条为免被室内的热气洇湿，必得贴在外面的，相传为东北三大怪之一。然而开了春却有了麻烦，将门窗一一拆封，因是双层，需擦洗的玻璃无以计数。

家家的地板都是极干净的，进门必换鞋，无论街上怎样泥泞，家里总是温馨又舒适。一般卧室小小的，有一张大大的铁床。那铁床的床栏镀"金"包铜，晶光锃亮的还饰有精美的鸟形或天使的铜雕，让人觉得，哈尔滨人睡觉很隆重很庄严。

家具也和南方有很多不同，哈尔滨人重视喝酒，所以那只厚重的酒柜必占一席之地，最不可缺少的是家家必备的一张大拉桌——椭圆形，黑色或咖色，架着六根粗壮的桌腿，待客或合家团聚时，将桌子中央活动的长板拉开，便是一张奇大无比、气派非凡的长餐桌了。任是吃锅子吃饺子还是喝老白干，都可痛痛快快地铺张。那桌子平日不用时，盖上绣花或是钩花的台布，蹲在屋角，如一头大象。

哈尔滨的冬季长久，于是家家都爱养花。下雪的日子，从窗玻璃朦胧的冰凌中，隐隐透出一枝鲜红的绣球、一朵明艳的扶桑，那情景何等动人，到了夏天，满城的波斯菊瓜叶菊花迎风摇曳，还有从白色的门廊上垂挂下来的啤酒花绿色的瀑布，都令人心旷神怡。

行

春天的哈尔滨风大，走路得侧着身子，免得灌一口冷风，呛着。

夏天的哈尔滨早晚凉爽，无论走在哪里，凉风习习，步履轻快，最是惬意。

秋天的哈尔滨人，走得行色匆匆，要做各种过冬的准备，挺忙乎。

冬天的哈尔滨人走得小心翼翼，满地的积雪被行人的脚步压成了冰，溜滑溜滑的。整个哈尔滨犹如一个巨大的溜冰场，一不留神就会摔个屁股蹲儿。唯有上学的孩子，嘻嘻哈哈地专拣有冰的地儿走，一只脚往后一蹬，双脚一并，就从冰道上"出溜"过去，想必比走路的速度快上好些。人行道上，便留下一轱辘一轱辘灰白色的印迹。

　　冬天的哈尔滨人爱说：冻脚。今天走着上班，冻脚不冻脚，是气温的标志。以前的棉靴，厚厚的毡底，虽暖却笨。如今都爱美，城里没人穿那玩意儿，都是薄薄的棉皮鞋，啥也不挡。但宁可冻脚，走一走，就暖和了。别看零下几十摄氏度，走急了，还出汗。

　　冻脚的机会主要在等车的过程。冬天的公共汽车开得慢吞吞的，汽车也怕打滑，也跟个人似的，冷得哆嗦，车门就总也开不大。上下的乘客，便像麻袋里的土豆似的，一个个往外蹦。好在都久经考验，尽管身子臃肿些，手脚还灵便，互相挤一挤，好比加热，彼此没有怨言，售票员更是彪悍强健，能在拥挤不堪的车里挤上一个来回，一边挤一边挨个儿乘客扒拉，熟人似的拍你的肩膀杵你的后背，很尽职地让你买票，你惶惑地企图躲避，没处可躲。车窗上满是冰凌，望出去灰蒙蒙的，如同一个闷罐，你无法知道自己已经到了哪一站。所以冬天之"行"难有愉快的记忆。

　　有一次，靠车窗的座位上坐着一个年轻的母亲，带着她的小孩，那孩子先是对着窗玻璃哈气，然后从裹得严严实实的羽绒服中伸出胖胖的小手，用手指在哈过气的玻璃白霜上抠了一个小小的孔，那个孔恰好容得下一只眼睛，孩子就从这个孔里，张望着外面的世界。我恍然明白哈尔滨人在严寒中行走，是有许多窍门的，后来也如法炮制过几回，其乐无穷，再后来就发现还有人在车窗玻璃的冰凌上写字，比如：不冷。

行路难，哈尔滨的出租汽车业出奇发达。无论冬夏，满大街呼呼跑着的小汽车，招手即停，开门就上，停车付钱，下车走人。那车脏兮兮的，又旧，多是私营。司机收费倒不漫天要价，你问他多少，他满不在乎地听着流行歌曲说：你看着给吧。既慷慨又亲切。哈尔滨人想得开，遇有生病看戏送站什么的就爽快地说：打的。颇为港派。于是公共汽车那部分不方便，就让"打的"给弥补了，行路也不难。

到了夏天，哈尔滨人就鲜活蓬勃起来。太阳一落，街头舞曲悠扬，男男女女在门前的空地翩翩起舞，这般随意的露天舞会，这般热烈和浪漫，敢说别的城市绝无。到星期天，说走，就上太阳岛。太阳岛的野游是哈尔滨人每年隆重的节日，于是啤酒红肠酸黄瓜松花蛋铺满杨树林间的草地，收录机的音乐回荡在太阳岛上空，白色的沙滩上闪烁着五彩缤纷的游泳衣——好一个绚丽的哈尔滨之夏。

有一次从北京去哈尔滨，一上火车，满车厢的东北乡音，前后左右的乘客，都穿得鲜亮。我对面的一对小夫妻，自费去北京旅游回哈，女人响亮地宣布说："咱哈尔滨人不攒钱，有钱就花，这叫会生活。"

所以我认定哈尔滨是全中国最有个性、最有特色的城市之一。

所以我认为自己这个杭州人，早已名不符实——我是半个哈尔滨人。

火山沉默

距今几十万年前,它曾爆发过。冲天而起的烈焰和岩浆熔化了冰山和白雪。

距今200多年前,它又一次爆发,金色的熔岩覆盖了北方的黑土地。

它沉默下来后,留下了这14座形状各异的活火山,无声地伫立于原野上。

火山与火山之间,是串珠相连、暗河相通的五个晶莹的湖泊,被称为五大连池。

五大连池的水,是从火山心脏里、神奇的冰洞里流淌出来的,温泉冷泉,都是名贵的药泉。

很多年以前我就知道五大连池,我曾羡慕那些在五大连池境内二龙山农场下乡的知青。

20年后,我从哈尔滨坐火车往北,快车六七个小时,到德都县龙镇车站。

悠悠蓝天白云之下，远远地，望见了黑色的山和绿色的水，是那种透着北方野性气息的黑和绿，走近它，便感觉到一种沉默的战栗，牢牢地攫住你。

山

火烧山真的就像刚被一场大火烧过，浑身披一层焦黑的灰烬，从山脚到山顶寸草不生，在阳光下发出乌金般的光泽。200多年前汹涌的熔岩溢出口，将山体割裂成两半，如今那山的形状仍保持着一种凌空腾飞的舞蹈姿势，山妖似的怪模怪样。

上山无路，浮石遍地，当年奔腾的岩浆清晰可辨，一副凛然不可侵犯的架势。只好想象满山滚动着卵形纺锤形的火山弹、火山砾、火山渣，好似刚从炉子里掏出来，冒着烫手的火星，一脚踩上去，还会发出吱吱的响声。如在千里冰封的冬天，原野一片银白，火山口却是热气萦绕，奇迹般地生长着茵茵绿草，山就有了些许妖娆。

老黑山比较温和敦厚。很久很久以前喷发过的激情早已冷却，被岁月风化的岩石表面，长出了灰色眉毛般的地衣和绿色胡须一般的青草。沿着北坡的石阶上山，深深的峡谷中突兀地冒出一片郁郁葱葱的火山杨，当地人称它为地下森林。石阶也是由火山石砌成，流水一般密布细微的气泡。再往上，开始穿行在一片片低矮的黑桦树丛中，黑桦枝干扭曲，老态龙钟，树叶却油光锃亮。偶尔地，路边会出现一种叫作老鸹眼的植物，玛瑙般的串串红珠摇曳枝头，酷似一双双滴血的眼睛。从那红绿相间的果叶下，衬出地面一层层火山喷出物堆积的黑褐色山体，老黑山便越发地显得深沉。

登上山顶时，风突然就大了。像是一道疯狂的涡流，载着当年火山爆发的余威，从山谷里旋转着升起，飞沙走石，熔岩般奔泻肆虐。好容易在风中站定了，睁开眼，只见自己立于悬崖之缘，身子似已凌空，面前是一个巨大的漏斗状的火山口，也称喷气锥。火山口底深约百十米，上部圆形的敞口宽度像一个广场，直径少说也有几百米。内壁巍峨陡峻，险石峭立，凝固的熔岩流坍塌成一片碎石，厚厚的火山灰黑森森乌黢黢，"竖井"内没有绿草也没有人迹。

面对老黑山敞开的焦灼而灰暗的心怀，我犹如面对一汪干枯的死湖。湖中空空荡荡，空空荡荡，希望之舟远去，风中飘浮着失望和愤懑的沙砾。

我犹如面对着一张呐喊着再也合不上的大嘴，被凝固的岩浆活活堵住了喉咙。

亦如面对着一处永不能痊愈的伤口，黑血汩汩，无声流往心的深处。

更如面对宇宙间遥远的黑洞，面对着即将到来的毁灭，一切世事浮云都将被高于地球质量亿万倍的原子核所吸收所吞没，万物都将化为乌有。

于是那一刻，老黑山令我崇敬令我膜拜，它的存在昭示了末日的苦难。

回身转首，只见天地浩渺，云海苍茫。视线可及之处，穹形的天庭之下，14座灰蒙蒙的平顶秃山，彼此拉开着距离，静静地散落于绿野之上,如一座座海中孤岛,悄然无语。再细看,可发现这14座火山锥呈东西两组有规律地排列,每座都落在北东和北西方向的两条线段的交叉点上,构成了几个"井"字,此景实在罕见。

老黑山并不孤独。14座火山是一个沉默的集体。黑暗的夜空中,也许它们之间有炽热的交谈。它们在地表下将手紧紧握在一起,奔流的岩浆是心的通道。

我听见空湖底部传来岩浆奔突的悲歌。

湖

从老黑山上望去,五个湖连成一道狭长的月牙形,嵌在黑土地上,发出冷冷的光。

湖水饱满而充盈,惊涛拍岸,浪花迸溅,似蓝似黄似绿,好似一条五色斑斓的宝石河。

其实它原来根本不是湖,更不是五个湖。它原来是一条河,一条名叫白河的河。

白河原来流得湍急而欢实,流到讷河流进嫩江流入黑龙江,最后汇入白令海峡。然而,"墨尔根东南,一日地中忽出火,石块飞腾,声震四野,越数日火熄,其地遂成池沼"。

火山喷发出的熔岩流,堵塞了白河的河道,形成了如今这一水相连的五个火山堰塞湖。站在二池与三池交接的堤岸边上,可以清楚地看到,此岸为黑土,菖蒲青翠繁茂如墙;彼岸为凝固的黑色熔岩,从远山下铺天盖地而来;终是奇石镶岸、熔岩嵌底,两岸各自留下了当年火山岩浆切断白河前后的印记，清晰有趣。

白河从此被火山的激情囚禁，白河从此失去了宣泄的出口；五大连池是一条被阻截被分割的河流，五大连池被火山重塑时，交出了自己的自由作为代价；而火山在创造五大连池的时候，也隐伏了自己永远的遗憾。

但即便处于幽禁中的五大连池，依然姿态翩跹，色彩纷呈。水边曲折蜿蜒的石龙石丘石幔石花，鬼斧神工，精美奇丽；五个池子水的颜色，也因矿物质溶解的性质不同而变幻无穷。四池的水有些发黄，黄中透绿；而五池却是绿中透黄。一池二池呈浅棕色，棕色里又带些淡淡的绿；三池最大，也称腰池，棕色中含着浅黄，两色交相辉映，流光溢彩，层层叠叠，斑斑驳驳，真正一个"五"彩缤纷的五大连池。

如果风和日丽，三池的水风平浪静，清澄碧透——在特定的时间段，明镜般的湖面上，可见14座火山一齐倒映水中的奇景，或巍然矗立、或孤峰独峭，如神灵如仙魂从湖底升起，缥缈于轻纱似的水面与云影之中。那时你看见一种凄绝与壮丽的和谐之美，雄浑的火山与温婉的湖水已合为一体。

沉默的岁月固执地被它们自己延续着。只是在每年数九的某个寒夜，三池的中部会突然裂开一条冰缝，随之碎冰堆积如墙，似一道冰川横于冰湖之上。它一边断裂，一边发出隆隆的响声。这就是著名的五大连池冬季的"三池冰裂"奇观。——它每年就吼这一声，为压抑得太久的伙伴们，为那山和水。

泉

在五大连池龙泉宾馆住下，服务员便送来两只暖水瓶。然后细声问：

"您喝泉水还是喝开水？两种都有，泉水是刚从南泉打来的。"

泉眼在城里。应该说当年这地方有了人烟之后，就把房子盖在了泉水边。

走在五大连池市的大街上，就见男男女女、老老少少，人人拎着一只只竹壳的暖水瓶，晃晃悠悠地朝一个方向去。飞驶的自行车后座上都驮着一只只棕黄色的塑料"油桶"，也朝着那个方向去。还有不少人从那个方向来，手中的暖水瓶、车后的塑料桶，沉沉地坠着，滴答着串串清水，神色舒畅。

那些人都是去喝泉水打泉水的。此为五大连池特有的街景之一。那个方向便是名扬天下的药泉"神水"——南饮泉和北饮泉。五大连池矿泉水源于火山心脏，是罕见的珍贵低温铁质重碳酸泉水，没有污染，微量元素含量丰富而适中，有养心安神、解郁除躁、疏肝理气、调节脾胃的功能；还有祛风散寒、活血消肿、壮肾利尿、排石清胆的功效。果然，五大连池的人，年长日久地喝矿泉水，个个气色红润。

五大连池特有街景之二，为天下秃子云集。若有头顶裹缠毛巾，毛巾呈棕红色、内中鼓鼓囊囊包有实物者，秃子也。毛巾里包裹之物为五泉之一的翻花泉矿泥，用矿泥疗法，可治愈斑秃和各种皮肤病。患脱发症的人一无所有而来，也许就黑发蓬勃而归；牛皮癣患者将全身敷上黑泥，再行日光浴，坚持数月，有望焕然一新。翻花泉在城边一沼泽地内，已修成游泳池形状，男女老少皆蹲于池中，泉水没至胸口，只露一脑袋于水面，个个面色虔诚庄严，池中"人头济济"，蔚为壮观。

还有一处独特风光所在，便是药泉山下的二龙眼。两股清流从药泉山下喷涌而出，两尊石刻龙头由地下探首，清泉穿石而过，扬长而去，誉为洗眼泉。洗眼泉有清脑明目之效，常用此泉润肤洗眼，据说不仅可防眼疾，还可使两眼水汪汪地"眉目传情"呢！

我在去火烧山的路上，还见到过隐没在一片白桦树林里的一处翻花泉。拨开齐膝的蒿草，那一潭清泉正咕嘟咕嘟地往上冒泡，珍珠似的一串一串，却是怎么也抓不住它们。这泉有个诗意的名字：桦林沸泉。倒像是桦树林里的野餐，鱼汤正开锅。舀起一杯泉水来喝，同南泉北泉的水一样，有一股强烈的腥涩味，难以下咽，就当药勉强喝下，但当地人说，这泉水一旦喝习惯了，如同上瘾一般，不喝还想。

所以百十年来，这一带方圆百里的鄂伦春人、达斡尔人，每年农历五月初五，都要携家带口，赶着牛马，来到药泉山下，支起帐篷，埋上锅灶，在这儿住上些天，痛痛快快、彻彻底底地把五个泉子的水统统喝个够。这神水替人祛邪驱病，把人的五脏六腑都重新洗刷干净。如今一到端午，山上泉下仍是人海如潮。

五大连池因此就有了自己的节日，叫作：饮水节。

火山即使在休眠的日子，也不会无所作为。它将自己生命的甘露和精华，融之于泉、化之于水，它渗透到每一个可能的空间,洗涤、滋润并灌溉世人枯竭的心田。

洞

火山有冰洞。

不是耸人听闻,是确有其洞。人说水火不相容,可偏偏就有相得益彰的。

走过那么多天南地北名声赫赫的奇洞怪穴,却没见过夏天里火山口的冰洞。

那个洞在西焦得布山的一片白桦林中,刚被开发不久,火山石砌成的洞口,横七竖八地扔着砍倒的桦木杆。厚重的大门打开,一阵凉气扑面;石阶往下,十米远又是一道门;这样逐渐深入下去,竟有四五道门之多,如入皇家地宫,开场就铺垫得繁琐而庄严。温度逐渐下降,过了第三道门,已是寒气逼人,赶紧穿上洞口出租的棉大衣。据说冰洞常年恒温在零下七摄氏度左右,所以必须用这么多道的门,才能阻隔内里冷气的散发和外界热气的侵袭。

真正的洞口出现时,只见眼前一片银光闪烁,像是一群白鸽腾空飞起。再细看,洞口的石壁沿上,缀满了雪白的霜花,薄如蝉翼、细若牙雕,团团簇簇,密集似梨花丁香盛开。洞口不高,低头弯腰不小心就蹭在霜花上,倒像是沾了一脸的花粉。

然后你就站在了冰河上。这是一条货真价实的自然冰河,是"流淌"在冰洞里的冰河。全长300余米,最窄处也有十几米,冰坡一泻而下,洁如纯玉、坚似白石、光滑若镜,幽幽的灯光斜射，冰面下透明的裂缝都看得清亮。紧抓住凿于冰上的栏杆扶手，碎步小心前行；如会溜冰者，蹲着轻轻一用力，就可沿着冰坡缓缓下滑，爽性一直滑到洞底。猛抬头，冰洞的顶壁也竟如冰封霜染，银装玉琢，悬坠着覆盖着雪原一般又厚又密的冰凌花，晶莹剔透；再低头，脚下的冰河如一条玉龙蜿蜒而去，四壁的霜蕊真像是巨龙身上的片片鳞甲，银光四溅，飘飘欲飞……

后来知道，这洞，果然就起名为白龙洞。

据说这冰洞形成已有几十万年的历史，竟然封存到1986年才被林业勘探者发现，开发时尽量保存原样，仅安装了扶手和照明设备，因而其中至今一尘不染。

沿着水晶般的冰坡慢慢在洞内徜徉，如同浏览一座冰雕动物园——这里是一群雪白的绵羊，那里又飞来几只白天鹅；小白兔在雪地里寻食，一头巨大的北极熊憨态可掬地摇摇晃晃去捉鱼；白孔雀悠悠开屏，尾翎上镶满银色的宝石；白鲸从海中一跃而起，掀起一圈圈乳白色的涟漪和泡沫……这些惟妙惟肖的造型，在许多溶洞里都可见到，但重要的是，那是一个钟乳石世界，而这里，却是一个采万年精气的霜雕雪塑，是卧于火山而千年不化的冰的宫殿。

接近冰洞尽头，有两根需三人合抱的熔岩柱，顶天立地于洞厅正中。再往深处走，洞顶的冰花开得越发茂密繁盛，洁白无瑕地一大朵一大朵、一长串一长串地垂挂着，冰冷的空气中传来丝丝优雅的清香，宛若置身于牡丹丛和白莲塘中……

火山在闭目敛气、修身养性的日子里，将它的智慧与能量，暂时冷冻和储存在这冰洞中；火山将火种交与冰洞保管。

因而我恍然，霜花与冰凌原来是热量的另一种存在方式。冰洞只有和火山同在，才不会被媚俗的气流孵化。

石

火焰熄灭时，灼热黏稠的岩浆已经到位；熔岩冷却时，山下遍布黑色的火山石。

进入火山初时，犹如到了一个巨大的露天煤矿，一块刚刚深翻过的黑土地，一片废弃了的石油井场……它看上去寂寞而荒芜，荒芜得几乎有些令人恐惧，像是月球的表面，降落就有惶然的虚无。

但火山石至今仍栩栩如生地演示着当年地球山崩地裂的情形——高高耸立的熔岩柱、熔岩塔、熔岩丘，欲奔欲飞、如盘如坐；凹陷下去的熔岩河、熔岩湖、熔岩海，涡流旋转、浪涛汹涌；岩峰上的簇簇石花，恰似翻滚的浪花，推波助澜，气势磅礴。

在老黑山东边三公里处，有一条熔岩河，当年液体岩浆如爆发的山洪、泛滥的江河一般，从火山口咆哮涌出的原始形状仍保留完好；表层常有纵向条带状的波纹，层层向前推进，有时岩浆流速急，还卷起一个个深深的旋涡，那旋涡的遗迹，好像至今还在旋转。

老黑山东边一公里多处的丛林中，有一条熔岩瀑布，它在陡坎上流了一阵之后，突然断裂为左右两股，犹如神匠用硕大的钢钎，在陡峭的悬崖上凿出一个顶天立地的"人"字。其中一撇之宽，竟有15米之多。它挂在崖壁之上，跌宕起伏，凌空落下,直捣深潭,终于凝固不动,傲然屹立。

石海石塘石田石滩都给人以无穷无尽的想象。有盘根错节、藤蔓纠缠的灌木丛,有根根原木排列整齐的森林"伐木场",有蜷曲蠕动的爬虫和难解难分的蛇"结",还有各种妙趣横生、形状逼真的动物造型。其中,要数那只蹲在地上仰天嗥叫、神态憨拙的大黑熊最可爱,游人为它起名:"朝天吼"。

我却喜欢在石滩上随意捡起的一种火山石:漆黑如墨,凹凸不平,疏松多孔,上面布满了蜂窝似的圆眼儿——可见当年火山蒸腾留下的气泡和痕迹,听见火山当年震天动地的吼声。我放它在掌心,轻极了,轻得几乎没有重量——因它是一次最炽热最充分的燃烧后的灰烬。

我从那么遥远的北方带它回到家中,深夜的寂静中,我期待着从那细密的小孔中,传来如今已沉默多时的火山的喃喃低语。我想它的话只说给懂它的人听。

然而只有沉寂,死一般的沉默。它是无话可说还是被剥夺了、被抑制了说话的权利?或许,它是在等待着更多的投资者和建设者的到来,或许它是在盼望着作为北国新兴的旅游城市,规划和开发项目的实施……我不知道它的沉默还要持续多久。我的眼前抹不去老黑山顶上那个巨大的喷气锥,像一张永远合不上的大嘴。我知道那张开的喉咙一旦开始呐喊,五大连池又是另一番风光了。

遥 远

垄 沟

北大荒原来这么大呀,我知道什么叫广阔天地了!

天空那么蓝,蓝得像海。那时我其实还没有见过海,就把这天空当作海吧。

浮在头顶和天边的白云,一朵朵,一层层,凌空悬在那里,好像把冬天的雪都储存起来了;那是一座座雪的宫殿,夏天的阳光每天都在改塑着雪宫的形状,天上的白云永远变幻莫测……

原野那么辽阔,肆无忌惮地往远方伸展,根本没有尽头。你无论往四周的哪一边看,除了土地还是土地,除了绿色还是绿色。我从江南省城的"大地方"来,可这里才是真正的"大地方",大得你的眼光都量不到土地的边界。站在北大荒的原野上，人忽然就渺小了、萎缩了，小得找不着自己了。你的视线中唯有天空和原野，人被蓝绿白三色覆盖，人已经没有颜色了。

土地怎么会这样平整呢？就像被一个巨大的模具囫囵个儿压出来的，连个土坡都没有。小麦齐膝，大豆蓬勃，苞米挺拔，油汪汪翠生生，一直往天边铺排过去，像是国庆游行时的仪仗队，气势轩昂，高高矮矮一般整齐。

麦地不起垄，麦地平整得像湖面，风来时，麦地起了波浪，连波浪也是整整齐齐，像一整幅绸缎，从头至尾地摇摆抖动。麦子播种有播种机，收割有收割机，大机器是和大土地相联的。开春时，麦地被东方红拖拉机来来回回地"耙"了又"耙"，如一双巨手细细抚摩，平整得没有皱纹；小麦成熟时，就被人称为麦海。

大豆地和苞米地须起垄。播种前起了垄，平平整整的大地被分成一条条垄台和垄沟，垄台高于地面，像无数条黑色的长龙，一根根并列，卧于蓝天之下。

毫不夸张地说，北大荒的垄——地平线有多远，那垄就有多长。

夸张一点说，你能数得清自己的头发有多少根，你才能数得清农场的垄有多少条。

你站在垄的这头，绝对看不见垄的那头。每根垄少说有三里地，铁轨一般奔向远方，河流一般源远流长，那一定是全中国最长最长的垄了。想起江南农村田边地头每一寸缝隙里都种满了瓜豆，这北大荒的垄真是太铺张太奢侈了。

拖拉机在春天为大地起垄后，由人工来点籽，出了苗，人们就一条垄一条垄地间苗；苗长高了，就得一条垄一条垄地锄草铲地。从春天到秋天，人都围着垄台转，汗水掉在垄台上，脚印留在垄沟里。垄就是我们的课堂、我们的作业，垄就是我们的全部生活。爬过垄的人，才会懂得"趴在垄沟里捡豆包"那句民谚。长长的垄、黑黑的垄，像一条粗重的锁链，把我们的青春锁住。

到了6月铲地时节，北大荒的垄，真正把我们这些南方来的知青，狠狠地教训了一番。

起床的哨音响了，一睁眼，天已大亮，金灿灿的阳光刺着你的眼，低头看表——时针才指到两点。北大荒的夏天，凌晨两点就是大白天了，太阳催人下地，没有讨价还价的余地。睡眼蒙眬地随着出工的队伍往田野走，玫瑰色的东方彩云缭绕，凉风习习，阳光爽滑。刚有了抒情的愿望，草棵子里的蚊子已成群结队地蜂拥上来，雾团一般纠缠，咬得你无处躲藏。曾有个杭州知青，一巴掌拍死一只大蚊子，夹在信纸里寄回家给父母看，戏谑地附言："这是北大荒的蜻蜓啊！"父母深信不疑。你若在原野上大口喘气儿，就把蚊子一口吸进了喉咙，喉咙里好像都被蚊子咬出了包块；你若追打，"小咬"们齐心协力反攻围剿，顷刻间身上遍体鳞伤。胶鞋已被露水湿透，那大豆地还远在天边。在北大荒，一出门就是江南小镇与小镇的距离，步行七八里地的出工路上，已消耗了大半的体力。

总算到了地头，全体"战士"一溜排开，一人"抱"一根垄，搭上锄头唷上垄，就噌噌地往前冲。还没等你拉开架势，周围的人都已赶到你前头去了。心里好着急啊！一人一根垄，这根垄好歹就归你收拾了。四下空旷一目了然，谁在前谁在后，谁快了谁慢了，全暴露在光天化日之下。

　　一边埋着头锄草，一边前后左右地驱赶着蚊子和小咬。可那草怎么就长在了苗眼儿里呢？用锄头怎么够也够不着，用锄尖会伤苗，干脆弯下腰用手拔吧，拔草肯定能除根。可等到拔完了草一抬头，左右垄上的锄草人，几乎都看不见了……

　　有人在前头喊："你干吗呢？你是铲地还是拔草呢？你当这儿是学校操场啊……快点吧……"

　　心里越发着急，越着急就越觉得自己没铲干净。锄头也钝得像块木头，上面沾满了湿泥。没有刮锄板，铲一会儿就得停下来用鞋子去刮，刮也刮不掉，越铲越沉……

　　竭尽全力往前赶，胳膊都已被锄头拽得抬不起来了，时间似乎已过了许久，垄沟在我的脚下被一寸寸征服。心里琢磨着：差不多快到地头了吧！鼓起勇气仰头看——差点没昏过去：前前后后一片绿色，不知是草还是苗，垄台垄沟从容不迫地无限延伸着，丝毫没有结束的意思……

　　几乎就绝望了，这长城一般长的垄，什么时候能到头啊？别人怎么能铲得那么快，而我怎么就快不起来呢？

　　拼命地追赶，顾不上喝水顾不上抹汗，只有一个愿望：让地平线一般遥远的地头快快到来吧！那会儿早已不是我在铲垄，而是垄在铲我。它不言不语无齿无刃，却铲得我四肢酸疼浑身都像散了架似的，真恨不得躺在垄沟里让垄沟把我埋葬算了！

　　可无论多么憎恨垄沟憎恨铲地，你直直身子歇口气，还得往前赶。只要垄沟没有中止，你的劳作就无法中止；是垄沟牵着你在走在爬，你像一个牵线木偶，机械而麻木。有时候你觉得自己也许坚持不到垄沟消失的地方了，可是垄沟不消失，你想要消失也是不可能的。

……忽然，有一把雪亮的锄板，从你的正前面伸过来，一下一下，利利索索，咔嚓咔嚓，锋利的锄板下，垄台上的杂草们纷纷倒下，均匀地撒在湿润的黑土上……你惊喜地抬头，发现自己脚下的垄已和前方的垄联结在一起，它变成了新鲜的黑色，垄台上没有杂草，只有一棵棵小苗茁壮地挺立着……

是"战友"们给我接垄来了。对于我来说，接垄简直就是救命。

被人接了垄，这一根长长的垄，千辛万苦才总算是到了头。然而，北大荒的垄是没有完的。铲完了这根垄，还有无数根别的垄在等着。走过这一片铲完的垄，大家转过身，重新一溜排开，再"抱"上一根新垄，接着往回铲。早早到了地头的快手们，已经坐在小树林里休息了一阵子，喝了水歇过了气，精神抖擞地再接再厉。可我这刚刚好不容易才到达"终点"的人，未等喘息就得接着开干，那种无奈与疲劳可想而知。往往是一上午在地里打一个来回，铲上两根垄才能吃午饭，那往回铲的第二根垄，就越发地苦海无边，不见天日了。

刚到北大荒第一年夏天的铲地，垄沟把我治理得惨不忍睹。不知是由于体力还是由于劳动技术的问题，尽管我尽了最大的努力铲地，还是经常"打狼"（落在最后），令我无地自容。后来我才知道，其实，铲地是有许多"窍门"的，许多人并不像我那么"一丝不苟"。他们把锄板伸出老远，轻轻一带，刮起来的新土，把杂草都盖住了，这一拽就是好长一段，垄台上的杂草一下子都看不见了,铲地的速度自然就大大加快。知青们用这个"绝招"来对付那可恶的长垄,可惜我没有及时学会。不知这是不是农场在1969年以后,粮食产量始终无法上《纲要》的原因之一。

铲地是北大荒夏天田野上的主要劳作,几乎从6月中旬持续到7月下旬。初到北大荒,对于黑土地的广大和辽阔,主要是通过铲地来认识的。

我虽然有些害怕铲地,但北大荒夏天的原野,还是很让我着迷。

到达鹤立河农场二分场的当天,我们一些杭州知青被领到连队宿舍,第一眼看见的就是满屋子一簇簇一丛丛鲜红的野花,竟然把房间的墙壁都映红了。那些花被插在罐头瓶里,放在地中央的木箱上和窗台上,一朵朵绽开怒放,新鲜得像要滴水。那花朵细长呈喇叭状,花瓣的颜色殷红,一片片向外翻卷着,上面有黑色的芝麻点,很热烈很生气盎然的样子。

这些花,都是先于我们到达的鹤岗女知青们,专门到草甸子上去采来欢迎我们的。她们告诉我:"这是野百合花。"

这是我第一次见到百合花。江南的河谷山林里,好像很少有野生的百合花。我好喜欢百合花,立即采下一朵夹在书页里,作为标本寄给了杭州的朋友。

岂止百合花呢?北大荒的草甸子——夏日的野花真的是应有尽有:粉红的刺儿莓、白色的野罂粟、深蓝的马莲、紫色的铃铛花、金黄的野菊花……如果运气好,偶尔还会在草甸子的深处,发现一丛粉红或是紫红色的芍药花,碗口大的花骨朵,迎风颔首，雍容华贵。还有许多叫不上名字的小花，让人眼花缭乱，五彩缤纷地开成一片，好像是花仙子日日不散的盛会。

说来惭愧，那些日子使我坚持去抱垄铲地的"精神支柱"，就是路边地头上的这些野花了。只要铲到了地头，我就会看见它们，那样精神抖擞、天真烂漫地随意生长着开放着，从茂密的草丛中好奇地探出头来，无忧无虑地微笑。它们既然没有烦恼，我在顷刻之间也就没了烦恼；它们从不疲倦，我也就不觉得疲倦了。只盼着快快铲完了这片地，收工时，我好采上一大抱，把它们搂在怀里，带回宿舍去，它们将在整个夜晚用花香陪伴我。

有时候，垄台上冷不丁也会闪过一星灿灿的亮色，一朵金黄的小花开得正旺。那是婆婆丁，也就是苦菜花。那时，我总会把锄板小心收拢，决不碰它。走远了再回头，那金黄色的花瓣竟会点头对我说谢谢……

夏天的北大荒，阵雨说来就来。眼看着起了凉风，蓝蓝的天上远远地刮过来一片乌黑的云彩，就像披着黑色斗篷的魔怪，张牙舞爪腾云驾雾，转眼间就逼近了。有人喊："不好，来雨啦，快跑快跑！"大伙儿扔下锄头，顺着垄沟，就往地头的小树林跑去。刚跑出几步，雨点就下来了，铜钱一般大，打在脑门儿上生疼。可是，不跑怎么办啊？四下除了垄沟就是垄台，连个避雨的草棚都没有，大雨劈头盖脸地压下来，雨水顺着头发往下流，气都喘不过来。只好在雨里没命地跑，鞋底沾着泥浆，衣服裤子都湿透了，拖泥带水地跑也跑不快。好不容易跑到了地头，还没等站稳，发现大雨戛然而止，云开雾散，雨过天晴，太阳重又笑眯眯地露脸。那样干爽炽热的阳光，好像从来就没有下过雨似的;那片黑云,已经越过我们的头顶,疾速地往远处飘去了。

拖着湿漉漉的鞋和衣裤,重新往垄沟走。垄沟只湿了一层地皮,若无其事的;倒是那些杂草,喝过了雨水,一眨眼的工夫又蹿了出来,摇头晃脑地和铲地人较劲儿。

这就是北大荒的雨,铲地的雨。早知道北大荒的雨是个"短跑运动员",还不如乖乖地蹲在垄沟里,干脆让雨水给洗个澡呢!

下过雨以后,天空格外透亮,像一个穹形的玻璃顶盖,罩着绿色的原野。穹顶与田野之间,有一圈深蓝色的地平线,就像用笔勾出来一般,清晰得近在眼前。

在我视线所及的范围内,天空是圆的,地平面也是圆的。天地之间,只有我一个人。我清楚地看见了那个圆形的地球,从我脚下延伸至远方的地平线。

那一刻我突然发现,原来我就是地球的圆心,每个人都是地球的圆心。人就像一把直立的圆规,画出了天地间的弧线。我确实是在修理地球,垄沟垄台都是地球的颜面,我抚摸它摩挲它,整个夏季我都是在亲吻着地球啊!

这个发现令我激动不安,从我长大至今,我还从未真正"触摸"过地球;而北大荒的垄沟,在我的生命史上刻下了第一道有关土地的烙印。

菜园子

不知是否和我铲地"打狼"有关,不久后,我就被安排到菜园队去干活了。

菜园队有个很好听的名字，叫作"园艺排"。我觉得这个名字很不错，给父母和同学写信，都告诉他们，我的通信地址是鹤立河农场二分场园艺排。其实，就是菜园队。

我到菜园队的时候，已是7月，春天种下的许多蔬菜，正好都"下来了"。起初，我搞不懂为什么叫"下来了"，在我们杭州，每逢新鲜蔬菜到了时令，都叫作"上市"。北大荒没有"市"，干脆就"下来了"。

北大荒的蔬菜"下来"的时候，就像一个盛大的节日。

黄瓜"下来了"——黄瓜分为"水黄瓜"和"旱黄瓜"。"水黄瓜"先下来，"旱黄瓜"后下来；"水黄瓜"是细长的，绿色，须倚着柳条架子爬蔓儿，然后，一根根一串串，像丝瓜一样垂挂下来；"旱黄瓜"短粗圆胖，皮上有黄绿色的花纹，在茂盛的瓜叶下贴地乱爬，就像暗藏的地雷。种"水黄瓜"要起垄搭架浇水，所以，叫"水黄瓜"；而"旱黄瓜"不用太浇水，在地上爬蔓儿，就叫"旱黄瓜"。"旱黄瓜"的黄瓜味儿足，吃起来满口黄瓜香，但是籽儿多；"水黄瓜"咬一口又脆又嫩，满嘴汁液。两种黄瓜各有千秋。

黄瓜"下来了"，我们天天"下"黄瓜。蔓儿上的黄瓜纽儿昨天还像一根小麻花，过了一夜就"炸"出个顶花带刺儿的大果子。黄瓜的产量很高，刚摘了这根，那根又长长了，"下"不完地"下"，就像老母鸡下蛋似的，天天有得捡。既然黄瓜那么多，我们这些"下"黄瓜的人，自然享受些优惠政策，到了工间休息，允许我们白吃黄瓜。看来，菜园队还是有许多优越性的，可惜我对黄瓜并没有太深的感情，顶多吃上一两根解解渴便是。但那些鹤岗和佳木斯的女知青,对黄瓜的喜爱几近狂热,生黄瓜"可劲儿造"——我亲眼看见一个女生,在休息的时候,用一只大土篮子,装了半篮子的黄瓜,然后把土篮子扛到树下,自己坐在地上,拿起一根黄瓜,用手捋了捋上面的泥土,开始大嚼起来。我坐在她不远的地方,看着她在短时间内,飞快地"消灭了"一根又一根黄瓜,等到哨音响起开始干活儿的时候,我发现那只土篮子已经空空如也。我目瞪口呆,实在不相信,就问她:"黄瓜呢?"她眼也不眨地说:"都叫我吃啦!"

黄瓜"下来"的时候,连队食堂上顿下顿地吃炒黄瓜片,吃得我直泛酸水,直到现在还对炒黄瓜过敏。但"旱黄瓜""老了"以后,用来腌咸菜,等春天没菜吃的时候,还是很顶用的。

西红柿"下来了"——北大荒的西红柿,也许是世界上最好吃的西红柿了。圆圆的如碗口大,血红色、粉红色的都有。表皮粉红色的那种,连里头的沙瓤儿,也是粉红色的,晶莹透明,似掺着许多银粉,闪闪发亮;另有一种小小的,金黄色,比杏略大些,有个尖尖的鼻子,好可爱的,不像西红柿倒像个玩具。摘下来一大堆,小山似的堆在地上,像是无数的彩球来回滚动,叫人不忍吃。

北大荒的人管西红柿叫"柿子",让我们这些南方知青很不赞成。我们说:"柿子明明是长在树上的呀,那你们管树上的柿子叫什么呢?"她们就反唇相讥地说:"你们管柿子叫啥——番茄?怎么是番茄呢?难道是茄子不成?"她们还说:"东北又没柿子树,这就当柿子吃了。"叫就叫呗,于是,我们后来也都跟着柿子柿子地叫。

"下"柿子的时候,是很快乐的。拎着土篮子在柿子"树"的垄里挨排蹚过去,把一个个红透了熟透了的柿子,轻轻摘下来,放进土篮子里。一边走着,一边就拿眼睛留神着周围的熟柿子,看见一个最漂亮最可爱的,就摘下来,在衣襟上擦一擦,顺手塞进了嘴里。"下"柿子其实就是吃柿子,队长是没有办法禁止的。再说,任你怎么吃,地头上被我们收获的柿子,已经装满了整整一牛车。

装车的时候,是用铁锹一锹一锹铲起来的,非常大刀阔斧。要是一个个地捡,那么多柿子,要捡到啥时候?

那年夏天我在菜园"下"柿子,一路走一路吃,至今还记得柿子酸甜的汁水,把肚子撑得溜溜圆,一会儿工夫,小腹憋胀。几个女生看看周围没人,蹲在柿子地里就尿,说是给柿子上肥了。尿完了再吃,吃得舌头都没有知觉了。如今想起来,实在很没出息。

北大荒夏天的菜园子,除了黄瓜、西红柿,真正的当家菜是西葫芦。

第一回见到西葫芦,绝对不认识。说它是个葫芦,葫芦有腰有"肚子",曲线分明,它冒充得太离谱;它的样子有点像南方的菜瓜,又有点像长形的南瓜,但味道完全不是那么回事,吃起来有一点像杭州的一种叫作"瓠子"的东西,但更生脆些。它的形状很难准确地形容,总之有点"四不像"。

很长一段时间里,这种奇怪的西葫芦使我大伤脑筋,拿不定主意是吃还是不吃。不吃吧,没有别的菜可吃;吃的话,实在不算太好吃,还有一种特别的气味。但东北的知青们对西葫芦都情有独钟,每当吃西葫芦,他们就欢呼雀跃,还告诉我们西葫芦可以做馅儿用来包饺子或是蒸包子。

直到一次路过一户老职工的家,看见他家的篱笆上,晾满了一圈一圈淡黄色的"花边",螺旋形地坠挂着,像一副副猪大肠。问他是什么,他说是晾的西葫芦干儿,等到冬天时,西葫芦干儿炖猪肉吃,可香了。当时不以为然,到了那年元旦,连队食堂果真给大伙儿做了一次西葫芦炖肉改善生活,那西葫芦干儿又韧又脆,入肉味,新鲜爽口,方知西葫芦的妙用。从此,不敢再小视北大荒那些陌生的植物了。

深紫色的长茄子,足有尺把长,又粗又大,像一根精致的紫色大蜡烛,沉甸甸地坠着。以前从未见过这么大的茄子,惊讶得半天合不上嘴。油绿的小辣椒、番茄那么大的圆辣椒,也足以让我们惊叹!大辣椒在杭州被称为"灯笼辣椒",很形象;但在北大荒,却被称为"柿子椒",看来这里的人对柿子特别有好感,动辄以柿子命名。北大荒的"柿子椒"还有一绝,成熟后会变成大红色,又称"甜椒"。可以生吃,肥厚的"椒肉"汁水充盈,微辣中略带丝丝甜味,很开胃。北大荒的辣椒可代水果,以前真是不知道。

还有豆角呢,早豆角、晚豆角、花豆角、油豆角。早豆角产量高,有个外号叫"五月先",但易老多梗,是连队的大锅菜。晚豆角中有各种饭豆,是专门等着秋天剥皮打豆的,那豆子一粒粒饱满精壮,花纹奇异,漂亮得不忍吃,有类似"兔子翻白眼""红芸豆""白芸豆"这样的命名,每一种都可当艺术品收藏。最好吃的豆角是油豆角,品种繁多,有"老来少""家雀蛋""老母猪耳朵"等等俗称。豆角表皮果真像是涂了一层釉,一片片绿色的琉璃瓦似的,那豆角总也不老,皮厚却糯,碗里一片绿光莹莹,里头的豆粒香甜。至今认为北大荒的油豆角是世界上最好吃的蔬菜之一,可惜不容易吃到了。

到了秋天,是大白菜、土豆、萝卜收获的季节,统称"秋菜",贮存起来用以过冬。"秋菜"地里的大白菜,巨大的绿叶耸立着,严严实实地抱了心,像包裹着一个个胖娃娃,笑嘻嘻地蹲在地里。大白菜一棵足有十几斤,须用镰刀砍,砍倒后就撂在垄台上,风吹日晒晾些日子,才能拉回入窖。

北大荒的红萝卜大得让人吃惊,像是一个个大皮球,一半在土里,一半露在外面,稳稳当当地坐在萝卜坑里,好像随时要去参加足球比赛。青萝卜像个圆筒,下半截是白的,上半截是青绿色,里头的"肉"也是绿色的,翠玉一般晶莹。收萝卜挺好玩儿,不用手而用脚,一人"抱"一根垄,然后把手背在身后,一边往前走,一边用鞋尖去踢那萝卜,踢一脚一个萝卜就"下来了"。萝卜是"踢"出来的,女生都说这回也知道踢足球是什么滋味了。等到一条垄的萝卜都被"踢"下来,就有车老板赶着牛车在垄沟里捡萝卜;一条垄沟走到头,牛车上的萝卜就堆满了。红萝卜生吃有点辣,一般用来炒着炖着吃;青萝卜宜生食,到了休息时间,有人把青萝卜在衣服上擦了泥,用镰刀砍成四瓣儿,大伙儿分着吃,又甜又脆,冰凉透心。

收土豆是个累活儿,但我特别喜欢。收土豆必须配上犁铧,那犁铧被牛拉着,在垄台的一侧直直地划过去,平整的垄台被剖成两半,那金黄色的土豆,一嘟噜一嘟噜地从黑土里蹦了出来,就像是土地下埋藏的一个秘密,忽然被揭示出来,重新见了天日。土豆那么多那么多,一个个都有馒头大小,令我们兴奋得大呼小叫。杭州的"洋山芋"只有乒乓球那么大,这辈子还是头一次见到这么大的土豆,真怀疑那究竟还是不是土豆。有一次,从土里抠出一个土豆,几乎像番薯那么大,把我吓了一大跳。犁铧每蹚一个来回,新的土豆就被"暴露"出来,我们拎着土篮子,手忙脚乱地捡,一会儿工夫就捡满了一篮,倒在垄沟里,一会儿就堆起一座小小的土豆山。

长到十九岁,第一次体验了什么叫"丰收的喜悦"。

等到"秋菜"都收获完毕,南方来的知青得出一个共同的结论,那就是:北大荒菜园子里的蔬菜,哪一种都比南方的大!

大辣椒大黄瓜大茄子大白菜大萝卜大土豆还有大倭瓜……

大家都欢欢喜喜地感叹说:"北大荒的土地确实是肥沃啊!"

菜　窖

收完了"秋菜",都在地里堆着,任干爽的秋风晾晒些日子,再陆续往回拉。除了食堂日常用的一部分,余下的白菜萝卜土豆,必须在上冻以前,送到菜窖里去贮存。农场职工家里都挖了小菜窖,而知青们都得靠集体大菜窖里的蔬菜,来度过整整一个冬天。

入窖的菜,都是经过精选的。白菜要棵株大、包心严、沉甸甸、结结实实的那种;土豆和萝卜都得光滑完整,没有伤口和疤痕的,这样才利于保存。

一群女生坐在深秋的冷风里,围着一堆堆大白菜红萝卜,嘻嘻哈哈地挑拣。有慢吞吞的牛车来来往往，将它们拉往菜窖去，另有人将它们入窖码放。

我们这些南方知青，还从未见过菜窖呢！

有个杭州姑娘嘀咕说："我才不相信一棵白菜能在地底下藏半年，早就变成霉干菜啦！"

到了初冬，地面上的"秋菜"眼看着一点点少下去，一棵棵一个个都"潜入"了地下；下第一场雪之前，菜窖顶部的一根根檩子上，已被一层层厚厚的柳条和秫秸覆盖。秫秸上落了一层薄雪，整个菜窖看上去就像一座长方形的半地下雪宫殿——直到"秋菜"全部入窖，我们才被允许下到菜窖里去。

菜窖没有门，也没有窗户，囫囵个都被封严实了。下菜窖是从顶部的"天窗"上往下走，"天窗"上有个木框，木框下面连接着一个木头扶梯，刚能钻进一个人去。木梯摇摇晃晃，大约有十几个阶梯。往下走着，脑袋刚一没入菜窖，眼前顿时漆黑一片，什么都看不见了，四周传来菜叶子的那种气味⋯⋯

眼睛渐渐地适应了黑暗，见有一盏马灯，挂在木柱上，微弱的光亮下，能看清菜窖两边的墙根儿底下，码放着一排排整整齐齐的大白菜，中间的过道上，也是两排半人多高的大白菜。白菜青帮绿叶，一棵棵精神抖擞，摆放得规规矩矩，就像是一座地下图书馆或是藏书室，一排排书架放得满满登登，只留出一条条窄窄的过道，用以通行。

地面是沙子铺就的，干燥清爽；墙是从泥土中被"挖"成的，壁上留着铁锹的道道印痕。

兴奋地在菜窖里走了个来回，仔细地"视察"了一番，发现在菜窖的两头，一边堆着土豆，另一边却是一大堆沙子，有人说那沙子里埋着萝卜,萝卜必须埋在潮湿的沙堆里,才不会因水分蒸发而变"糠"。

菜窖里好暖和,得把笨重的大衣脱去才能干活儿;菜窖里好安静,听不见地面上呼啸的风声;菜窖的空气有一点闷,但在长长的菜窖顶上,每隔十米左右,就有一个脸盆大小的"天窗",即出气孔,做通风之用。下雪的日子,把那小孔用秫秸盖上,雪便不会落入菜窖里;等天晴了再打开,阳光会从"天窗"里直射菜窖的底部,就像是一个山洞,从顶上透来一束微弱的光线……

每天早上,菜园队的姑娘们排着队走到离分场二里地远的大菜窖,然后排着队,心甘情愿地跳进那个"陷阱",一个一个地从地面上消失;到了傍晚,再一个接一个地从地下冒出来,然后排着队走回宿舍。整整大半天,我们都待在昏暗的菜窖里,顺着"书架"的次序,一棵一棵地挨排整理那些大白菜。我们必须把大白菜表层的烂帮黄叶揪下来,使大白菜能继续保持健康的体表,然后,为它们翻身翻个儿,让它们透透气,换个姿势,再重新码放,把它们一棵棵"架"成不会倒的白菜垛,就又可以保存一段时间了。我们每天的工作,就是不厌其烦、没完没了地"捣腾"白菜。

冬天的北大荒,和夏天恰恰相反,天亮晚,天黑早。到了三九隆冬,我们每天早上9点钟出工时,天才蒙蒙亮;到下午3点钟下工,拱出菜窖,一看天边的月牙儿都挂在那里了。白天在黑暗的地下度过,早晚也是黑暗——整个冬天,觉得自己就像一只田鼠,钻在地下的洞里,默默地为食物操劳。

但是,比起大田连队的冬季脱谷和刨粪,菜窖的活儿是最轻巧的了。到了翻拣土豆和萝卜的时候,大伙儿围坐在土豆堆和沙堆上,七嘴八舌地讲故事,倒是很开心。都说要讲鬼故事,鹤岗的鬼故事和杭州的鬼故事比赛,谁的鬼故事吓人。讲到一半,菜窖的过道里悄悄地掠过一个人影,大伙儿吓得尖叫,原来是"指导"我们干活的"二劳改";到了休息的时候,鹤岗姑娘总是拿出一把藏在角落里的镰刀,开始削萝卜吃。然后,给我们一个人分一小块,吃得胃里直泛酸水;有时,她们还会挑出一棵新鲜白菜,把整棵白菜剖开,专门吃里头的白菜心。把那水灵灵、脆生生的白菜帮子放进嘴里,嚼得咔嚓咔嚓响,嘴唇上沾满了生白菜的汁液。

"吃不?可好吃了,甜着呢,当水喝呗……"她们热心地把白菜叶子递过来。

南方知青把脸转过去,还冷冷扔下一句:"你当我是兔子啊?"

我也没敢吃那生的白菜心,但我喜欢这满满一菜窖的新鲜蔬菜。在北大荒的冰天雪地中,唯有在菜窖里,还能看见绿色,看见新鲜的"植物"。这里是平和而安宁的,令人心明耳静。我们用自己的双手,不断地去腐除朽,在严酷的冬天里,守护着秋的果实。

然而,菜窖里毕竟阴冷潮湿,白菜也是冰凉的,待的时间长了,活动量又少,身子就会渐渐地发冷,手脚僵硬。等到收工出了菜窖,身上本来没有热气,再加上一路风呛雪袭,到了宿舍,常常是十个手指都伸不直了。

第一年冬天,由于刚到北大荒,缺少防寒的常识,再加上在潮湿的菜窖里干活,我的双手手背二度冻伤,伤口感染,经久不愈,整个冬天手背上都被缠着敷料和绷带,连厚厚的棉手套都戴不进去。直到现在,我的手背和小指的连接处,还留着两个铜钱大的伤疤,那是北大荒冬天菜窖里的纪念。

但我仍然喜欢菜窖。离开北大荒五年后,我曾在一个早春时节,重回农场去"探亲"。3月的北方城市,家家户户楼道里储存的大白菜,已经像脱水的干菜一般;但到了农场,家家的餐桌上,用生白菜丝、胡萝卜丝、粉条、豆芽、蒜泥拌的东北凉菜,依旧新鲜爽口,一咬咔咔响;那白菜一入口,饱满的汁水就迸溅出来,脆得就跟刚刚从地里收起来的一模一样。

当然,那些白菜是从菜窖里现取的,随取随用;菜窖是个天然优质的冷藏箱。

等到4月刚开春,新鲜的小菠菜和韭菜都下来了,菜窖里的白菜土豆也终于吃得差不离了,菜窖就完成了自己的使命。在一个晴朗的日子里,菜窖顶上的柳条和秫秸被统统扒开,露出那支撑了一冬的横梁,一根根瘦骨嶙峋,像一具尸体上残留的肋骨,看起来很凄凉。每年春天都必须扒菜窖,扒菜窖是为了晾菜窖,让阳光把地下一冬的霉气潮气都赶跑,晾干晾透,明年冬天盖上个顶,就又成了新的菜窖。

20世纪70年代中期,各个分场都盖了砖砌的大菜窖,永久性的,有瓦顶和通风设备,敞亮恒温,门口有水泥的斜坡,装菜和拉菜的汽车,可以直接开进去。大菜窖能储存比原先多几倍的蔬菜,使知青和职工们从此一冬吃菜不愁。可惜的是,大菜窖盖成后不久,知青们就陆续返城了,也不知道那个大菜窖后来派了什么用场。

水泡子

前面曾经提到过的水库，北大荒的人管它叫"水泡子"。

怎么是"水泡子"呢？它明明是一个湖，一个美丽的小湖。

小湖被围上了堤坝，修了闸门，就成了水库。其实，还是个"水泡子"。

泡子的水不深，浪不大，湖面是灰绿色的，岸边有茂密的灌木。风和日丽的日子，湖上飘着朵朵白云的倒影，就像一幅巨大的油画。

既然有湖，湖边就一定有野鸭蛋，也许还有天鹅？

去北大荒之前，读过一些关于北大荒的小说。满脑子都是"棒打狍子瓢舀鱼，野鸡飞到饭锅里"的神奇传说。到了鹤立河农场没几天，就到处向人打听哪里能捡到野鸭蛋。人说八里地外的八分场那边，一个"水泡子"接着一个……

心里激动万分，渴望的目标终于出现。于是刚到了第一个休息日，就迫不及待地邀了同伴儿，直奔"水泡子"而去。

天边有一片模糊的黑影，像一座黑色的高墙，人说那就是水库的方向。

在那条黄沙路上走了许久，太阳顶头，快把人都晒蔫了。高墙越来越近，黑影渐渐发绿，却原来是一大片密密的松树林。从树林子里吹来的风是凉的，阳光下的风是热的，一阵凉风一阵热浪，就好像太阳和月亮同时挂在天上。

过了树林子，远远地望见了一大片亮晶晶的水，在原野上一闪一闪的,像一面镜子。走近了,清清的水面上竟然浮荡着一串串的小叶片,开着白色和金黄色的小花。那叶片的形状像菱角叶,花形像缩小的睡莲。有点不相信自己的眼睛,撅了一根树枝去捞,却从水下带出来一串湿淋淋的小"青蛙",糖块大小,呈三角状。惊喜得大叫——果真是菱角!北大荒竟然有菱角!

那菱角的皮嫩,剥开了,里头却空空如也。同伴说:"想必北大荒天气寒冷,菱角未等长成,就被秋霜和雨雪冻僵了。只有菱角而没有菱肉,不算不算。"

"水泡子"四周,一个人影都没有。不知名的小鸟忽地从头顶掠过,草丛里有小虫子发出好听的叫声。沿着"水泡子"边上的小路,往湖湾的深处走,密密的青草像波浪一样随风起舞。忽然,前面不远处的湖滩上,出现了一只灰色的大鸟,高脚长颈,脑袋小而黑,无冠,硕大的翅膀边缘,白色的羽毛上镶着一圈黑边,尾巴却不成形。它正用一只脚站在浅水中,一只脚勾着,垂下脖颈儿,伸出它的长喙,在水面上搜寻着什么。

连呼吸都好像停止了,我们大气儿不敢出,一动不动地望着它。

是一只鹤!我想,我见到真正的鹤了。这是鹤立河。

悄悄地接近它,希望能看得更清楚些。不知是不是我们惊动了它,它忽然把脑袋抬起来张望了一会儿,然后,张开了那两只巨大的翅膀,悠悠地拍动着,我能听见它翅膀扇起的呼呼风声。它的另一只脚也垂直下来,两只脚并在一起,在那个瞬间,身子腾空而起,脑袋向上扬着——飞起来了。它飞过幽幽的湖湾，朝着湖的更深处飞去，一会儿就消失在芦苇丛里……

我傻傻地看着，脑子里只有一个念头："呵呵，真的是北大荒啊！"

后来我才知道，这种形似灰鹤的大鸟，总喜欢长久地站在水边，耐心地等着鱼游过，啄而吞食。所以，当地人管它叫"老等"。"老等"非鹤，而是一种鹭鸟，也是候鸟，到了秋天往南飞，春天归来。

看过了"老等"，就开始寻找野鸭蛋。一腔热血和满心期待，以为北大荒的草甸子里、水边湖滩，布满了密密麻麻的野鸭蛋，就等着我们专程从杭州到这里来捡。口口声声说的是建设边疆，心里梦里想的却是野鸭蛋——如此看来，上山下乡的动机，实在不算太纯正。

我们的手里拿着树枝，小心翼翼地扒拉着脚下的每一寸土地。一丛丛灌木、一堆堆草棵子地搜寻过去，希望眼前能突然出现一大堆白花花的野鸭蛋。我们走遍了近处的湖滩，走得汗流浃背，仍是一无所获。就连想象中会从我们眼皮底下惊飞的野鸭子，竟然也没有一只。希望在逐渐减小，野鸭蛋仍是毫无踪影。不仅没有野鸭蛋，连一根遗落的野鸭毛都没有啊……若是再往前走，前面就是水草相连的沼泽地了，不知深浅的"水泡子"里，立着一丛丛绿油油的"塔头墩子"，每个"塔头墩子"之间，都是深不可测的陷阱，一脚踩空，就会有没顶之灾……

脑子里闪过了关于沼泽地的种种可怕的传说，只得望草滩而却步，忍痛放弃了野鸭蛋。同伴忽然恍然大悟地叫道："现在都是7月份了，野鸭蛋大概早已孵成小鸭子了，明年要早些来才是。"

没有野鸭蛋,只好去抓鱼了。

在二分场场部生活区旁边的小河沟里,见过一群农场职工的孩子们摸鱼——人蹲在水中,不声不响的,忽然手中就抓着一条鱼站起来,一会儿工夫一条,就像从自家的菜园子里摘茄子那么轻松方便。

我们也来抓鱼吧,不是说北大荒"瓢舀鱼"吗?

一条细细的河沟里,水深过膝,眼看着尺把长的鱼在悠悠地游动,背上有浅褐色的花纹,像鲫鱼又像鲤鱼,叫不上名字。不过鱼是真的,就看你怎么把它们弄到手。鼻尖似乎已闻到了鱼汤的香味,急急脱了鞋跳到水里,那些鱼却像精灵一般,呼啦一下全都不见了。水让我们搅浑了,浑水可摸鱼,然而摸来摸去,手里除了水就是泥。偶尔似有滑溜溜的鱼尾从掌心穿过,死劲儿一掐,一出水仍是两手空空。摸了好半天,精疲力竭的,连根鱼苗都没捞着……

正恼恨地盯着水里看,忽见河岸边上的水草下,有一只只半透明的小虫子在动弹。它们有长长的须子,动作很敏捷,一蹿一蹿的,但总在原地活动。

"那是虾呀!河虾!"我们欢叫起来。没想到北大荒的"水泡子"里,真会有虾!

怎样才能把它们逮到手呢?连一条鱼都抓不住,何况是虾?!

忽然想起了随身带着的小竹篮子,那是从杭州带来的,今天带着它,本是为了装些食物和水。就用它试一试吧,竹编细密,正好用来代替渔网了。

用竹篮子捞虾,想不到效果出奇地好——每次把竹篮子从水里拎起来,篮底上总有几只两寸左右长的虾在欢蹦乱跳,几乎每一竹篮子都不落空。看来北大荒人不喜食虾,把那些虾养得憨厚迟钝,大约半个小时,我们已经捞了满满一饭盒的虾,真让人喜出望外!

那次去"水泡子",由于捞了一饭盒虾,也算是满载而归了。回到连队宿舍,用三块红砖搭起一个简易小灶,捡些树枝点上火,用杭州带来的小锅,把虾煮熟了,大伙儿都来抢,狼吞虎咽地吃了一顿清水河虾,过了一把馋瘾。但心里却还在惦记着那些鱼,很为自己抓不住满河沟的鱼而懊丧。

第二年夏天,雨多水大,水库都满了,开闸放水,不知怎么就把"水泡子"的鱼都放了出来,顺着河沟流到灌溉用的水渠里,水渠里的水和鱼,又流到了稻田里。那几天,水田连队的男生都没心思干活儿了,谁能眼睁睁地看着大鱼小鱼在脚边游来游去,脚指头让鱼儿啃得痒痒而无动于衷呢?大伙儿纷纷去抓鱼,那鱼都懒散惯了,缺乏警惕性,让人一抓一个准,一抓就是一条。收工的时候,人人手里都拎着一串鱼,眉开眼笑地就像过节似的。那几日,分场到处都飘荡着鱼腥味儿,然后是炸鱼炖鱼煮鱼汤的香味儿。会过日子的职工家属,还把鱼晒成鱼干儿,等到冬天再吃。

其实,在北大荒吃鱼本非难事,都是让"割资本主义尾巴"给割掉了。有些胆儿大的老职工,每年一到夏天傍晚,就到"水泡子"那边去,在河汊里憋上柳条编的鱼晾子,利用水流的落差,让上游的鱼顺水"搁浅"在柳条编上,再也游不走,活活地晾在那里。到了清晨,背个筐去捡鱼就成了,一捡一堆,天天都吃鱼。

到了冬天,"水泡子"冰冻三尺,正是打鱼的好时光。用钢钎在冰上打洞,若是正打在"鱼坑"里,那大鱼小鱼就像油田的自喷井一般,呼呼地自动往上冒。一会儿工夫就可装上一麻袋。等到了家,鱼已被室外"天然冰箱"速冻了,绝对保鲜。

北大荒的"鲫瓜子"又肥又大,尺把长斤把重不算稀罕,我们以前在杭州从未见过。但我最喜食鲇鱼,肉细嫩而味鲜美,东北人用鲇鱼炖茄子,应算一绝。

"水泡子"边上还有许多好东西。有一年冬天,我跟着场部的人下基层,就在那个"水泡子"堤上的树丛里,有人用猎枪打到一只五彩斑斓的野鸡,我拔了几根野鸡翎儿做纪念,但野鸭蛋却始终没见着。

万能大葱

刚到北大荒的那一年初夏,正赶上铲地除草的农忙时节。有一天,听说连队食堂杀了猪,晚上要为知青们改善生活。整整一天,大家干活都心神不定,自从到了农场,顿顿是清汤土豆,没见过哪怕一星肉丝或是肉末。

收工后,快快洗脸,急急奔向食堂,去吃肉。

远远地,从食堂传来了肉的香味。真的很香啊,很久没有闻到这么香的东西了。不就是猪肉嘛,怎么会这么香啊!

从食堂卖饭的窗口望进去,果然望见了一大盘炒菜,红红黄黄的很好看。眼尖的人,说那红色的肯定就是肉片了,黄的白的，斜着切成一段一段的，又粗又壮，肯定是胡萝卜了。踮脚排队，排得脖子都酸了，等到一勺油汪汪的肉菜打在饭盒里，心中狂喜，低头看一眼饭盒，却有些疑惑起来，忍不住问一声："这是个……什么肉？"

"大葱炒肉呗！"卖菜的有些不耐烦了——大葱，不认识咋的？

"什么什么？大葱炒肉？"端着饭盒的南方知青，一个个都惊讶地嚷嚷起来。大葱？大葱居然可以炒肉？大葱这种东西，难道是用来炒肉的吗？

有人开始不依不饶地同伙房论理较真：比如在我们杭州，葱只能是葱花，是烧菜的时候用来点缀、提味，使其锦上添花的；而绝不是一种可以单独行动的蔬菜，更不是一种可以与肉混为一谈的食物啊。况且大葱气味浓重，又辣又苦，用它来炒肉，把肉味都破坏啦！

卖菜的鹤岗知青耐心听完了这番议论，不屑地瞪我们一眼说："你们爱吃不吃！"

轮到我们尴尬：若是不把大葱一块儿买回去，恐怕就连肉也吃不上了。下一次吃肉还不知哪年哪月呢。大家面面相觑，只得忍气吞声地把大葱炒肉端回宿舍里去。有人把饭盒里那一段段金黄色的熟大葱，都挑出来扔掉了，只剩下孤零零几片肉。我勉强尝了一口，赶紧吐了：北方的大葱，闻起来香，吃在嘴里，舌头有点发麻。真不懂这里的人，怎么喜欢吃大葱！

然而，很快就发现了，大葱在北大荒人的生活中，是一种绝对不可缺少的必需品。

早春时节，残雪化尽，呼啸的春风中，菜园子空空荡荡一片荒凉。唯有去年秋天栽下的一排排大葱,枯黄干瘪的葱叶中心,早早地钻出了一支支挺拔的绿芽,葱叶由黄返青,葱尖碧翠,竹笋似的一天天往上蹿。那是严冬过后的大地上最早的绿色,绿得沉着而稳当,饱满茁壮得像一棵棵小树苗。给葱地浇了水,再往上一层层培土,葱白就随着往上长;葱地的垄台土壤须保持松软,长长一根大葱,一拔就"脱颖而出"了。然后把一根根绿莹莹的大葱,用水略加冲洗,往炕桌上一摆,满桌碧绿,配着一碟黄豆酱,就是北大荒人的当家菜了。

一个春风怒吼的中午,我看见一个脸蛋儿红通通的小男孩儿,在自家门前玩耍。他的左手抓着一块金黄色的苞米面大饼子,右手的手心里紧握着一棵尺把长的鲜绿大葱,长长的葱叶在风中抖动。他咬一口大饼子,再咬一口大葱;大饼子是饭、大葱是菜,如此交替进行,吃得专心致志。手指头一般粗的大葱,被他一截一截迅速咬下,我能听见他嘴里咀嚼大葱发出的生脆响声。生葱断裂的汁液迸溅出来,他被辣得眯起了眼睛,却是一副开心满足的样子。

我摸着他的头问:"辣不辣?"他咧嘴乐,摇头回答:"甜!"

那一刻,我第一次对大葱产生了好感,确切地说,被老职工孩子手里的那根绿色的大葱感动了。这也许是他开春后最早能够吃到的新鲜食物,是他家里最香最好的食物。我的嘴里分泌出丝丝唾液,忽然很想尝一尝这生的大葱,是不是真的有点甜。

即便在夏天,大葱也是东北人餐桌上的常备和必备的"菜"。自家黄豆做的大酱,用豆油和鸡蛋炒了,大葱就蘸着酱生吃。一开始觉得那酱有股怪味儿，吃着吃着，发现了大葱蘸酱的妙处——那生葱在嘴里嚼着嚼着，真的慢慢有了甜味，甜脆香辣，用来对付粗粮，窝头大饼子什么的，很容易就咽下去了。

到了秋天，连队的大菜窖，有一角专门用来堆放大葱；老职工家家户户门前，都晾晒象牙一般粗壮的大葱，成捆成捆地立着，那是一个冬天的"战备物资"。等着阳光把葱叶晒蔫了，长长的葱叶就可当作绳子，把葱白卷成一把一把的，扔在屋顶上或是堆在墙根下，随吃随取很方便。大葱不怕冻，哪怕冻硬得像一根钢棍，拿进屋稍稍缓一会儿，它就立马苏醒过来。冻葱下了锅，还是原来那个葱味儿；大葱也不怕久放，看着葱叶蔫了干了，剥了葱皮，里头仍是一截雪白一截翠绿，水灵灵的新鲜如初。任你是包饺子蒸包子，大葱肉馅，是万能的应急救兵。假如家里一时什么蔬菜都没有，只要有大葱就不发愁，可以用来炒鸡蛋。大葱耐心地伴人度过漫长的冬天，冰天雪地，家中贮备着大葱，就像存着盐一样让人心里踏实。

春天里的大葱最宝贵。到了下乡后的第二个春天，知青们对大葱的看法，有了根本的转变。冬末春初时节，窖里的大白菜土豆已经消耗殆尽，剩下的也已是千疮百孔；当年的菠菜和小白菜，在菜园里刚刚播下种子，田园一片荒芜。每到这个时候，大葱就率先挺身而出了——一棵棵刚从地里冒尖的大葱，被小心拔起来，仔细地切碎了。连队食堂的大锅里，放上一星半点豆油，用这葱花炝锅，再加水加盐加点酱油，这所谓的"汤"里，除了葱花就啥也没有了。只在"汤"的表层，均匀地漂浮着一层绿色白色的葱花，葱花的下面空空荡荡。知青管它叫"玻璃汤"。一碗"汤"端在手里，小心地把那珍贵的葱花挑出来，在舌尖上细细抿着，那个香啊。若是汤里连葱花都没有了，那还能叫作汤吗？

在春天严酷的事实面前，南方知青不得不对大葱刮目相看、不得不对大葱肃然起敬。每年青黄不接之时，大葱方显出英雄本色。大葱像一颗"革命的螺丝钉"，拧在任何一处都发光发热。大葱是北大荒的灵魂，我们终于变得对大葱无比热爱、无比尊敬。我们重新认识大葱，谁也不敢再歧视大葱了。不知从什么时候开始，大葱大摇大摆地进入了南方知青的生活——我们但凡改善生活做"小锅菜"，竟然也开始用上大葱了。不用大葱做菜，菜的味道就不到位。当然，那葱是从食堂或是地里"偷"来的。

再过了几年，回杭州探亲，竟然很炫耀地对家人说："吃过葱爆肉片吗？我给你们露一手怎样？"可惜，南方细细的小葱不经炒，做不成葱爆肉。

离开北大荒之后，大葱仍然令我念念不忘，成为厨房里四季必备的佐料。开春时，甚至也热衷以鲜嫩的小葱蘸酱。北大荒对我的"再教育"成果，最终是以葱的形式体现出来。我被大葱所启蒙，逐渐入乡随俗，和北大荒产生默契。大葱大蒜和辣椒，在后来的30多年里，把我改造成一个"北佬"，或者说，是一个兼容南北口味、至少懂得北方饭菜之妙的人。

北大荒的大葱具有耐寒耐旱、朴素坚忍的品格。普通平常的大葱，竟然成为我青春往事中最清晰的"记忆"之一。那种顽强的生命基因，也许已经融入我的骨髓和血液。

过 冬

北大荒的第一个冬天,过得刻骨铭心。

从杭州出发前,知青办向每个知青都发放了草绿色的棉衣棉裤,还有棉大衣。当时说是免费赠送的,但到了农场几个月后,就开始月月从工资中扣款,由我们自己来偿还。钱未扣清,棉衣已穿在身上,肥肥大大、拖拖拉拉的,有点像当年八路军的"红小鬼"。互相望着对方,都像在看怪物,笑得肚子疼。有爱美又能干的女生,把棉衣棉裤拆了,再重新小心缝制,改瘦改短,穿在身上神气十足。

我却对那套棉衣棉裤束手无策,它们几乎没有一处的尺寸适合细瘦的我。尽管如此,我仍然只能乖乖地把它们穿上,用以御寒过冬,以致出工时我总落在后面,因为裤腰太肥,裤子总往下掉,时不时地要把它提一提。

一双黑色的棉胶鞋,鞋帮上衬着薄毡,再自己垫上毡垫,还是冻脚。鞋都大两号,以便在里头再穿一双毛线袜,却还是冷。去菜窖的路上,走上几分钟,脚就冻僵了。有鹤岗的知青指点说,得穿上棉靰鞡鞋才行。可上哪去弄棉靰鞡呢?农场的小卖店也没有卖的。鹤岗知青很仗义地说:"等我回家,让我妈给你做一双鸡毛袜子,穿上准保暖和。"过了不久,鸡毛袜子果然做好了带来,是一块三角形的白布套,里头塞着鸡毛(大概是羽绒服的初级阶段)。把三角形的布套抖开,脚伸进去,包裹严实了,再伸到棉胶鞋里去。可是,鸡毛袜厚而蓬松,任我怎么努力,根本就穿不进鞋里去。穿出一头大汗,只好作罢。

每人都发了狗皮帽子,草绿色的布面,里子和耳垂是毛茸茸的狗皮,戴上倒是暖和。杭州女生们都不喜欢,觉得像《林海雪原》里的那个小炉匠,就仍然戴着从南方带来的毛围脖,红的绿的长长地绕了一圈又一圈,远远看着十分鲜艳夺目。那围巾却包不住额头,一出门,呼啸的寒风吹得脑袋疼;若是不戴口罩,在野地里走上几分钟,那首当其冲的鼻子尖就倒了霉,眼看着一点点发白,失去知觉。要是不及时用雪来搓,搓出热气和血色,鼻子就可能真的冻掉——这句民谚可不是吓唬人的。如果脑袋上不戴棉帽子,脑袋也可能没有了。在北大荒,脑袋和帽子绝对是一个不可分割的整体。面对寒冬的淫威,南方知青很快就乖乖屈服。于是,女知青们再是爱美,还得把那顶狗皮帽子戴上,用帽耳朵把两颊包紧,脖子里系上围巾,戴上厚厚的棉手套,如此全副武装,出得门去才不会被冻伤。

整个连队的知青若是一同出工,从背影上看,绝对无法分辨出男女。男女没有"别",男女都一样臃肿而笨重。

不由得想起了《木兰辞》:"双兔傍地走,安能辨我是雄雌?"

可惜,那时没留下照片。

当时最大的愿望,就是等有了钱,一定要到佳木斯的百货商店,去买一顶漂亮的皮帽子。最好是羊剪绒的,帽檐上有无数卷曲的绒毛,看上去秀气又精神。

还没到三九天,我们就已经结结实实地领教了北大荒冬天的厉害。

晚上洗了脚以后，出门去倒水，外面冻得"嘎嘎"的，迎面一口冷风呛得气都透不过来。慌慌张张地泼了水就往屋里跑，手上沾了脸盆里的水，湿手一拽门把手，顷刻间那手就粘在门把手上了，一心想要挣脱，使劲儿一缩手，手上撕下一块皮。

晚上上厕所，厕所里黑咕隆咚的，打着手电筒，也找不着茅坑的板子；逗留时间稍长些，屁股冻得生疼，手也冻僵了，系不上裤子。男生女生都不愿意上厕所，出了门，就地"解决"，反正黑夜里谁也看不见。到了第二天早上，门口一摊摊冰冻的尿迹，像一幅幅黄色的地图，大家都装作看不见。冻的尿加上泼的脏水，宿舍门口很快就堆起了一座冰山，每天出门都有人在"冰山"上摔个大马趴，还乐呵呵地说是冰山来客。连队领导三令五申，不准在宿舍门口倒水，谁都阳奉阴违。直到开春，那冰山一点点化了，温煦的阳光下，宿舍周围终日飘散着冰山里包藏了一冬的尿骚味⋯⋯

"一九二九冰上走，三九四九打骂不走⋯⋯"我们很快都学会了那首关于冬天的民谣。成天扳着手指头，盼着"七九河开，八九雁来，九九加一九，耕牛遍地走"那个遥远的春天⋯⋯

第一年冬天，连队的大宿舍都用"大锅"取暖，就是在屋的中央，用砖砌上一个圆形的大池子，然后把食堂做饭的那种大铁锅倒扣过来，架在上面，锅底的尖尖上砸了一个洞，用来接烟囱的管道。铁皮管道从窗户里通出去，排放烟雾。倒扣的大锅在靠门的那一侧，用砖留了一个烧柴火的口子，然后把稻草塞进去，点上火，火焰很快就把铁锅烧热了，烧得滚烫，甚至烧红，百十平方米的大宿舍，就靠这铁锅散发的热气取暖。铁锅很容易烧热，宿舍的温度一下子升高，这时候大家就赶紧洗脸洗脚，上炕钻进被窝。一旦锅凉了，宿舍的温度很快就降下来，满屋子的人嘴里都发出"咝咝"的颤抖声。

所以，在冬天，东北人互相见了面，口头语是："你那屋冷不？"如果屋子的温度不够，墙角的天花板、墙壁和玻璃就会上霜。墙上的霜越积越厚，整个屋子银光闪闪的，像一座雪女王的宫殿。看着挺浪漫的，住在里头像个冰窖。一旦屋子上了霜，一冬天银光闪闪，厚霜要到天暖和了才能融化。

有一次，轮到我值日。值日也就是专管烧大锅，一人轮一个星期，半夜得起来添火，白天就不用出工了。前一天晚上，把烧大锅用的稻草，一堆一堆地抱到宿舍门口的走廊里，堆成一座小山。大锅的胃口出奇地大，这座小山只需一天就会被"搬走"——统统填进了大锅的肚子里，燃烧后变成灰烬。然后，再把大锅里的草灰，一锹一锹地挖出来，装在土篮子里，拎到外面去倒掉。清晨天还未亮，值日生就得先起床，把大锅烧热，锅热了屋里热了，大伙儿才能钻出被窝穿衣服，否则，衣服冰凉冰凉的，没等穿好人就哆嗦了。我拼命地往大锅里塞稻草，想把大锅尽快地烧热。但我忘了大锅里有许多昨夜剩下的草灰塞满了"灶膛"，那稻草怎么也塞不进去，塞进去也烧不起来，一股黑烟从灶口倒出来，把大伙儿呛得怨声纷纷。

接受了这个教训，第二天下午，我早早地开始"掏膛"，准备把灶锅里的草灰清理得空空荡荡、干干净净。我用铁锹把草灰掏出来，放在土篮子里，轻轻拍打严实了，好多装一点。

我把宿舍里值日用的三个土篮子都装满了，然后，把它们拎出去放在了走廊的过道上。那会儿我手头正有个什么事情要做，就打算稍过一小会儿，再把它们拎到门外的远处去倒掉。

但我却很快就把走廊里那三个土篮子的"灰烬"忘得一干二净，我的脑子里完全没有了草灰那一回事儿。我不知在忙些什么，然后，就到井房去担水了……

等我回到宿舍门口时，走廊里正向外冒着浓烟。有人大呼小叫地喊着救火，冲过来抓起我肩上的那两桶水，就往草堆上泼。几个人手忙脚乱地忙乎了一阵子，火总算是扑灭了。我瞪眼望着走廊里一地的泥水和被火烧了半截的草棍，愣愣地不知道发生了什么事儿……

一个女生冲着我尖声大叫："你怎么不把土篮子里的灰倒了呢？"

我问："咋了？灰咋了？我这就去倒啊……"

她生气地指着墙边的土篮子说："倒啥倒，还倒呢，都着啦！"

我这才发现，那只土篮子已经面目皆非，它的底部被烧掉了，边上还留着燃烧过的痕迹。墙边堆的稻草，一部分已烧成黑灰，宿舍里烟雾弥漫……

那女生看我左右还是一个不明白，就用教训的口气指点我说："刚掏出来的灰热，里头有火星子，你不拿到外头倒了，它煨着煨着就把土篮子给点着了，土篮子再把墙根的稻草给点着了，要不是俺们回来得早，你差点儿就成了纵火犯了！"

接着又嘀咕一句："你们这些南方人，咋啥都不明白哩？！"

这回算是明白了：北大荒天冷，火总是热的。

虽说连队领导并未因为此事批评我，但我从此再也不敢大意。

刚到农场那几年，由于南方知青不懂得东北的基本生活常识，闹了许多笑话不说，还经常惹出麻烦，险些酿成大祸。

男生宿舍着火是家常便饭，见怪不怪了。着火多半都是因为烧炕引起的。反正取暖不收费，过了今儿个没明儿个，知青们总嫌值日的烧炕不够热，有勤快的人就自己去抱了柴火来"加工"，贪婪凶狠地往里添草，猛烈地烧炕直到把炕烧得烫手才罢休。那热乎乎的炕睡得好舒服，可到了后半夜，身下的褥子终是经受不了烫砖的温度，渐渐被点燃了——有人在梦中只觉得后背着了火，在睡梦中被"烙"醒，跳起来光脚逃出被窝跳下炕，才发现褥子已经焦黄变黑，屋里一股棉花的焦煳味，用凉水拍打后，褥子上留下一个烧透了的大洞……

头一年冬天，我们经常得用自己微薄的工资，为那些烧坏了褥子的男生募捐凑钱，好让他们去买新的褥子。

到了第二年冬天，农场为知青准备过冬的烧柴，原本就供不应求，再加上知青们无计划地"挥霍"，柴草终于告罄。总场方面也无力继续筹措新的取暖费用。元旦将临，场部领导召开了紧急会议之后，无可奈何地做出决定：宿舍停止取暖，全体知青放假三个月，统统回家去过冬，等开春再回农场。

全场知青雀跃，迅速作鸟兽散，继而人去屋空，所有的宿舍烟囱都不再冒烟，农场一时寂静凄凉。

但是，我们毕竟已经尝过了北大荒过冬的厉害。熬过北大荒的冬天之后，任是什么样的严寒，都不再让我们惧怕了。

林中记事

瓦厂到了冬季,湿土压砖会上冻,瓦厂就没活干了。而冬天的林场,正需要劳动力。

听说山里的生活很苦,但奖金挺高,所以,原则上自愿参加。我一心想去看看东北的"林海雪原",就毫不犹豫地报了名。

1973年冬天,我随瓦厂的知青一同去了小兴安岭。在鹤岗以北几十公里处的鹤北林业局,一个叫作十八道林场的山沟里,住了整整四个多月。

那四个多月,我在帐篷里给爸爸妈妈写了很多信,曾用专门的信纸,陆陆续续地记录了山里的生活和感受;并给它们起了个题目,叫作《林中记事》。

25年过去,所幸《林中记事》的底稿居然还保存完好,如今读起来虽然幼稚,却倍感亲切。我以此作为依据,写下我在小兴安岭那个冬天的故事。

一

临走的前一天,刚下过一场小雪。

我们全副武装,被棉大衣狗皮帽子棉胶鞋围巾手套口罩包裹得严严实实,像货物一样,连同我们的行李一起,被"扔进"了解放牌大卡车的敞篷车厢里。

寒风在耳边呼啸,只露着两只眼睛,尖厉的风,刀子一样刮过眼角,面前白色连着白色。过了鹤岗以后不久,开始盘旋进山,山不高,缓缓绵延。近处的山坡上整整齐齐地种着一排排黄绿色的松树苗,远处的山头飘着蓝色的雾霭,山上黑森森白茫茫,白的是雪,黑的也许就是参天大树了。公路上的厚雪被车轮碾压得光滑锃亮,像一条银带蜿蜒而上。

迎面驶来一辆又一辆大卡车,摇摇晃晃地冲下山去。卡车上满载着一根根粗壮的原木,最粗的有家里用的圆餐桌那么宽。卡车的车厢板两头露空,满满一车的大木头就用钢缆绑在空心的钢架上,看上去好壮观好气派。

但我们已经看不太清楚眼前的东西了,口罩里呵出的热气,使眼圈四周布满了白霜,白霜像冰碴子一样磨着眼皮。我真害怕我的眼睛被冻僵,因为两只脚已经完全没有知觉了。我们像一个个白胡子老爷爷似的,互相看着好笑,却笑不动。因为,脸上的肌肉也被冻僵了。

汽车驶过一片河谷,两边的坡地上都是密密麻麻的灌木。忽见一股清亮的山水,湍急地从上游冲下来,敲击着溪流两岸的薄冰,发出脆朗的叮咚声。岸边的水草都被白雪覆盖,水流便像是从雪中钻出来的,闪着蓝色的幽光……如此冰天雪地之中,怎么会有不冻的山泉?我们都睁大了眼睛,疑惑不解。

卡车驶过一道又一道山沟,终于停了下来。我几乎是从车上跌下来的,手脚关节似乎都暂时失灵。在地上蹦跳多时,才稍稍暖和过来。然后,每人背着自己的行李,排队往山沟里进发。

山坳里根本没有路,踩着前头的人在雪窝里留下的脚印,一步步往前蹭。前面出现了一大片"冰坂",光溜溜的像一块巨大的玻璃,一步一滑。有人说这沟里夏天全是水,入冬上了冻,就变成了"冰坂",低下头,能看见绿色的小草,被冻在冰层下,像一件被封存在玻璃瓶里的艺术品。山沟里全是高大笔直的松树,时不时有一片片积雪从树梢上飘下来,冰冷地落在头顶上……

踏着荒无人踪的厚雪,我们进山去,心里充满了激动与好奇。小兴安岭,我已仰慕你多年,山里的生活无论多苦,我都愿意!早在中学时代,就会唱那首歌"走上这高高的兴安岭……",可惜眼前的小兴安岭,并不显得多么"高"。

队伍拐了一个弯儿,忽然望见山脚下飘着缕缕青烟。前面不远的一片林间空地上,有两座灰白色的帐篷,从那里传出了悠扬的笛声。

有十几个男生先到几日,为大家打前站,建起了我们的"新家"。

二

"新家"就在树林子里,门前是树,屋后也是树。

"先遣部队"砍掉了林中百十棵白桦树,用来做柱子和房梁,然后,围上大块的厚毡子(外面是帆布,里面是毡),盖上毡顶,就是一座冬季帐篷了。"屋顶"上露出一个方孔,是预留的烟道。帐篷四周都有"窗户",用毡子做成像耳朵一样的四方形盖帘,晚上放下来,挡风御寒,白天可以掀起;里头用一层透明的塑料纸封着,透光透亮。我们把帐篷仔细地研究了一番,一致认为非常科学。

帐篷是长方形的,有三四十米长,中间用柳条隔开了,两头各开一个门,一头是连队办公室,一头是女生宿舍,里头宽有七八米,两边是像炕一样长长的通铺,面对面一个挨一个地睡。那"床架"用的是粗原木,"床板"用的是细桦树杆子,再铺上干草,人一上床,整个往下陷,舒服得像席梦思。褥子七高八低此起彼伏,床单永远也无法铺得平整。屋子里充溢着一股树林子的气息,呼进来吐出去的,都是木头和雪地的味道……

山里天黑得早、亮得晚,帐篷里光线黯淡。柱子上挂起了几盏马灯,幽幽的亮光,照出屋子里的一根根树干,就像住在森林里似的。

帐篷靠近门口的地方,搭了一个炉子,用废旧的柴油桶,去掉铁盖,卧于地面,再在油桶上横着抠一个圆孔,竖着架上炉筒子,烟囱往上直通到帐篷顶端预留的那个方孔中间,这样就可以生火排烟了。

当我第一次看见那么粗壮的木头竟然被用作取暖的燃料时，不由得大大吃了一惊。那都是从山上拉下来的整根原木，锯成半米左右长的木段，然后，用锋利的斧子将其劈开，细些的木头四半分，太粗的得八半分，这就叫"劈桦子"。将劈好的桦子塞进柴油桶，用碎木引火，木桦子立即轰的一声燃烧起来，火焰熊熊，炉火通红，那油桶和铁筒几分钟就热了，靠近铁桶都觉得烫手。不一会儿，帐篷里就热气腾腾，热得人直出汗。添加的木桦子能烧上半个多小时，若是不及时再加桦子，火一熄灭，温度立即就下降，说冷就冷了。

帐篷的地上当然没有砖，直接就连着土地，天寒地冻，寒冷有一大半来自地面的凉气。所以，帐篷里无论多么温暖，那床铺底下，永远寒气逼人，就像睡在一个大冰窖上。我们把从林场小卖店里买来的冻柿子放在铺位下，绝对不会融化。想吃时拿一个，那柿子冻得像个铅球，砸在脑袋上准保没命。

帐篷门口，桦子整整齐齐地码放着，像一堵墙。取暖用的原木不断被运来，那个冬天，我们究竟烧掉了多少木头，无法统计。那是我第一次亲眼目睹在森林里如何靠山吃山。

另一座帐篷是男生宿舍，还有一个小帐篷是食堂，大灶就搭在食堂外面的棚子里，冒烟失火都不怕。粮食是用卡车从农场拉来的，但没有蔬菜可吃。没有蔬菜是因为没有菜窖，没有菜窖，蔬菜全得上冻。那几个月，我们吃不上新鲜蔬菜，上顿下顿全是腌的咸菜，萝卜条黄瓜丁什么的，没有一点油星子，吃得直泛酸水。后来运来一些土豆、粉条和冻豆腐，算是好东西。实在馋了就买罐头改善生活，脑子里开始想念葱爆肉。尽管食物如此匮乏，但我还是无限热爱这森林小屋，那些日子我极其兴奋。

帐篷里的铺位挤得满满的，一人一窄条，就像大炕一样，炕沿也是用白桦树的原木搭就的，圆面高低不平，坐久了硌得慌。所以，在帐篷里，要么站着，要么一上"床"赶紧躺下，或是缩到窗户跟前去坐着为好。

过了些日子，农场调来了四台拖拉机，是专门用来牵引原木的。那一群新来的拖拉机手中，有个女拖拉机手，长得小巧玲珑，娃娃脸，一缕卷曲的刘海儿耷在额头上，十分秀气可爱。她说话也是细声细气的，一点都不像我们想象中的那些女拖拉机手那么粗犷豪放。老连长把她领到女生的帐篷里来，一看实在是没有铺位了，叫来了两个男生，让他们在帐篷里顶头的那块狭小的空隙间，另搭一个铺位。铺位很快就搭好了，女拖拉机手微微一笑，不言不语地倒在干草上，很快就睡着了。她醒来的时候已经天黑，发现自己的头顶上正在滴水，原来有人把刚洗好的衣服，挂在了她的铺位上。晾衣服的人是个宁波女知青，人称"小辣椒"。平时就尖声怪气的，得理不让人。帐篷顶头的那块空隙，原是她晾衣服专用的地方，如今搭了铺，占了她的地盘，她便存心刁难欺负人家。但那个女拖拉机手却不计较，把湿衣服轻轻扒拉开，从绳子下面灵巧地钻过，就到食堂吃饭去了，弄得那个宁波女知青很是没趣。

拖拉机的"停车场"，就在帐篷门口的空地上。从此，一早一晚的帐篷门口必有拖拉机轰鸣声，炸雷一般震耳。每天天不亮，女拖拉机手便早早起床，在门口点火烤车（让水箱里结冰的水升温）。天黑前，拖拉机收了车回到营地，女拖拉机手回帐篷洗过脸，吃了饭，转个身子就没了踪影，一直到深夜才会回来睡觉。大家闲时议论，都猜不出她每天晚上干什么去了。这冰天雪地的，她能到哪儿去呢？

女拖拉机手一时成了帐篷里神秘的人。

一天，有个姑娘忍不住问她晚上到哪儿去了。她微微一笑说："加班！"

那是一个农历十五的晚上，月亮又大又圆，有人提议说，我们到月亮下去走走吧。都说好，便一齐拥出了帐篷。我们顺着山沟往冰滩上走，明晃晃的月光下，前面的路边停着一辆拖拉机。很快，我们听见了拖拉机没有熄火的低低轰鸣（拖拉机不熄火里头才会有热气），借助月光，我们忽然看见那拖拉机的驾驶室里有两个脑袋，他们挨得那么近，使我们恍然大悟——那是一男一女两个人。有人惊叫说："那不是小G吗？原来她在这儿加班哪！"

回到帐篷，大家心照不宣，第二天一早，已经传得人人皆知。"小辣椒"尤其兴奋，好像破获了一个重大的阴谋案。过了几天，"小辣椒"又把湿淋淋的衣服晾在了小G的头顶上，这一回晾得理直气壮，好像小G有什么把柄被她握在手里了。这一次，小G是忍无可忍了，她一翻身就和"小辣椒"吵了起来。她来了几个星期，我还没听她说过几句话，但吵起架来，才发现她也是个厉害的角色。两个人吵得难解难分，"小辣椒"一时下不了台，就揭了小G的"短"，说她半夜里"加班"如何如何，骂得很难听。小G当时就趴在被垛上哭了，哭得很伤心。我实在看不下去，给小G打来晚饭。她也不吃。我为了表示对她的同情和支持，从那以后总是没话找话地和她说话；她依旧沉默寡言，依旧夜夜晚归。但她的眼睛里洋溢着一种骄傲而又温柔的神情，好像比我们所有的知青都幸福似的。

直到下山以后，那年夏天我到场部去办事，在一分场碰到她，发现她已经怀孕了。她告诉我，她已经结婚了。当然，她的丈夫就是那夜月光下，驾驶室里的另一个拖拉机手。

回想起来，小兴安岭那四个多月的伐木经历，若是没有女拖拉机手的温情故事，实在有点太单调太寂寞了。月光、雪地、严寒下温暖的拖拉机驾驶室……恋爱中的浪漫青春，是留在我记忆中的另一种知青生活。

三

每个人都发了两卷长长的绿色绑腿布，山里雪大，不打上绑腿就无法行走。

学着打绑腿，不是太松就是太紧；要是不能把绑腿和棉胶鞋囫囵个儿地连接起来，走山路就会往鞋里和裤腿里灌雪。老连长吓唬我们说："绑腿和裤腰带一样重要。不绑紧了，下工回来能从裤腿里掏出冰块儿，姑娘家家的，冻坏了你们将来生不了孩子！"看来打绑腿大有学问，可不敢大意。

每个人都发了一把小斧子，还有磨刀石。每天吃了晚饭，人人都在自己的铺位前吭哧吭哧地磨斧子。不把自己的斧子磨快了，第二天砍树就得挨累。

男生伐木，女生都被安排去清林。所谓清林，就是把伐过了大树的山坡，重新再清理一遍。山坡上留着许多小杂树和灌木，要用斧子把它们全砍掉，然后把砍下来的小树和杂木，顺着山势在两边排成一长趟,留出中间五米左右宽的空间,等着来年春天种上一排排新的小树苗。(1973年的小兴安岭林场,就已经有计划地植树造林了,但因砍伐过甚,做燃料烧掉、做木材外运的原木,肯定比种植的数量大得多。而寒带植物生长速度慢,当年种下的那些小树至今尚未成材,致使东北林区至今已无林可采。想起来实在心疼!)

每天清晨,天刚蒙蒙亮,我们吃过早饭,打好绑腿,穿好棉衣棉裤,戴上皮帽,拎着斧子,就踏雪排队上山去了。

东方飘着玫瑰色的朝霞,林间弥漫着淡淡的雾气,天空是宝石一般透明的蓝色,空气清凉而甘甜。冬天的山林静得连一声鸟鸣都没有,鸟都飞到温暖的南方去了,山里静寂如夜,连我们呼吸的声音都似乎远近相闻。每天去往一片新的山坡,因而进山的路每天都是新的。雪深过膝,新雪压着陈雪,风把表层的雪吹出一层硬壳,踩下去松软而富有弹性。脚下传来"咔嚓咔嚓"的响声,似在为我们鼓掌,雪地上每走一步都留下一个雪坑。

山势渐陡,未经整理的杂乱树林出现在前面,这就到达了今天的"作业面"。1973年冬天,实行的是承包制——领队的统计拿着一把卷尺,开始派活。一个人一个人地丈量"土地",一人分配到五米宽的山坡地,横排着往山上砍。每人一天500米长距离的定额,各干各的,谁也不管谁。中午回帐篷吃饭,下午再接着自己那趟往上干。到下午4点钟,统计来验收。一个人一个人地分别丈量,若是没到数,第二天得补;若是超过了,都一一将超额的米数记下,按规定的数额折成奖金,到开支时,就可领取超额的奖金。

若是这一天的山坡在西边,一边清林一边往山坡上爬,就会看见山那边一片血红色,阳光从山背后放射出来,在头顶上的云层和树梢上跳跃。太阳召唤着我,我追着太阳。满山的柞树一冬未落的赭红色树叶,让阳光染成了枫林。有风的日子,山林便激情澎湃,风声吹得树叶一阵哗响一阵窸窣,像有无数个山妖在林间喳喳聚会。我喜欢清林这个活儿,一走进山里,就有一种自由自在的感觉。

每天清晨上山,领到了自己的份额,立马挥舞小斧往山坡上埋头苦干。坡陡时,人在雪中站不住脚,一个劲儿地往下"出溜",须抓住坡上的小树,才能挪动身子。爬着爬着就滑了下去,只好手脚并用,在雪地上匍匐前进。看着自己狼狈的样子,忍不住哑然失笑。一棵直径三厘米左右的杂树,要砍七八下才能砍倒。走出十米远,已是满头大汗,汗水把棉衣里头的衬衫湿透,口罩也被热气哈湿,却不能停下休息,一停下来,身体立即降温,寒风透入衣衫,湿乎乎的后背好似背着一块冷铁;一旦摘下口罩,两分钟内那口罩就成了一块硬邦邦的冰坨,再也无法戴上去了。于是,只能不歇气地往山坡上走,挥动着手中的斧子拼命干活儿。时间过得慢极了,小树一棵棵倒下去,周围一点点开阔起来,一看表,才8点。烦了闷了,就朝着山谷里大喊一声,能听到长长的回音;若是有人喊话了,马上有周围的人来应和,悠长的回音此起彼落,在山谷里回荡。干活儿的女生们,彼此能听见说话声,却看不见人影,像是在捉迷藏。就这么咬着牙一口气干到坡顶上,回头一看,身后是一条清理干净的甬道,犹如一座陡峭的雪滑梯。

有一次,我们一群女生,为两棵伐倒后互相纠缠在一起的大树砍枝丫，十几个人足足修理了一个星期，才把那两棵大树分开。

那些日子，我每天都超额完成任务，差不多每天都能干上六七百米远。第一个月开支，工资加奖金，得了50多元钱，真把我高兴坏了。到了春节，年初一至初三出工不休息，可得双份工资，再加上超额的部分，那个月开了70多元钱。简直让人不敢相信！我写信给家里说："这大概将是我一生中挣得最多的钱了。"第三个月，我有了新的想法，每天上午一口气就把一天的定额全部完成，宁可晚些回帐篷吃午饭，下午就不再出工。既然是承包制，我干完了自己那份儿，不想挣超额奖金，就可以不干。整整一下午，我待在帐篷里看书写信，真是太惬意了！

我在给友人的信中写道："我们就像是森林的理发师和修脚师，把山林一寸寸地清理干净。有时我站在雪坡上回头看去，眼前恍然就会出现一条一条的绿色通道，长满了一排排青翠壮实的小树苗……"

四

终于轮到我值"夜班"了。

值夜班也就是烧炉子。夜间山沟里的气温降至零下30多摄氏度，必须每隔半小时到一小时，就往帐篷里的炉子里塞上几块木头桦子，让炉子里的火一直不灭，这样大伙儿才不至于在梦中冻醒。

到了凌晨2点钟左右，值日生就得起床，出去担水。离帐篷大约100米的山根下，有一个泉眼，终年不冻，大家都叫它"温泉"。用铁桶把水挑回来，放在炉子上，温上几个小时，等大伙儿起床时，洗脸水就不冰手了。

大家轮流担任值日生，一星期一换。值了夜班，白天就不用出工。所以我特别盼望值日，实际上是希望在我值夜班的时候，也许侥幸能看见一只熊或是狼。

到了就寝时间，帐篷里渐渐地安静下来，姑娘们都陆续地钻进了被窝。我所做的第一件事，就是把挂在桦木柱子上的四盏马灯取下来，先拧灭三盏，把玻璃灯罩取下，用一块旧布揩拭灯罩。必须把灯罩的玻璃擦得特别亮，亮得一尘不染，这活儿才算干到家。这三盏擦完了，点亮一盏，再擦第四盏。统统擦完一遍，只留一盏灯，在帐篷中央微微地亮着。

然后是填柈子。这也是有技术的，填少了，一会儿就燃尽了，火若灭了，重新点火够麻烦的；但填得太多把火压死了，温度会下降；火太旺也不行，炉筒子一烫，容易把周围的衣物烤着。有一次，值日生把铁筒烧得太热了，终于引燃了帐篷顶上通气口周围的毡子，她自己却睡着了。幸亏那天半夜，有个女生起来上厕所，被一股怪味呛得咳嗽，帐篷里到处是烟，抬头一看，头顶上的烟道已经熏得发红，一旦有风，就会呼地燃烧起来。那女生机灵，赶紧把桶里的水倒在脸盆里往上泼，连泼了好几盆，总算把那块火源给浇灭了。睡在烟道底下的女生，梦见下雨，醒来一看，脑袋连被子全浇湿了，气得哭起来。连长闻讯赶过来，骂道："哭啥哭，捡条命还不快谢人家！"

我死死地守着炉子，半点不敢疏忽。

炉子周围拉着几根绳子，烘烤着同伴们白天被雪打湿的绑腿布、鞋垫和棉裤。我得不断地翻动这些东西，将它们尽快烤干。然后走出帐篷去抱木桦子，然后是填桦子，然后是拨动火苗，让炉火不紧不慢、不大不小地燃烧。火焰旺盛的时候，能听见炉筒子里传来呼呼的声音，像驰骋在田野上的春天的风，又像火车远远地经过，车轮轰隆隆地震动……炉火把我的脸照得通红，腮上一阵阵发热，我的手掌发烫，眼睛里说不定有两团燃烧的火苗……

我的膝上放着一本书，也许是《中国通史》，也许是《法兰西内战》。

火苗和马灯的光亮，照着书本上的字，每一个字上都泛着红光。

我一点都不觉得困，我喜欢这样静谧又孤独的夜。

那样的时刻，可以让我静静地思考许多许多事情，以前的和以后的、明白的和不明白的，想着家人和友人，遥远的和近前的……有时候，我会在练习本上随便写点儿什么，记下林中的印象，还有雪和云……

我不知道这样的日子会持续多久，我只希望每一天都能为自己留下些什么。

记得第一次值夜班的那个晚上，看书看到后半夜，一点都不瞌睡。2点多钟，我走出帐篷，用扁担挑起空水桶，往泉水那边走去。

凌晨时分，山林中的空气也似乎冻住了，没有一丝风，干冷干冷的，身上的血液都似乎凝结起来。路过食堂门口，只见帐篷檐下挂着一尺多长的冰柱，白霜和冰碴把小窗圈成一个毛茸茸的白洞，就像童话里的房子。

　　天空是灰蓝色的，天边有一弯月牙儿，被雪地映得惨白；地上明晃晃的，雪地像一个巨大的发光体，衬托出四周黑色的大山剪影。山脚下，通往泉水的小道清晰可见，还有我细长的影子，在雪地上飘飘忽忽……

　　忽然，前面的山崖下，发出"咔咔"的响声，像爆竹又像枪声，清脆地在山谷里回荡。紧接着又是一声，随后便沉寂了。我猛地站住，头发一根根地竖起来，心怦怦地跳，四下张望，空空的林间，只有我一个人。会不会是熊瞎子呢？还是狼或老虎？也许有怪兽？山妖？阶级敌人？赶紧往回跑吧，帐篷就在几十米外……

　　我迟疑了一会儿，又侧耳倾听，然而，山谷里静极了，什么声音都没有。

　　我硬着头皮往前走，肩上的水桶吱呀吱呀地响，更让我毛骨悚然……

　　总算到了泉边，这是山脚下树林边上的一口"井"，就像普通的井口那么大，泉水如池塘一般，一直漫到井口。半夜气温低，井口上结了一层薄冰，人站在井边上，用铁桶轻轻一砸，冰面即破了，然后把铁桶沉入水中，一弯腰就能舀上来满满一桶水。任凭你舀上多少水，那口"井"也不会浅下去。把两只桶都装满后，挑起扁担往回走。刚走几步，身后又响起咔的一声，像是什么东西炸裂了，吓得我差点没把水桶扔在地上。小心张望四周，什么可疑的迹象都没有。心惊胆战、跌跌撞撞地逃回帐篷，刚一进门，腿都软了，桶里的水泼了一地。

　　第二天向同伴们讲起自己的半夜历险，尚心有余悸。若想要夸张,说我遇见了狼,也未尝不可。可惜一心只想弄清楚那到底是个什么动静,只是老老实实道来。于是,当过值日生的女生都咧着嘴乐,说是人人都有过那么一回虚惊——如今哪儿还有野物呀,那声儿,是山根底下的冰滩发出的动静,冰在夜里热胀冷缩,那是冰在喘气儿呢!

心里笑话自己的"叶公好龙",从此再不提想拜见熊瞎子和狼的事。那以后再去担水,东张西望地欣赏月光下的雪地山林,优哉游哉。

三九严寒,就连大江都冰冻三尺,而这深不过一米的山泉,却在厚厚的白雪下汩汩涌动。姑娘们用"温泉"的水洗头,头发乌黑溜滑;渴了就舀一勺泉水喝,沁人肺腑。那一个冬天,泉水雪水加森林浴,女生们的脸蛋都变得细嫩滋润。

到了3月临下山前,又轮到我值日。那天清晨,我忽然惊讶地发现,帐篷柱子的桦树树杈上,已经发出了淡黄色的小芽。它就在我的头顶,一伸手就能摸到它。那么寒冷的地气中,被砍伐的树竟然还能发芽——在那个瞬间,我觉得先前的一切苦难实在都算不得什么,春天很快就要来了!

五

那么多那么高那么粗的树啊!

不一定非得红松、黄花松、水曲柳才珍贵,小兴安岭的树,每一种都自有妙处。

最多的是柞树。柞树漫山遍野,赭红色金黄色的树叶,一层层牢牢地挂在树梢上,一冬都不会被山风吹落。高大雄伟的柞树，卷曲的树叶上落一层白雪，雪红雪黄的很好看，像披挂着五彩铠甲的大将军，威严傲慢。柞树的树皮漆黑，树质坚硬，是做栋梁的材料。

有一种树名叫"水冬瓜"，树不高，树皮细密，树上挂满了紫色的小果子，就像江南的桑葚，令人垂涎。终是挡不住诱惑，采了来吃，奇苦，却觉得有趣。

有时会遇到一大片杨树林，一株株细溜苗条，树皮泛着青色，光滑稚嫩，像一群少年偶尔闯入森林来游玩儿。那般清爽可爱，让人忍不住要去抚摩它们。

山里人都说白桦不成材，多半做烧火用的样子，我却还是喜欢。从帐篷里的白桦木柱子上，撕下一片柔韧的树皮，小心分离出其中那极薄如纸的一片，夹在书页里，用来给友人写信。一次在山里，天色将晚，林间渐暗，我匆匆穿过一片密林，忽然觉得眼前一亮，白色的雪地顿时熠熠生辉。抬头一看，只见一棵巨大的白桦树，迎面参天耸立，它的叶子已全部落完，就像一个脱去了衣衫，在雪中沐浴的美人，裸露出全身洁白的"肌肤"——主干和枝丫，纯白如雪，绝无杂质。它的手臂生气勃勃地向上伸展着，通体透明，像是在呼应上天的召唤；树的顶端恰好跃过一线金色的晚霞，像一顶光焰四射的宽边绒帽；而树梢上两只小巧的鸟窝，被树干银色的光芒辉映，就像一双炯炯有神的眼睛……

那一刻我震惊我感动，久久地伫立于树下，紧紧抱住它的树干，喜极而泣。树干冰凉却沁心润泽，我能听见生命的汁液在树脉中流动。

我多么希望成为一棵独立的大树啊！

碧绿苍翠的冬青是小兴安岭冬季山林里唯一的绿色——这种附生于大树顶端、一簇簇一团团绿色的寄生植物，是冬天山林的特殊景致。在这酷寒时节，茫茫雪原、浩浩林海的白色世界里，只有冬青，敢向严冬发出无畏的挑战。冬青叶片椭圆，茂密成丛，浓绿如夏，愈冷愈翠，是大森林冬天的奇迹。以冬青叶煮水洗冻疮，据说治疗效果极好。

　　山坳里是灌木丛生的地方，从成片的荆棘中，可以找到一丛丛披着小白毛的"山花椒"；像小红灯笼一般悬挂的"刺莓果"和"狼毒"，红艳艳的一冬不落。我最喜欢的是雪地上一种齐膝高的小灌木丛，不起眼的枯枝上，悄悄缀满了一串串豆粒大小的蓓蕾，紧闭的花苞尖端，露出隐隐的粉色。这就是山林里的冰凌花——靰子香。据说，很久以前它生长在达斡尔少数民族地区，因而得名。靰子香在冬天孕育花苞，冰雪初融时，枯枝上还没有长出绿叶，便绽开了粉红色紫红色的花瓣，漫山遍野一片烂漫。靰子香有点像我们江南的映山红，却比映山红更不畏寒冷，东北人叫它"满山红"。

　　我曾采过一把靰子香的枯枝，带回帐篷去养。插在一个罐头瓶里，瓶子放在梁柱间的空隙里，当炉筒烧热时，热气往上走，梁柱那儿的气温会高些。我每天给它换水，它却一连多日毫无动静。临近春节的一个清晨，我在朦胧中闻到一阵淡淡的清香味，一睁眼，头顶是一朵浅粉色的小花，悬在帐篷里白桦木柱间，它就这样悄然无声地开了——远远看去，它像是一朵开在树上的花。我从床上跳起来，睡意蒙眬对大伙儿喊道："白桦树开花了！"大伙儿都乐。靰子香，还没到春天就开花了，在我们的帐篷里！

山林总是寂静的，但大树们并不寂寞。每天清晨到山里去，雪地上和大树下，都会出现神秘的脚印。有时候是一串串银练般细长的带子，有时是一个个浅浅的小坑，带着锯齿边儿，就像雪地上盛开的一朵朵梅花，跳跃着消失在灌木丛的深处……是松鼠来过，还是野鸡或是兔子？也许是狍子？那些森林的居民，在雪地上留下自己的行踪，也留给我们快乐的想象。

有一次，值夜的岗哨告诉大家，他在昨天半夜里，确确实实地看见了一头熊。他说，熊瞎子在食堂门口转了一圈，非常友好地对着他打了个哈欠，就往泉水那儿走了。大伙儿都说他吹牛，他急得直跺脚，带着大伙儿到食堂门口去看——雪地上，果然有一排长长的脚印，每个雪窝窝都有巴掌那么大，一端还有爪子的痕迹。

那究竟是熊瞎子还是狼呢？连长下令，白天禁止去深山，晚上禁止出帐篷。

我一直非常好奇，真想知道是什么样可爱的小动物，在忠实地陪伴着森林里的大树和小草……

六

山里的雪一场接着一场，昨日留下的脚印，隔了一夜就被新雪覆盖了。小雪断断续续地下着，天空阴沉沉的，四野一片迷茫。山沟里的天空也变成了窄窄的一小条，对面的山头笼罩在空蒙的雪雾中，隐隐露出白色的一角山峰。

这天下午，雪终于停了，灰蒙蒙的云层散了开去，露出一小块湛蓝的天，纯净透明，就像用雪擦过似的。山背后透出一片青光，渐渐地向四周扩展，树林子里一点点亮起来。

雪更厚了，平展展的新雪，无人践踏过的雪坡，漫山遍野连绵起伏，像在高空的云海里徜徉。雪地那么白，白得眼前的世界都失去了颜色；山谷里阴面坡上的雪，闪烁着星星似的蓝色幽光。太阳出来了，阳面的雪坡如同撒了碎金，刺得人睁不开眼睛。

上山去，雪一直陷到膝盖，不是走，是爬，爬不多远，就摔出了一身汗。在雪地里行走，人人像个醉汉，东倒西歪；掉在雪坑里，好几个人才能拽上来。男生从山下带来的一条狗，在雪地上扑腾着，如同在大海的泡沫里浮游。下山的时候，我们学会了坐"雪梯"——找一条被砍伐过大树的山沟，光秃秃、陡峭峭，沟里的冻雪表面有一层硬壳，然后，闭上眼睛往雪地上一坐，脚一蹬，身子就贴着雪地飞出去了，一阵风似的，一会儿就滑到了山下，又省时又省力。

树林中有时会遇到一大片空地，铺着厚实松软的白雪"垫子"。下工时若经过这样的林子，谁都不肯走了。女生们自发地成立了"女子摔跤队"——在雪地上进行"打架比赛"。在冬天的山林里，还有什么比这更好玩更有趣的游戏呢——雪是干燥爽滑的，任你怎么摸爬滚打，只消轻轻一拍一掸，它就像滑石粉一样，拍得干干净净。头发被汗水濡湿了，但衣服和帽子却不会湿，只要在走进热气腾腾的帐篷之前，把身上的雪扫拂掉，衣服就像被油浸过一样，滴水不入。

若是渴了，伸手抓一把雪塞进嘴里，像是吃冷饮，冻得咝咝地吐舌头，牙都被冰麻木了。慢慢地把雪一口口咽下，嗓子立马就发热，身子也暖和多了。舌尖上留下雪水的滋味，甜甜地渗入心脾。

晴朗的日子，树林子里也总是若有若无地飘着小雪花，是从大树顶上飘落的积雪，轻盈地在林中优美地舞蹈着；也常有细碎、零落的小雪星，淅淅沥沥地飞扬。山里人管这样的雪叫"小清雪"，算不上真正的雪，好像只是一种舞蹈的伴奏音乐而已。

都说落雪无声，我却听见过雪的声音。

飘着小清雪的日子，林中的空气格外清爽冷冽，不一会儿，身上头上全落满了薄薄的一层雪花。仰起头来，能看见漫天稀疏的雪粉，轻轻飘飘地飞舞。渐渐地，我依稀听见了一种细微而又清晰的声音——沙沙，沙沙……不像是林涛喧闹的哗响，也不像风声那么锐利，它是温柔而低沉的，婉转润滑，就像山间若隐若现的小溪，漫过涧石，跃过青苔，它用微弱到近似于无的低音，在空中悄然旋转。那乐曲是在空气和微风中合成的，随着气流微微震荡，顺着山坡飘下来，又沿着树林飞升……

那曾是我听过的最动人最美妙的天籁之音！雪语的诉说与吟诵，只给那些能懂得它的人。

清雪落到地面上以后，就把山坡上的白雪地变成了一架打开的钢琴。等待着那些喜欢音乐的人，在它硕大的琴键上，演奏雪的乐章。

"顺山倒——"

从对面的山坡上，传来粗犷的喊声。霎时，只见山崩地裂般地倒下一棵大树来,雪迸枝溅,惊天动地,巨大的力量将大树的枝杈摔成了几截。

"左横山倒——"

"顺山倒——"

"右横山倒——"

伐木人拉着大锯,眼看着将树干锯透的那一刻,估摸着大树倾倒的方向,提前向周围的人发出警报,以便及时躲避。寂静的大山里,会响起一阵一阵的油锯声和人声。

若干年后,我们也许再也听不到这样的声音了。有人悄悄说,十几年后,小兴安岭就将无林可采。那时候,冬季的林场,还用请季节工来帮忙吗?

大树伐倒以后,砍去枝丫,男生们就把成材的原木,一根根地抬到山谷里的楞场上去,整整齐齐地堆放,等着装上大卡车运往山外。较粗的原木,用老牛来拉。老牛劲儿大,一次拉一根大木头,任劳任怨地爬冰踏雪,在山间的小道上来回奔忙。有一次,一头老花牛不知为什么生气了,它突然扔下了拉木头的挂钩,也不理它的主人,气势汹汹地罢了工,径自往山下的"牛棚"走去。它走得飞快,那个赶牛的知青在它身后拼命地吆喝,想追它回来,它就是不睬。我们女生都停下了手里的斧子,兴致勃勃地观看山谷里的这场好戏。人说老马识途,其实老牛也识途。那老牛走得飞快,头也不回,直奔营地而去,等那知青气喘吁吁地追上它,它早已到了"家"门口,悠闲地卧在雪地上嚼着干草……

又过了些日子,从农场调来了拖拉机,专门用来拉木头,就是把散落的原木一根根集中到楞场上去,再往山下运,这叫作"归楞"。拖拉机一次能拉十几根原木,我们的工作进度大大加快了。但从此,山谷里整天都回荡着拖拉机的轰鸣声。

偶尔还能听见远远的炮声,据说是在炸树根,炸掉了树根,那一片山,来年才能重新植树。"轰隆隆——"炮声擦过耳际,像火车一般朝前跑去,消失在山背后。而大山里的回声,却一个山头一个山头地滚动,长久地轰响,延长至几倍的时间……

站在山头上,可以望见山谷里白色的帐篷,几缕蓝色的炊烟,在林子上空低低盘旋……

又下雪了,天空中拉起了一面巨大的雪幕,密不透风,那是雪的天罗地网,直立的大树和灌木丛,像一个个交叉的网眼。四周白雪皑皑的群山,都隐匿在茫茫的雪雾中。然而,轰鸣的油锯声和拖拉机的突突声,吞没了雪的低语……

七

领着我们瓦厂知青上山的副连长,是1958年的转业军人,40多岁,说话含糊不清,有点口吃,左侧的耳朵只有半个,看上去有点凶巴巴的,其实心肠特软,大家不怎么怕他。不知道哪个调皮的男生,给他起了个外号,叫"八大金刚",简称为"八连长"。每当听见知青这么称呼,他就把脸一沉,三角眼倒挂下来,瞪着眼睛训斥大伙儿"不尊重领导",大家反倒更加乐不可支。

不过"八连长"从不在背后整人,对知青充满爱心,有人软磨硬泡偷懒耍滑,他大声训斥一番也就拉倒。后来,不知谁听说了他原来是个打猎爱好者。闲时,大伙儿便缠着他重温当年打猎的故事——他那半只耳朵,有个极其惊险的故事。据说,那年冬天上山伐木时,他曾一个人带着一条狗,到深山里去打猎,迎面遇到了一只熊瞎子,关键时刻,他的枪却不听使唤,怎么也扳不动扳机了。熊朝他扑过来,一巴掌撕去了他的半个耳朵。若不是那条狗围着熊咬,他恐怕连命也捡不回来了。那次,他什么野物也没打着,还丢了半个耳朵。每当大伙儿谈起他的"英雄事迹",他的另一只完好的耳朵,就会唰地红起来,像挂在脑袋上的一只冻柿子。

不过他并不因此而灰心,今年他仍然决定去打猎。老连长规定知青们不准进深山,却没说副连长不可以进深山。"八连长"雄心勃勃,摩拳擦掌,忙活了许多日子,终于带上干粮,全副武装地进山去了,还带走了连队唯一的那条狗。

临走前,"八连长"乐呵呵地告诉食堂:"就准备好做红焖狍子肉吧!狍子肉味鲜美,除了狍子,别的玩意儿我都不稀罕打。"大伙儿半信半疑,垂涎欲滴。可是,一连两天过去了,"八连长"还没有回来,一点音信也没有。如果他真的遇上了险情,那条狗也该回来报个信儿吧!又一天过去了,还是没有"八连长"的踪影,再过了一天,还是没有回来。到了第四天晚上,老连长终于急了。第五天一大早,指导员派出了六个精壮的男生,进深山去分头寻找"八连长"。那六个男生翻了一个山头又一个山头,还是不见"八连长"的踪迹。就连雪地上的脚印也没有。男生们有些不耐烦了,几个嗓门大的,就对着山谷大声喊起来:

"'八连长'……""'老八'……""'八连长'你在哪

儿……""'老八'回来……"

奇迹发生了,突然从前面的树林里,传来了那个熟悉的破锣嗓音:

"哎……我在这呢……"

"八连长"终于出现了,他躺在一棵大树的树洞里,身子已经快冻僵了。

男生们把他从树洞里揪出来,激动得直拍"八连长"的胸脯,捶得"八连长"浑身的血液立马就流通起来。男生们那么高兴,一部分原因当然是找到了"八连长",但另一部分原因,不可告人——因为在那个绝处逢生的时刻,"八连长"毫不含糊地"哎"了一声,这就在无意中默认了"八连长"这个绰号,使得男生们得意忘形。

后来,据"八连长"自己解释说,他在山里迷了路,好几次差一点就打着狍子了,但他没敢打,怕打着了,找不着路把狍子拉回营地去。雪太大,连狗都不管用,一连五天,尽在山里头兜圈子。不过,他强调说,明年要是再来这旮旯儿,附近上山的路,他可都熟透啦!看起来,那狍子明年是准保没跑了!

我们当然没吃到狍子肉,但吃到了香喷喷的狗肉——那条狗在保卫"八连长"的战斗中饿死了。许多天,"八连长"一直闷闷不乐,也没有训斥任何人。

八

夜是漫长的,天黑以后,除了帐篷,就再也没有别的去处了。

女生们大多都挤坐在那盏昏暗的马灯四周,忙碌地钩织花边。普普通通的白线,在她们手中,眼花缭乱地穿梭着,一针针一线线,几分钟时间,就变成了一小块漂亮的图案,圆的、菱形的、三角的……再把这些小块儿的花边耐心地连接起来,就变成了一块方形的台布,或是门帘和窗帘;也有人一起手就是整块的,转着圈地钩,一圈一圈地扩大开去,花上一两个星期,一块圆形的桌布就魔术般地抖落开来。

我对那些善于编织的女生满心地羡慕和钦佩,常常瞪着眼睛仔细地观察她们灵巧的手,却怎么也看不明白。她们执意怂恿我试试,我连个针都不会拿,笨手笨脚的,怎么教也教不会,让她们笑得前仰后合。凭直觉,我知道自己和那样美丽的工艺品无缘,立即收手。但也不能过于脱离"群众"啊!我想我还是应该干点儿什么才好。花边钩针太难学,打毛线行不行呢?我在"文革"的一段时期,也算是学过织毛衣的。经过咨询,知道毛裤比毛衣容易织,那就织毛裤吧。姑娘们很热心地借了毛衣针给我,我把自己的旧毛裤拆洗了,把毛线绕成团,算好腰围尺寸,让别人给起了头,就开始正式织毛裤了。织毛裤的全过程,如今已记不太详细,反正不是这儿不对头,就是那儿不合适,好在有的是女知青给我指点,我的毛裤织织拆拆,拆拆织织,以每日三圈左右的进度,从容不迫地进行。在那个冬季,我深刻地体会到,织毛衣原来需要极大的耐心。心里就有些纳闷,天下的女人,竟然能一年四季不厌其烦地织毛衣,实在令人匪夷所思。为了防止自己产生厌倦情绪,我制定了"细水长流"的方针,勉励自己循序渐进,不求快而求稳。姑娘们每天晚上都可以见到我在织毛裤,大约半个小时就草草收工。那条毛裤，我几乎织了整整一个冬天。它终于在下山前彻底完工，成为一条绝不缺腿儿的标准毛裤，并在那年春天穿在了我的身上。尽管腿上裆上极不舒服，但我回家时骄傲地告诉妈妈："这是我自己织的。"令我那从未做过毛线活儿的妈妈惊讶地张大了嘴，脸上分明对我露出了钦佩的神情。

那是我迄今为止织过的唯一的一条毛裤。

更多的时候，我会远离马灯，缩在帐篷的一角上看书，用自己买的蜡烛照明，在膝盖上写信写字。当我隐没在角落的微光里时，姑娘们的嬉笑声，就会有意无意地放轻降低下来；可每当她们说到有趣的事情，我又忍不住插嘴去问个究竟。

高兴的时候，女生们就一起大声地唱歌或是聊天。我常常和那个宁波知青翠翠讨论一些莫名其妙的问题。1973年冬天，连队学习伟大领袖的一段最新指示，老人家引用了一段古训，其中有一句"峣峣者易折"，我俩为了这个"折"字究竟应该念"zhé"还是念"shé"，争得不可开交，一连争了好几天，谁也说服不了谁，最后，决定各自分头写信给有学问的朋友和老师请教，再做定论。

但在这个十八道林场的山沟里，写出去的信，最快得两三个星期才能收到回信。下大雪的日子，交通中断，似已与世隔绝，任何外界的消息都没有。一旦天晴通邮，全连的信件和报纸都一齐到达，足有好几麻袋。

帐篷里送来了信件，是收信人最快乐的日子。

临近春节，食堂的伙食明显好转，能吃到大米饭、木耳炒白菜片，或是土豆蘑菇炖肉——令我们心情愉快精神振奋。蘑菇和木耳，据说是从林场买来的，这给了我们极大的启发。若是轮到夜间值日,白天可利用休息时间,溜到公路上,搭一辆便车到十八道林场场部去,在林场家属区买些蘑菇木耳等山货,等开春下山时,带回去给家里人做礼物。

那是一个三面环山,整洁宽敞的小山村,一排排红砖房顺山势排列,家家户户的门口,一律用丈高的桦树杆围成障子,院子里都堆着齐房高的柴垛,粗大的原木桦子足有好几百块。所以,就连山村的炊烟也是雪白的。林场职工家里洁净的窗玻璃上,映出窗台上一盆盛开的红艳艳的"玻璃脆",屋里的鸟笼子里养着几只灰毛红肚皮的苏雀,每一扇窗户都那么富于生活气息。街上有孩子在嬉戏,脚上绑着两块钉上了钉子的薄木板当作雪橇,从路边的冰坡雪坡上飞快地滑下来……

家家都养狗,没见过生人,穷凶极恶地叫,虽然拴着链子,还是有随时会扑过来的危险。我不敢进门去,只在院子外面扯嗓子喊叫是买木耳的。但林场职工对做买卖的兴趣不大,软磨硬泡才算买得两斤木耳。蘑菇的种类太多,有元蘑、榛蘑、油蘑、花脸蘑……据说年年收山时,正是地里的"秋菜"和庄稼成熟时,秋收正忙,林场的职工家属只好眼看着蘑菇烂在山里。蘑菇是不敢想了,正欲找车回山沟里去,见路边的孩子嘴里响亮地嗑着什么,传来馋人的香气,一问,才知道是松子儿。于是,冒着被狗咬的生命危险,到处去寻找松子儿,却没有一家肯卖。说那松子儿可不容易采到,得找到母树林才会有松子儿,光给孩子吃都不够呢……听着越发好奇,不肯轻易罢休,磨破嘴皮非买不可。一位老大爷被缠不过,颤巍巍地走到屋外的仓房里,拿来一枝枯萎的松枝,上面有几个黑乎乎的东西,有玉米棒那么大。他掰下来一个递给我,一边说:"拿着,这是松塔,不卖,给你得了。松子儿就在那里头呢,自个儿抠吧。好好包上,别沾着衣服,那松油可不好洗……"

我为自己终于拥有了一个松塔而欣喜若狂,当即揣在怀里,飞跑着逃走了。

到了2月末,太阳照在身上,有了几分暖意;山风不那么凛冽尖锐,踩在厚厚的雪地上,脚下变得松软柔和多了。连队通知大家做撤离的准备,在山沟里待了四个多月,整整一个冬季。有人说,再不下山,我们就快变成原始人了。山中一日,世上千年,谁知道外头如今都变成什么样儿了呢?

离开帐篷的那天,我的行李中多了几件东西:一朵鞑子香的小花标本、一片在书里压扁了的冬青树叶、一只奇形怪状的干猴头、一片白桦树皮,还有那只黑乎乎的松塔。它们都是我的宝贝,是大山留给我的珍贵纪念。

还有一些东西,是装在心里带走的。

经历了雪与冰的考验,我觉得自己变得结实和坚韧。

大卡车驶离那条山沟的时候,心里生出几分依恋之情,真有点舍不得离开。想到自己今后也许再也不会到这里来了,竟有些忧郁和伤感起来。

我一直怀念那个冬天,那是我在北大荒八年中,唯一远离了政治和运动,没有压抑感和沉重感的一段日子,也是我生命中一段最为宝贵的日子——生活虽然艰苦,但精神轻松心情愉快。寂寞中若是有信心支撑,寂寞会变成享受;孤独若是充实,孤独会令人长进。欢乐只有在欢乐的人那里才能被感觉到;欢乐不是寻找来的,而应是从心里生长出来的。

我是多么感激这日日与我无言相伴的冰雪大山和树林

子啊!

　　还有我带去的那些书。下山时,书页上都散发出原木和干草的气息。

　　但我们的欢乐是以森林的消失作为代价的。尽管眼前的山林依旧,但小兴安岭林场的树木,却正在一天天少下去。若干年后,它们会不会变成另一种形式的"北大荒"呢?我不知道。在对于青春的回望和眷恋中,一种深深的悲哀,悄悄地从心底浮上来。

没有春天

在北方生活了二十几年，总觉得每年都找不到春天的感觉。

就连北方人也说：北方没有春天。

冬末时，早早地盼着天气转暖。眼看着天长了、风柔了，青草躲在墙角悄悄绿了，阳光也一日日燥热起来，心里便喜滋滋地将厚重的冬装收起，换上了开春的毛毯和风衣。却突然袭来一场雨雪或是寒流，气温井绳般地直直落下去，弄得你好一阵手忙脚乱，只得乖乖地重新回去过冬。暖气刚停的日子，瞧着外面的阳光可人，屋里却阴湿冰冷的，外出脱衣，进门穿衣，又把人带回冬季，不过反向而已，室内室外全然两个季节。还有一早一晚大幅的温差，任是白天如何温暖和煦，夜半依旧寒意逼人。冬老人的棉袍就像是笋壳做的，脱了一层还有一层。

北方的冬天，过也过不完啊。

等到猛烈的春风刮起来的时候，满心期待着大风也许能有所作为，北方的大风倒是每年都来势凶猛，整个城市都在风中摇撼、瑟瑟颤抖。大风有时能一口气刮上三天，稍事歇息，去西伯利亚、蒙古一带转个圈回头又来。春风如磨盘似的，不用驴拉，来来回回使劲地碾着北方的土地，却是螺旋式的，转着转着，偏偏就与春天擦肩而过。等到风停风消，睁眼定神看看，树绿了，草已高，缤纷的鲜花谢了，凋零的花瓣落了一地；时鲜的蔬菜已琳琅满目，大街上已是裙装翻飞——春风终于向更远的北方撤退时，这里已是骄阳当空的夏天。

北方的天气是个跳远的高手，用大风做跳板，能直接从冬蹦到夏。

所以北方没有春天。

时而会有一种让风雨和天空戏弄之感，或是被春天从头跨越的失落。

更有一种似曾相识的心情，在没有春天的春天里，感叹一代人的命运。

那是我们老三届整整一代人啊。

那个青春花季的年龄，十年，也许更多，恰是人生的春天。稚嫩的花蕾被严冬的风霜雨雪侵袭，许多本应灿烂本该绚丽一季的花朵，都没有等到春天。那冬天是过于严酷和漫长了，且固执地徘徊不去，碾磨似的一轮轮回风不止。待到终于气息奄奄地鸣金收兵，大地已是春老红残。即使偶有坚忍的花芽挺过寒冬，噩梦初醒时，只见草木葳蕤，花叶繁茂，满目是仲夏的苍翠，没有了春的位置。

但夏的溽热燠闷，怕也是不那么容易打发的。而一旦过了蓬勃的夏季，便是萧瑟的秋天了。

与同龄人交谈，时有青春不再的悲凉，丝丝缕缕地浮升上来。

尽管我们可将未度的春天当作落红掩埋，但我们心底，依然眷恋春天。

曾被严寒肆虐，又被春风所误，何处去寻回属于我们的季节？

只能自怜自慰地解嘲：没有春天，也躲去了春情依依的烦恼；没有春天，陈年的老伤不易发作；没有春天，更可体察夏的轻装与轻松；没有春天，也许不种瓜而得豆——君不见，知青后代如今已是青出于蓝而胜于蓝，长江后浪推前浪。

那么，能不能把秋天当作春天来过呢？

若是细细品味，再把烦杂琐碎的日子重新一一梳理，我们会发现，当夏末的暑热终于隐去，凉爽的秋风习习吹来时，和煦的艳阳之下，草木依然青葱——那些初秋的好日子里，我们心中充满春天重归的喜悦。春装在短暂的秋季重新风光一时，秋天丰硕的果实给予我们5月花蜜同质的滋养。况且，秋天晴朗少雨却无春的浮尘，能养护和修补我们曾被寒风和烈日毁坏的肌肤，使我们重新变得滋润和充实。

秋的容颜里，可以有春的心态。何况，当下还正是盛夏时节呢。

创造和珍惜我们自己的春天吧，朋友。心里的春天，是谁也无法剥夺去的。

白色大鸟的故乡

扎龙与丹顶鹤

很多年来一直想去叫作扎龙的那个地方。

扎龙那个地名已在耳边盘旋了许多年,带着沼泽地深处水的腥味与草叶的湿润气息,海绵般柔软地吸取了我内心的向往。

只是因为那些白色的大鸟——丹顶鹤。

许多年前我曾见过它们奇妙的舞蹈,许多年里我在天空中寻找它们的踪影。每年早春,它们以家族为单位,两三家结伴而行,从江苏盐城返回齐齐哈尔市郊的扎龙湿地繁衍育雏;秋风霜寒,它们带着已经学会飞行的幼鹤,返回盐城的海边滩涂过冬。那是一条多么漫长而遥远的飞行路线,一年一度乐此不疲地远征与悲壮巡回。每次飞机穿行于高空,我都期盼在天上的云层间与仙鹤们相遇——它们飞得如此之高，以至于站在地上的人们，从未能仰望到它们飞行的姿态。

所以我是一定要去扎龙的。"扎龙"为蒙古语，是"扎兰"之音转，意为饲养牛羊的圈。扎龙位于黑龙江松嫩平原，乌裕尔河下游湖沼苇草地带，原为渔区，是中国目前面积最大的芦苇沼泽湿地。1983年建立扎龙自然保护区管理局，1987年被批准为国家级自然保护区。

发源于小兴安岭西麓林区的乌裕尔河，被冬季丰厚的大雪滋养，开春后水量充沛，浩浩荡荡穿过广阔的山地平原，流经齐齐哈尔一带下游地区，已无明显河道，逐渐与苇塘湖泊连成一体，然后流入龙虎泡、连环湖、南山湖，最后消失于杜蒙草原。

失去了河道的乌裕尔河，下游的河水漫溢而形成了旷然无际的淡水沼泽——漂筏甸子、苇荡、苔草、藻类……年复一年蓬勃生长，终于成为一片专为丹顶鹤以及其他大型鸟类、鱼类构设的天堂。谁能说迷失的乌裕尔河，不是由于领受了上天的旨意，才有意在扎龙一带滞留徘徊不去的呢？也许需要很多年才能参悟，那些貌似迷途与涣散的大水，其中蕴藏着自然之神所授怎样的玄机与奥秘。我们无法得知那些白色的大鸟，究竟是在哪一年的一个温暖的春日，如天上的白云一般飘来，轻轻降落在碧绿的苔地上，然后轻歌曼舞、筑巢产卵……当我来到这里的时候，我眼前的这片绿色沼泽，已成为白色大鸟年年不离不弃的圣地和家乡。

如今在扎龙自然保护区内，栖息着本地鸟类260余种，以大型游禽、涉禽（例如丹顶鹤、白枕鹤、白鹭、草鹭等），还有候鸟（例如野鸭、大雁等）为主；鱼类46种；昆虫277种；还有麝鼠、雨蛙、蚌、鳖等等——在眼前静谧安然的湖沼芦荡中，潜藏着一个何等自由喧闹而巨大的动物乐园。丰茂密实的苇草犹如层层叠叠的墙，在我的视线中看不见一只大鸟。无人的湿地为野生动物设立了一道道天然屏障，将人类无处不至的侵入脚步，阻挡在陷阱一般克敌制胜的沼泽地之外了。

在扎龙湿地，参观的节目其实颇为丰富：在录像室可观看扎龙保护区的专题资料片，在野生动物标本厅可见到生活在扎龙的几十种大鸟形态优美栩栩如生的标本，还有人工饲养在笼中专供观赏的世界各地的仙鹤种类，最后将见到冬夏常年驻寨扎龙的成群的丹顶鹤等留鸟。

登上保护区管理局专为观鸟所建的五层楼高的望鹤楼，只见碧水连天，芳草连天；水外有水，水天一色；湖面上浮漾着一圈一圈若隐若现的"涟漪"，波斯地毯图案似的静止不动。管理局的李长友局长说，那是野生菱角，开花时节，湖面就会变成一片金黄。

从望鹤楼五层平台的望远镜里，我终于远远地见到了两只东方白鹳。它们蜷在一根木桩顶上搭起的草窝里，正在喂养刚刚孵化不久的雏鸟。据说这种鸟专栖于树顶，但沼泽无树，扎龙人为"引凤"而特地架起高高的树桩，搭起密密的窝巢——而后苦等长达八年之久，终有一对儿白鹳自远方飞来，将扎龙视为故园，从此留守不去。在保护区内碧绿的堤埂上，我看见一只雪白的雌天鹅，正在一块高地上的阳光下耐心孵卵，雄天鹅在堤下的水草边，泰然梳理羽毛……

今年春夏，齐齐哈尔遭遇大旱，为保护湿地的自然生态，市政府紧急决定，调放上游水库及嫩江水源，为扎龙湿地大量补水，湿地是东北平原之肺，黑土地重又顺畅呼吸。在沼泽的边缘静静谛听，苇草深处传来声声鹤唳，如长笛宛转、小号脆昂，远播天外。

通灵仙鹤

这是扎龙保护区的一项"绝活"——丹顶鹤留鸟的飞行表演。

那群白色的大鸟，从湿地边缘一处高地上的"放飞场"中结队走出来亮相的时刻，一个个长腿长颈、昂首挺胸，洁净而矜持；一身素衣白衫配一顶精巧的小红帽，服饰整洁而精致。它们眺望远方，遥望长空，静默地各就各位等待出发。忽听旁侧的养鹤师傅发出一声类似鹤唳的长鸣，那几十只大鸟先后拉开距离，踮起脚尖，张开阔大的白色翅膀，忽忽扇着悠悠起飞；一阵强大的气流，如风如雨，从我头顶掠过，我的头发被吹起来，裙子被掀起来；那个瞬间我看清了它们巨大的白翅上，镶满了黑色的尾花；眼前飞旋的白羽如雾气升腾，一时遮天蔽日；须臾间，洁白的鹤群已迅速升空，前后错落有致，一顶顶小红帽破云领先，长脖似剑，长腿如桨，舒展的翅膀柔软轻盈如朵朵祥云，飘飘欲仙；惊鸿一瞥，蓝天下只见一道道银光闪烁，那不是鹤在飞翔而是云在飞扬……

那个时刻，北国的天空中，云朵隐没不见，被盘旋的白鹤覆盖了。

那个时刻，北国的夏季，清凉的大雪纷纷，如旗如席，迎风漫卷。

我从未见过近在咫尺的美丽大鸟,如此生机灵动、翩然乘风翱翔。

它们像一群崭新的超音速机群,在蓝天下进行着庄严而优美的飞行表演,间或变换姿势和队形,彼此配合默契;它们像一群天外来客,白色的精灵与天使,因对地球情有独钟而不思归去;它们硕大的翅膀从空中掠过,转了一个大圈儿,在地面投下移动的暗影;然后缓缓地缓缓地下降,一只接着一只,落在远处翠绿的沼泽地里。

丹顶鹤降落的姿态也是极为优雅的——在下降的过程中,逐渐减小翅膀舒展的幅度,慢慢收拢身后那两支颀长的"起落架",就在即将接触地面的一刹那,身子前倾,弯曲的双腿迅即伸直,然后稳稳站立。此时巨大的翅膀已全部合拢,几近天衣无缝地覆于背部,翅膀张开时那边缘上黑色的羽花,犹如一把收起的伞,变成了一撮黑色的尾翼自然垂落——这一系列动作完成得如此漂亮而利索,令人叹为观止。

却有一只"逃飞"的懒鹤,一直留在草地上东张西望地溜达。它用长喙调皮地啄人,却又保留着对人的高度警惕,你进一步它则退一步。丹顶鹤是一种温和却又极为机警的大鸟,我无法亲近和抚摸它。在鹤类驯化场,专为白鹤"接见"并与远方来客留影而设立的园中,扎龙鹤群中那一位最聪明漂亮的超级明星,从笼中款款走出,一派训练有素的国际模特风度,然后轻轻迈上树桩,长长的黑颈随之昂然翘立,迅速摆好了与人照相的架势,仪态万方。听得相机咔嚓一响,照相完毕,它便迅速走下树桩,掉头而去。只有在池塘边洗澡的一群雏鹤,乳黄色的羽毛未丰，浑身湿漉漉地滴着水珠，摇摇晃晃地追来逐去地玩耍，一副未历世事、天真无邪的模样……

在扎龙保护区内的世界珍贵鹤类展览园中，见到了形态各异的多种美鹤。其中有一只蓝灰色的赤颈鹤，身材奇高，几乎像一只幼年长颈鹿，羽毛油亮线条流畅，红颈银衣，头顶一朵菊花状的帽冠，每一根挺拔的冠须都金光闪烁，犹如一顶金质皇冠。故而步态傲慢，颇有王者风范。赤颈鹤生性凶猛，忽抬头昂然长啸，声如洪钟……

都说鹤通人性，一夫一妻制终身相守。雌鹤每年春季产卵两枚，若遇意外事故，雌鹤还会再次产卵两枚，直至成功孵化，可见仙鹤的天性中具有计划生育意识。鹤蛋呈灰白色，上有浅褐色斑点，由雌鹤与雄鹤轮流孵化，共同养育幼雏，夫妻恩爱平等，令人钦羡。只是听说曾有一只雄鹤因常常外出拍电视上镜头，受到外界诱惑，竟然移情别恋，跟另一只雌鹤远走高飞。它的"原配"痛心至极，在扎龙老窝上空久久盘旋，风声鹤唳，凄厉悲怆，哭声催人泪下，最后这只雌鹤不得不离开扎龙这个伤心之地，不知去向……

扎龙湿地的丹顶鹤群中，有过多少感人至深的亲情友爱呢？然而，仙鹤有爱，却不会有恨。面对至情而圣洁的仙鹤，人类是否多少会有些愧疚？

鹤的舞蹈

我相信自己与鹤是有缘的。20世纪60年代末，我从杭州到北大荒下乡时，报名的那个农场，就叫作鹤立河农场，隶属鹤岗市。想来在很久以前，三江平原湿地上，一定曾经自由地生活着许多许多白鹤灰鹤，此地因鹤得名。

但我到达鹤立河农场的连队时，几乎已经见不到鹤的踪影了。水库边草甸深处，偶有一只白色的长脖"老等"，细脚独立，低头于浅水处觅鱼，有人走近，它便伸开翅膀迅速仰天起飞，单腿忽而变成两根，垂直悬挂于身后，瘦腿伶仃，白羽飘飘，大有仙风道骨之态。那一刻我几乎惊呆，而后激动不已，从此固执地将此鸟认作白鹤，以给自己一点心理安慰。

但事实上，那时候三江湿地已被大规模开发成农田，鹤立河早已徒有虚名了。

1977年，我带着关于破灭的白鹤之梦与一息尚存的人生理想，来到哈尔滨读书后又留在那儿。有一天，在事先完全没有任何预兆的情境下，白鹤突然出现了——它们以舞蹈的姿势，猝不及防地闯入我的视线。那是我生命中值得庆贺的幸运之日，后来的岁月中，它仍不断地令我陶醉与回味。时隔20余年，当时的情形仍清晰如初、历历在目——

那是20世纪80年代初一个春天的清晨，我与一位邻居大姐约定去哈尔滨市动物园晨练。我们似乎是被一阵阵嘹亮的号角声，或是高亢的呼唤所吸引，闻声走到了一座高大的丝网笼前。那一刻我的呼吸都几乎停止了，我看见了一群白色的和灰色的大鸟，不，是一群真正的仙鹤，正在笼中翩跹起舞——

银衣白裙飘飘，身材修长流畅，长颈长腿灵巧敏捷，灰褐色的眼睛彼此深情地凝视对方——它们几乎具备了天才的舞蹈家应有的一切优势，还有内心热烈而疯狂的激情。它们在清晨的第一线阳光中从容地展开了巨大的羽翼，然后轻盈地弹跳，凌空扑转,就像踩着音乐的节拍,一步都不会乱了方寸。伴奏的音乐流淌在它们的血液里,我们人类是听不见的。一只白鹤高雅地踮起足尖,将长喙伸向太阳的方向,一次又一次,总是与其他的鹤擦肩而过,然后一个华丽转身,在笼中奔跑翻腾,掀起一阵忧郁的尘雾——这是白鹤的单人舞,高傲而又孤独。而双人舞的风格则完全不同,那是热情奔放而又光焰四射的:双鹤颈项相绕,四足灵巧地此起彼落,每一个动作都在互相呼应,就像人类的拉丁舞那样配合默契;它们不停地追逐嬉戏,扇动着翅膀换位拍打,像是在拥抱与抚慰对方;鹤似以腾跃示欢喜、以展翅示仰慕、以交颈示情爱、以啄羽示亲近;那般缠绵悱恻、难舍难分,那样扑朔迷离、如影随形。鹤们纵情狂舞的时刻,旁若无人,在天地间释放着求偶的全部渴望与爱意,忘我忘情,如痴如醉,令观者惊羡惊诧。当笼中所有的鹤都一同起舞时,犹如风起云涌、电闪雷鸣,一场气势磅礴而壮美的集体舞开始了,整个笼子似乎都震撼了。我听见了雄浑的交响乐,还有旷野春风的呼啸。我相信天下所有见过鹤舞的人,都会被它们的真诚率性所深深感动。

也许再没有哪一种动物的舞蹈,能比鹤的舞蹈更奇妙更精美更富于感情色彩了。20多年前我曾见过笼中之鹤的舞蹈,从此终身不忘。但也因而有一丝悲哀挥之不去,我只能想象着那些栖居在蓝天野地的鹤群,大自然辽阔的舞台,会使它们的舞蹈更加舒畅与自由。

我在扎龙见到一位春夏常出没于沼泽,业余拍摄野生鹤群的企业家王克举,并参观了他自费建立的扎龙梦鹤苑主题公园。前后十余年,他拍下野生鹤冬夏生活形态的图片近万幅,以这种方式，将仙鹤自创自演的舞蹈，在镜头中永久珍藏。在梦鹤苑几排红砖平房的白墙上，悬挂着几百帧扎龙丹顶鹤与大天鹅的艺术摄影图片。色彩光影、雪雾水波、鹤立鹤飞、鹤鸣鹤舞，千姿百态，让人流连忘返。

当然还有更为重要的另一种形式的挽留，留住湿地沼泽——适宜野生丹顶鹤居住的自然生态环境。齐齐哈尔市政府及扎龙保护区，在这20多年间竭尽所能、不遗余力。扎龙自然保护区管理局的李局长告诉我，扎龙的当务之急是设法将苇荡中遗存的几十家农户全部迁出保护区。

北大荒是仙鹤的故乡。据悉，当年知青大量开垦的湿地，近年已陆续退耕还草。

我相信自己是与鹤有缘的：我的两个侄女，公爹为她们各自起名为"鹤立"与"鹤飞"（我事先并不知情）——愿以此怀念那些美丽的白色大鸟，再不会被我们忘却或忽视。

初识明月岛

　　源自大兴安岭伊勒呼里山的嫩江，由近千条小溪以及13条支流汇集而成，江水碧稠，由北向南流经齐齐哈尔市，如裙带飘绕，依依不舍，一步三回头，终在城区西北七公里处，以盈盈波涛流水，历尽万年悠悠岁月，风铸沙垒，缠出一座四面环水的江心岛，曾名泗水岛。

　　绿岛呈半月形，面积7.66平方公里，安然卧于水中；漫漫严冬旷野冰封雪盖，大岛如一轮晶莹剔透的初月，自江上冉冉升起，故而又名明月岛。

　　明月出嫩江，苍茫云水间。明月岛——激活了我所有关于江河与月色的想象。

　　从齐齐哈尔坐船逆水而上，一路上天蓝水蓝、草绿水绿，江水丰沛，澄澈娇柔，令人难以相信这是在严酷的北国。这条至今尚未被污染的内河的汩汩江水，流淌着剽悍的先民与历代流民的勇气与智慧。

  船行十几分钟即靠岸登岛。时值旱季，但青草与树叶的气息仍是扑面而来。洼地湿润，芳草漫溢，野韭菜一丛丛绿得晃眼；小路在原始次森林中蜿蜒穿行，树不高却密集，重重叠叠的灌木与野果树，遍地的稠李与杨树，无边无际地延伸至岛的尽头。山丁子与山里红已经挂果，一嘟噜一嘟噜绿葡萄似的坠着；若到盛夏，岗上一片片鲜亮的黄花菜，融入金色的阳光里，岛就被镀上了一层金箔；初秋雨后，肥硕的油蘑一圈一圈从林子深处冒出来，采也采不完。槐树在东北极其罕见，可在明月岛上，槐树却是平常之物了……

  最令人惊讶的是，岛上竟然有桑树！桑树散于岛上各处，植株低矮蜷缩，有些怕冷的样子；但桑叶甚密，叶形较江南的桑叶略小。满树深紫浅红的桑葚，一串串一粒粒珍珠似的悬于枝头，很是诱人。急急摘下几粒，满嘴甘甜，一低头，却见手指已被浆汁染得彻紫……

  岛上的野生植物达百种之多，旱苇、水苇以及各种野生中草药……茂密丰富的植物可吸收30万人吐出的二氧化碳。明月岛，好一个纯净的天然氧吧。

  傍晚时分，在绚丽的晚霞中，静坐于那条弯弯的江汊子堤岸边上，可听见草丛中传来声声蛙鸣，空中掠过飞鸟归窝翩跹的暗影，林子里传来鸟儿们的啁啾，热闹而喜庆的，像一场盛大的音乐会。闭上眼细细分辨着——喜鹊？山鸡？江鸥？灰鹤？天鹅？

  江中的肥鱼与江底硕大的蛤蜊，还有机灵的野兔，似乎不爱说话。其实它们就在眼前，只是它们的声音被流水淹没了。

明月岛上现有野生水禽鸟类296种,我已无法将它们在黄昏中的歌唱——辨认。

据说还有火红色的狐狸,我能听见它的脚步从林中悄然走近,美丽的长尾扫落了成熟的草籽儿,它轻巧地纵身一跃,火焰般的身影已融入了天边的霞光里……

大雪飘落的季节,曾经远走的狼,也许会穿越无人的野地草甸,从嫩江的冰面上溜达回来,它该知道,只有明月岛才是它最可信赖的家园。

匆匆半日,根本无法将明月岛走遍,那才是岛上被开发的小小一角。尚有全岛面积三分之二的草甸苇荡高岗树林,将作为永久性的自然保护区,被悉心养护呵爱。这才渐渐留意到,岛上的植物动物似乎是应有尽有,但又似乎少了什么——是真的少了什么吗?去过国内那么多风景名胜地,终于发现明月岛独一无二的特色:岛上竟然见不到旅游区内通常密布的那些凌乱的饭店与喧闹的街市。尚留如此宽敞空间余地的一片土地,竟然没有开发一座商业性别墅,以及近年来颇为流行的那些娱乐度假村。

除了草甸便是水,除了树林便是灌木,除了自然还是自然,除了宁静还是宁静。本色而质朴的原生态,几乎接近原始。除了20世纪80年代初建起的一条童话般的环岛小火车,除了整洁的林中通道,几乎看不到现代与人工的痕迹。路边的垃圾箱都是模仿树桩设计,与四周的环境十分默契。就连洗手间都是刻意隐蔽在树林里的,白墙灰瓦,像一间古朴的林中小屋。

莫非明月岛真是一片尚未来得及开垦的蛮荒之地吗?

我无法确切地知道岛上原住民的垦殖史,但我知道明月岛作为一处修身养性的世外桃源,被正式开发的历史已近百年。从20世纪20年代起,岛上陆续建起了玉皇殿(万善寺)、福寿阁、如意阁、望江亭等古建筑,每一座建筑都有来历与典故,"文革"中曾被闲置荒废。20世纪80年代,明月岛被定位为省级风景名胜区,齐齐哈尔市政府下令将24家农户迁出明月岛,岛上从此不准再从事农耕养殖业,这一果断措施可谓具有环保的超前意识。其后,在长达20余年对明月岛的生态环境精心养护的同时,岛上的古建筑群逐年得到妥善修复,保持了原有古雅雄伟的风貌;近年来已有外来道士在此修行,香火鼎盛。齐齐哈尔市政府领导的开发思路,几乎从一开始就是清晰而明确的:明月岛是齐齐哈尔市人及全国人民休闲的后花园,若是有谁为了商业利润而破坏了明月岛的生态环境,谁就是明月岛的罪人。

　　这是20年中始终铁定不变的原则。尽管当地领导班子的成员已多次变更,"月有阴晴圆缺",但明月岛生态守则却始终被坚持下来。即便在20世纪90年代,商业浪潮一度失控为"特大洪水"之时,明月岛一不卖地、二不大肆盖房、三不修建大型娱乐设施,而是年年种树、年年栽花;就连小规模兴建的明月山庄宾馆,寸土寸瓦廊柱屋檐,色调材料也与岛上原有的建筑风格全然谐调一致,并尽力保留岛上的原始树木,房屋多掩于林间,浑然天成。天长日久,终是将明月岛悉心呵护得天青水绿,宛若中秋朗夜,长风晴空中一尘不染的透明玉盘。

　　众星捧月,明月依旧。明月岛原汁原味的风格的保留,是明月岛赖以生存并得以持续发展的根本。

岛上一夜，明月岛管理处的鞠主任对我讲述明月岛，一草一木如数家珍，那份自豪、那份骄傲，令闻者心动。夜风凉爽，却感觉到爱岛人身上散发着逼人的热流，如滔滔嫩江水不断朝我涌来。6月初识明月岛，更识了酷爱故乡的齐齐哈尔人。

金上京镜像

2005年夏天,在距哈尔滨几十公里外的阿城区的金上京历史博物馆,我平生第一次见到那么多集中陈列的铜镜,共有226面之多,好像天下散失的铜镜,都自动汇聚于此了。它们被整齐有序地分类,在玻璃柜中依次排列过去,占据了整个宽敞的展厅。一眼望去,似有无数个被乌云遮蔽的月亮,闪烁着幽暗的微光,在日出前的晨曦里一起庄严沉落。

铜镜的皮色呈灰绿、草绿、墨绿、银灰多种,历时800余年,仍完好如初,不碎不裂不腐不锈,从宁静而迷蒙的绿晕中,透出岁月的悲凉和沧桑。工艺略显粗糙、犹如浮雕般简约的图饰,明朗而流畅地刻录了女真民族的文化特征,以及与汉文化交流融合的历史。历年来,黑龙江流域远至贝加尔湖地区等原金朝辖区,以及阿城周边陆续出土和民间遗存并搜集而得的大量铜镜,已成为金史的形象补遗和金源文化的生动例证,也是金上京历史博物馆的珍贵馆藏品。

金人好镜？那样一个生猛骁勇的民族，竟然也是爱美的吗？

铜镜的形状各异，大体可分圆形镜、菱形镜、葵形镜、八角镜、亚字形镜、方形镜、带柄镜、附耳镜等八类，纹饰有双鱼、龙纹、人物、禽兽、花草、铭文、素面、秘戏等。还有一些仿汉、仿唐风格的照明镜、日光镜、四乳镜、星月镜；甚至还有集汉镜中常见的铭文与唐镜中常见的海马葡萄纹饰于一体的青盖镜。附耳镜（镜之边缘的上端铸有一带孔附耳）中有观音纹阳遂镜和千手观音双面镜，由此可知佛教对于辽金民族的渗入和影响。镜饰为花鸟鱼龙，趋于写真，形象生动活泼；人物故事千姿百态、神情丰富；展现出金代社会风俗、民间日常生活景象和审美趣味……

1964年，阿城出土的双鲤鱼大铜镜，直径43厘米，重达13公斤，无论其体积之大还是图案之精美，均为目前全国出土的铜镜之最。

曾有一面从绥滨县出土的铭文镜上，刻有"以铜为镜，可正衣冠"的字样。

然而，面对这几百面古镜，我却无法看见那熠熠生辉的铜镜镜面，更无从用那曾经光可鉴人的镜面照一照自己的妆容。因为那些朴素而美丽的铜镜纹饰，全都铸刻在铜镜的背面，展馆将那光滑透亮的镜面悄悄敛藏，沉默无语地背对观者，展出的是铜镜背面的纹饰。自从清代玻璃镜自西方传入后，铜镜逐渐淡出了人们的日常生活；古人用以梳妆整容的铜镜，失去了当初的实用功能，被今人之手旋转180度，旋即转化为审美和文化研究的对象。

究竟是铜镜变成了历史的证物，还是历史物化成了铜镜？

我自幼生长在江南，记忆中，那些威迫并撼动南宋朝廷之"金兵"，曾是何等凶恶狰狞。

史载女真人崛起于松花江和黑龙江流域，金太祖完颜阿骨打出生于"按出虎水（今阿什河）之畔"。阿骨打自幼聪明过人，精于弓矢，骁勇善战，后逐渐收服各部，伐辽大捷后，公元1115年，创立金朝，收国元年定都会宁城（今阿城），以"金"为国号。至完颜阿骨打嫡孙完颜合剌继位，即第三代皇帝金熙宗在位时期，会宁府被正式命名为上京都城。北宋徽、钦二帝被金人俘获，曾在1128年押抵上京会宁府，跪拜太祖庙，受尽屈辱后客死他乡。金王朝在金上京历经四帝，共计38年，南下灭辽、北宋两大王朝，成为北中国最强大的政治经济军事文化中心。以阿什河流域为中心的金上京地区，被女真人称为"金源内地"。

海陵王完颜亮刺杀金熙宗，成为金朝第四代皇帝后不久，由于物资运输与公文传递以及旧朝民心难服等诸多原因，毅然决定废黜上京称号，南下迁都华北燕京。北地八月乍起的秋风中，完颜亮率部开始长途迁徙，他撤离故土，走得如此决绝——昔日会宁府辉煌的宫殿楼阁、佛寺道观，均被毁坏，夷为平地。那是一场凄美悲壮的诀别：海陵王毁城南迁，自绝后路，是要从根上断了女真人思恋故土的念想。铜镜辗转南北，亦是要把关内关外的阳光都一并收拢其中。此后金上京一度衰落。

直至金世宗即位后，为维护女真旧俗赢得民心，曾重修上京宫室作为陪都。至金末,元军攻打金上京,久攻不克。传说中,金上京特有一种白色家雀,夜宿城内茅屋木檐下,元军差人将城内家雀以重金尽数捕捉收购,然后在家雀腿脚上绑上硝黄和线香。除夕之夜,点燃线香,放白家雀飞回城中,天黑以后,线香燃尽引爆硝黄,城池房屋一夜之间化为灰烬。那一场大火燃烧得如此猛烈持久,火焰映红了上京都城的天空,冰凉的阿什河水都被烧得发烫。繁华落尽,灯灭星稀,白家雀从此在会宁府绝迹,金上京皇城内仅剩下一片残垣焦土。年年岁岁,存积的焦土化为肥田,听任农户耕种。时历几百年风雨,至公元17世纪,女真后裔满族再次入关,建都燕京,立清王朝,女真人的祖地金上京,从此被彻底废弃。如今,东北人都知道阿城会宁府城墙遗址内种植的大蒜,个大味浓,辛辣甘甜;而百米之遥城墙外的农地,种植的蒜头则其味寡淡,比之会宁府的蒜头大大逊色。有人说,金上京遗址出产的蒜头,浓缩了金源文化几百年的精华与汁液,可在咀嚼中重温金人开疆拓土的艰辛。

  当年海陵王移师华北燕京,建立中都。燕京因而崛起,而后肇兴繁荣,历经元明清三朝,直至成为今日国都。海陵王毁了金上京,却创造了新燕京。古旧的铜镜,映照了一座城池的毁灭,伴生着另一座城郭的诞生。目光穿透镜面,遥远喧嚣的影像,由模糊渐渐趋于清晰:有疾驰的马队从镜中奔来,那一条从金上京到燕京的漫漫迁徙之途,恰是多民族融合之路。

  我在一面"海东青鸾兽镜"前驻足,"海东青"三个字,让我倏然心惊。镜子背面的图饰中心是一头神兽,周边一圈为蹲守的数只鸾鸟——海东青。早知海东青为北地猎鹰,盛产于松花江下游至入海处，以色青灰得名，形如隼而性猛，善捕天鹅。据《燕山丛录》记载，海东青——"大仅如鹊，既纵，直上青冥，几不可见，俟天鹅至半空，歘自上而下以爪攫其首，天鹅惊鸣，相持殒地"。海东青的体积仅有天鹅的五六分之一，一次却可击落三到四只天鹅，然后扬长而去……展馆中另有一块玉佩，刻有海东青击天鹅图饰；一件金代的玉如意上饰的三块玉雕，是海东青击天鹅的镂雕纹饰，均可见海东青在空中迅猛而矫捷的身姿。海东青恰恰产于女真人肇兴之地，也许正是为了证明一个崛起的弱小民族敢于挑战强国的勇气和实力。时隔近千年，如今被誉为"东方之鹰"的海东青，已成为汉民族精神融合的象征之一。

　　图纹逐渐变得凝重，我惊讶于这平面的镜子，竟然可以看到如此粲然的立体影像。

　　展厅柔和的光线，在几百面铜镜上折射出幽幽绿莹，交错辉映，竟让人生出几分幻觉。想象着当年金上京鼎盛时期的酒宴上，善骑射喜渔猎的女真人的萨满乐舞，曾是何等率性、欢快、狂野和虔诚。曾有文字记载萨满舞："五六妇人，涂丹粉，艳衣，立于百戏后，各持两镜，高下其手，镜光闪烁，如祠庙所画电母。"——可有人见过持镜跳跃的舞者？日光、月光、星光、火光，均在镜中旋转，犹如火炬与闪电的亲吻……那该是怎样奇妙的创意和画面啊。

　　金上京历史博物馆还收藏用作舞蹈的镜子。镜之舞，可乱我衣冠，助我心气。

　　查阅相关史料，发现金代铜镜的兴盛竟是源于缺铜。金国禁铜极严，不允许私人生产，铸出铜镜，须由官方检验镜背边缘的刻款和押记。铜镜一时成为紧俏的具"升值"空间的硬通货,百枚小铜钱即可铸成十厘米的铜镜转卖官府,因此造成民间私自"销钱铸镜"之风流行,也因此为金上京历史博物馆留下了如此丰厚的铜镜艺术馆藏。

恍然明白何谓"背景"一词:墨绿的铜镜背面,潜隐着推动历史发展的经济动力。

金上京历史博物馆的建筑也独具匠心,由国门栓、刀枪架、中军帐、黄金顶、四帝阶、大峡谷、年代角、错拐路和透亮窗等十余处具有金代历史内涵、颇有象征意味的设计连缀而成。馆舍向西200米,为金代开国皇帝完颜阿骨打之陵,再远处即会宁府城墙遗址,如此三位一体,构成了金源文化完整的文物群落。

铜镜古称"鉴"。以史为鉴,可测得失。而历史的真相和岁月掩藏的所有密码,有时,却藏在镜子背面沉寂的暗角里。

北国边地纪行

同一条江

很多年里,它们始终在远方的天际流淌。偶尔,我能听见奔腾喧哗的涛声,从江面上跃起。在我的想象中,两条江的碰撞与交汇,彼此都充满着吞噬对方的渴望,浪花对浪花的覆盖,水流与水流的较量、搏击或是占有,场面必定激越壮观。我怀着类似探险的好奇心,去往那个叫作同江的边境小城。再往北走,就要走到界江里去了。

然而,黑龙江中游水段,江面浩茫、水势平稳,宽阔的江面如此平静。天上正下着雨,很大的雨,直直跌入江中,似一根根亚麻线在织布机上穿梭,织出黑黄相间的凹凸长卷,江上仍是波澜不兴。江面安静得就像一汪深潭,寂寥无语。天上正刮着风,很大的风,浪花一层层推过来,轻轻拍打江岸,犹如一群泅渡的东北虎，气势逼人，却是蹑足屏气，像是一场大战前夕，阵地悄无声息。

此刻，我站在大江边。这不是一条江，而是两条江。一个人不可能在同一条河中来回两次？但一个人同时站在两条江边，却是完全可能——比如，就在这里，这个叫作同江、混同江，或叫三江口的地方。站在岸边，可以清晰地看见江中沙洲一侧的河湾入口，一股巨大的江流，正在平缓地汇入松花江的航道。松花江温柔地避让，任由黑龙江水汹涌而入。这个惊天动地的合流大动作，完成得如此轻松友善，流畅优美。江面陡然涨溢，略显丰满，却依然安详如初。广袤的原野犹如胸襟博大的母亲，将它们一并揽入怀中。

黑龙江源自额尔古纳河，自西朝东南而来，已经走过了很远的路程。松花江源自长白山，穿山越岭，一路由南流往东北方向。这两条大江将在沃野千里的三江平原尽头相会，开始另一段旅程。遥望黑龙江北岸，原野绵延无尽，地形地貌与南岸相仿，隐约可见隐于绿色中的村落屋顶与哨卡。很多年前，这条大江是内河而不是分界。目光落在江心的主航道，一种难以言说的感觉悄然袭来。

松花江止于同江，结束了它全程的使命。同江是一个终点，也是一个新的起点。自同江而东，下游的江段，依然被称为黑龙江。那其实是两条江共同孕育的另一个流动生命体。

史载，同江的古名"拉哈苏苏"是赫哲语，"拉哈"是泥草垒的墙，"苏苏"是废墟，原为古代赫哲族建立的城寨。西周时期，这片蛮荒之地，已有赫哲族先民、女真族先民等游牧部落居住，分布于弱水（黑龙江）、粟末水（松花江）中下游的广大地域。至隋唐，肃慎演化为黑水靺鞨。公元726年，唐朝在今俄罗斯境内哈巴罗夫斯克设立黑水州都督府。辽代，黑水靺鞨更名为女真族。1906年，清政府在拉哈苏苏设州定制，定名为临江州，安徽人吴士澄为第一任知州。1909年，清政府为偿还《辛丑条约》赔款，以海关关税为抵押，在黑龙江增设哈尔滨、三姓（今依兰）海关。次年，拉哈苏苏海关建立。同江至今保留着一座中西合璧的红砖房，为当年海关旧址。1890年，东北禁地对汉人开放，实行招垦政策，同江境内开始出现汉人村屯。1913年，清政府设临江县，1914年，改称同江县。20世纪30年代，同江出现第一次移民垦荒热潮。日伪统治时期，同江一度成为日本的侵华后援基地，东北抗日联军曾在此频繁活动、浴血作战。1945年，苏联红军渡江登岸，击溃日军，同江光复。1949年，同江并入富锦县，1959年又曾划归抚远。1965年，同江恢复县级建制，直到1987年，国务院批复设立同江市。至此，同江，如同漫漫荒原的河汊沼泽，终于凿开了通往江海的出口。

同江这一黄金地理位置、同江人身上那种关内移民后裔的韧劲、血性和拼搏精神，注定了同江必将成为北国边陲重要的通商口岸——"三江口"。

同江作为通商口岸已有百年之久，历史上曾三起三落。1910年，英国人设立同江海关分局——那是在中国丧失主权的情况下，同江作为国家贸易口岸的第一次对外开放，历时仅21年。中华人民共和国成立后，在中苏友好的气氛之下，1958年，同江与伯力（哈巴罗夫斯克）两城，曾作为中苏签约会谈地，开展边境贸易，以中国的大豆、副食品、日用品，交换苏方的汽车、钢材、化肥、汽油、机械等物品。这是同江口岸第二次短暂的开放。至改革开放后的1986年，同江恢复为国家一类口岸，成为"通贸兴边"的试验区。自此，同江如同汛期的大江腾跃，焕发出惊人的活力。那个用600吨土豆换回俄方7000立方米木材的故事，至今仍被传为"边贸"的经典佳话。

江水绵绵不绝，同江喜事连连。1993年，同江至日本酒田港江海联运首航成功；1994年成为国际客货运输口岸；1995年，同江开通了对俄汽车轮渡运输，建立了同江至俄罗斯比罗比詹的直达联运；1999年，同江至俄罗斯远东下列宁斯阔耶港的气垫船航线开通，同江口岸实现全年通关；2001年，佳木斯经同江至比罗比詹的国际大通道正式开通；2004年，同江东港至哈巴罗夫斯克的航线开通；2005年12月，同江地方铁路向阳川至同江路段竣工，为即将开工的黑龙江跨江大桥，早早备好了未来的铁轨。

中俄第一座跨江铁路大桥，可谓"水到渠成"。大桥设计长度近2000米，对岸是俄罗斯远东地区矿产木材资源丰富的犹太自治州。铁路桥通车后，将极大地缓解绥芬河口岸的运输压力、减少运距、降低运输成本、提高货物周转量。黑龙江大桥——这是同江两岸人民多年的共同向往，而这一"大同"之梦也将在近年内"圆梦"。

改革开放以来，同江经历了起步、高峰、徘徊、调整、复苏、滑翔、加速、起飞等多个历史阶段。大江推波助澜，促同江人激流扬帆。同江人充满了巨型鲟鳇鱼一般的气势与劲头，奇思妙想在空中翱翔。20多年来，同江市陆续开通了南下与北上的水路、公路、铁路三条黄金大通道，成为"同三（三亚）"公路的零公里起点，由此可辐射全国。铁路大桥建成后，一路向东进入俄罗斯远东地区，一路向西接连西伯利亚大铁路，可通达欧洲腹地。

夏季的船舶客运、汽车轮渡，冬季的冰上汽车，流冰期的气垫船与浮箱固冰通道——这些让滔滔大江从此不再是墙与堑，而是"强"与"箭"的象征。深水良港，舟、车、桥"三通"，同江全年全天候开放。

在同江的"三江口广场"中央，竖立着一座方锥形的标志塔，取同心同德、顽强拼搏之意。标志塔由塔身和S形的环绕曲线组成，象征南北大动脉的贯通。广场东侧建有一座赫哲族博物馆，陈列着抢救保护下来的赫哲族文化实物。馆藏文物1500余件，三层大厅，可饱览赫哲族历史沿革的文物、用具、图片、文字。如今同江每年都举办一次名为"乌日贡"（意为快乐的节日）的赫哲族文化节。走进市内专为对俄贸易而建，宽敞明亮的"同鑫市场"，可见行色匆匆喜气洋洋的俄罗斯人大包小包满载而归。同鑫市场集购物、餐饮、住宿、娱乐休闲一条龙服务，几年来已接待俄罗斯客商十万多人次。那座硬件设备先进、具有多种功能的现代体育馆，是同江人的骄傲，馆内正在布展，几天后，一个规模巨大的招商引资活动将在这里举行。同江海关大楼在江岸巍然屹立，中俄往返人流济济。距市区东北38公里处的哈鱼岛西北端，东港作业区货运繁忙。西港扩建工程即将建成两个千吨级木材泊位，货物年吞吐量将达到200万吨……

同江不负众望。同江成功地担负起两岸人"同饮一江水"的历史托付。

在江畔，我意外邂逅了留在同江市工商联工作的杭州老知青，以及专程从杭州前来探望"第二故乡"的老知青们。还有一位上海老知青，曾是同江中学的优秀教师，后担任同江中学校长，为同江的教育事业奉献了毕生精力。太多感人的故事，我已无法记述，但是，同江，会记住他们。

风雨骤停，天光渐亮。瞬息之间，水流在脚边奔袭而过。我面对的依然是黑龙江，而我掬起的那一捧水，已不是方才的水珠了。一代又一代人的泪水与汗水，百年郁结的屈辱，都已随着大江远去。留下来的，是一座正在崛起的港口新城。

眼前，两条江紧紧依偎，一左一右、一南一北，默默流淌。在很长的一段河道中，它们仍然是两条江，黑水澄褐、松水深黄，一黑一黄，一清一浊，各得其所。那个被用滥了的成语"泾渭分明"，在北地边境展现出更为浓烈的异象。它们显然还不太习惯对方，故而不肯轻易屈就，坚守着各自的品性，始终保持着并行不悖的姿态，直至向东并流达40公里之远。只见江中央的黑黄两色水线逐渐模糊，江面水色变清变深，水流渐渐合二而一，终至浑然一体。两条江在水下悄悄握手言欢，相拥相融柔情万千。松花江注入了黑龙江，从此你中有我、我中有你。一条江消失了，变身为另一条江。

但我知道，黑龙江将继续往东奔流，至抚远境内，在那里，它将与妩媚的蓝色乌苏里江交汇，完成上天赋予它的三江合流之壮举。这条行不改道、流不更名的黑龙江，携带着华夏土壤中浸透的文化精华，纳三江之水，集三江之气，浩浩荡荡进入它的下游河段。在抚远，它将会离开我们的视线，猛然折身向北，与鞑靼海峡比肩而行，然后去往鄂霍次克海域。三江同心，同一条江，最后一并汇入浩瀚的太平洋，不再回头。

它们，最终都属于大海。

红松擎天

伊春，春天开始的地方？春天漫山紫色的靰子香，是梦幻。

伊春，秋色如春的地方？秋天层林尽染的五花山，是童话。

到了伊春，必要先去城边的南山森林公园。林荫道盘旋而上，路边不时有参天大树掠过，抬头望不见树梢，已有了林都"先声逼人"的气派和气象。登上公园山顶的九层兴安塔，俯瞰山下，伊春城像一个巨大的绿色沙盘，隐没在起伏的丘陵与林海之中。在山丘与山丘连接的小平原上建有大片高高低低的楼房，红黄蓝白五彩缤纷的城镇，浮游在苍翠的绿海中。视线越过山峦间的空地，见更远的山后，镶嵌铺陈着一大块一大片齐整的楼市，那是伊春市分散的各行政区。早听说这座城市的面积巨大，这才恍然，原来伊春市整个儿都"陷"在山林间。触目是山，迎面见树，果然是名符其实的"林都"。

林都多树、林都多雪。冬季满山的白雪和夏季绿叶繁茂的大树，是巨大而丰盈的森林水窖。故而，伊春境内的汤旺河、大丰河、金沙河、永翠河、凉水河等大大小小的河流，达702条之多。水从森林的树根下溢出来，滴滴甘露；水从岩石的泉眼缝隙里渗出来，汇成溪流和水幔。水汽升腾入云，落下好雨、好雪回馈森林，树木便越发茂密。林都伴生了一个水都，水都又润泽着林都。天地间如此和谐地循环，滋养出一个四季蓬勃的美丽伊春。

然而，一个又一个四季被我延误，在这个夏天到来之前，我一直没有去过林都伊春。我对伊春怀有渴望与忧戚相交的复杂情感，不愿让重逢变成惜别，毁坏了我心中对森林的念想。

30多年前的一个冬季，我曾随农场连队，在距伊春不远的鹤北林业局十八道林场伐木清林。雪地、暖泉、森林、冰坂，曾是我知青年代珍贵而美好的记忆。然而，重新回望那个年代，让人心生愧疚。还记得男生手中锋利的电锯，将远近茂密的大树呼啸扫荡；深山楞场的卡车，满载直径十几米长的原木，一车车运出山去。七八个女生围着一株锯倒的巨木，为它清理枝丫，须花费好几天的力气。我们曾将一棵棵粗壮的大树锯断、劈成柈子，然后塞入炉膛，熊熊火焰给帐篷带来温暖，同时将几百年成材的原木，燃为灰烬……长期过量的采伐，使得小兴安岭林区可采林木锐减，生态逐渐恶化。

在那些倒下并消失的大树中，当然有红松。

红松，分布于俄罗斯、朝鲜、日本东北部以及中国的长白山和小兴安岭。伊春，小兴安岭中麓林区，目前尚存亚洲面积最大、最为完整的红松林，如今已成为红松在中国的最后一片原始保留地和红松原乡。自然界中但凡珍稀物种，对生存的地理气候条件大多要求苛刻，决无苟活之意。据说，在大兴安岭残存的原始森林中，人们只找到了绝无仅有的一棵红松。这种生长于高纬地带的珍贵树木，生长极其缓慢，而人类采伐的速度却远远高于它们的生长速度。几十年前，小兴安岭还是红松满山，巨木林立。然而，历经20世纪战火硝烟的损坏以及新中国成立后连年的大量砍伐，红松已所剩无几。近半个世纪以来，伊春为国家输送了2.3亿立方米红松材质，据说，若是把砍下的红松原木装满火车，一节节车厢连接起来，可从最北端的漠河，一直排至最南端的三亚。若是一根一根连接，其总长度可从地球至月球来回约六圈半……

红松，你们如今安在？

时值盛夏，林间浓荫匝地，凉风爽滑。我在溪水国家森林公园的乔木观赏园寻访红松。溪水属于上甘岭林业局，抗美援朝战争结束后，因参加上甘岭战役的连队全体转业至此而得名。"乔木观赏园"所在地，本是原始森林一犄角旮旯，山陡林深不易采伐，年长日久几近遗忘，竟在不经意间，保存了完整的原始森林品貌。经普查后发现，该地存有614种原生树木，是一座天然的森林博物馆。沿山路上行，只见草木葳蕤，蕨苔遍地，低矮灌木与高大乔木，针叶阔叶高低错落。迎面扑来树叶与青草、朽木与落叶混合的浓郁森林气息。新铺的石阶木桥、草亭木屋，与山林浑然一体。路边的每一棵树的树干中段，都钉着精巧的小牌：槭、柞、椴、桦、楸、云杉、冷杉、水曲柳、山核桃、山葡萄、稠李子、五味子、珍珠梅、暴马丁香……科目、树龄、学名一一在目。吸气、吐气、再吸气，肺腑通透、神清气爽。据说，在城市的空调房内，负氧离子几乎是零。而在这里，每立方厘米空气，负氧离子浓度为1.5万个。好一个天然氧吧。

走得微微出汗，汗如清溪甘泉。一路漫游，尽享森林浴。

那一刻，天空忽然暗下来：一株褐红色的巨木，挡住去路。大树如一门超长巨炮，横空出世。树干浑圆敦实，直上数米绝无旁枝，似一位森林巨无霸，居高临下、冷傲威严。它的躯体健壮，厚重的树皮鼓胀得似要裂开，鱼鳞块状寸寸皴裂，呈现出清晰的时间刻度。那是——红松！

在溪水，我仰视红松——它们列队而来，在路边，在树林深处。树高达数十米，一株、又一株，如同一个威风凛凛的森林卫士方阵。它们已经在这里巍然伫立了几百年，饱经风霜却是容颜依旧；腰板挺直，直得甚至让人怀疑树干中是否嵌入了钢管或钢筋。不，它更像一枚等待发射的火箭，直指天穹。岁月悠长，红松心无旁骛地向上生长，中途决不分叉。一直到树顶的树冠部分，才打开伞状的枝条。阳光透过树顶苍绿而粗硬的松枝倾泻而下，五针一束的松针，玉簪似的插在头顶，可望而不可即。

在溪水，我拥抱红松。红松应是世上最有骨气的树种之一。它直立如柱，表里如一，就连木材的纹理也是直的。它喜酸耐寒、外刚内柔，质地轻软细腻，不易曲裂。它是如此坚韧，耐腐蚀抗风雪，可做桥梁、枕木、电杆之用的栋梁之材。红松的树皮可提取烤胶、采割松脂。松针可提取松针油；松子为美味坚果，亦可入药……

我赞美红松。红松，在这冰雪之地延续了千万年的完美物种，由于它过于优秀，而受到了人类的过度青睐。仅仅一个多世纪，红松便遭到了毁灭性的掠取和破坏。当人类终于醒悟的时候，红松林已所剩无几，仅在伊春，还能见到原始红松林留下的些许踪迹。

然而，在溪水，这个夏季，我要为红松祝福。我知道，2004年9月，伊春市政府在当时地方财政特别困难的情况下，做出了全面停止采伐天然红松的决定。同时，开展实施"天然林保护工程"，对现存中龄红松活立木实行建档立卡管理。伊春人决不能让"红松的故乡"变成回忆中的"红松的故事"。人所皆知的伊春伐木工马永顺，一生伐树三万余株。退休后，倾晚年余生之力，植树三万余棵，被国人传为佳话。登上溪水森林公园内的观光塔，可见群峰滴翠，环山苍郁，森林像一块巨大的"祖母绿"，在阳光下发出碧玉的莹光。山坡上的人工红松母树林中，树梢上悬挂着一只只油绿的松果。高高的红松树下，喜阴喜湿的细弱幼苗正在耐心生长。我曾见过一只菠萝般硕大的松塔，待到饱满的松子在松软的黑土中裂开，将会繁育出无数红松幼苗。几百年以后，美丽的伊春城，该是一座隐没在莽莽红松林海之中，竖立着无数根罗马式圆柱（红松）的巨型绿宫殿。

伊春五营国家森林公园，保留着更为集中、完美的红松林，更具观赏性。那里的红松一排排高耸入云，犹如一根根擎天柱，托起伊春的未来。

我在溪水"认领"了一棵红松。我愿日日为那棵遥远而伟岸的红松祈福。当我老去的时候，红松依然不老。但我想红松不一定喜欢被人们"认领"。红松本是天地日月的精华，是在风雪冻土中伫立了千年万年的北方汉子。红松高高擎起了绿色的火炬，若是这个世界上没有了红松，蓝天还能用什么来支撑呢？

一滴悲凉的泪，从树冠滴落我心。不是我认领红松，而是红松认领了我。

龙城遐想

　　这个以"恐龙之乡"闻名的小城，是一个适宜遐想的地方。大江、森林、漫岗、峡谷、石林、瀑布，还有猛犸象和恐龙遗踪……踏上嘉荫的土地，一山一石，都笼罩在奇异而神秘的气氛之中。好像一不小心，就会和远古的生灵相遇。

　　嘉荫县城，位于小兴安岭北麓，黑龙江中游南岸，与俄罗斯犹太自治州的萨吉博沃镇隔江相望。嘉荫城沿江而建，街道明亮光鲜整洁，像一块金黄色半透明的玛瑙石。这里曾是鄂伦春人的狩猎故地，清朝末年，中央政府设乌云、佛山设治局，同时升为三等县。"乌云"以乌云河命名，乌云河为黑龙江支流，乌云为满语"森林"之意，可以想见当年此地林深树茂、沟壑纵横的原始风光。乌云后改名"佛山"，以嘉荫境内的观音山命名，后因与广东的佛山市重名，1955年11月改为嘉荫县。"嘉荫"也是以河命名的，县境内有一条古老的河流，名为嘉荫河，又名"扎伊河"，俗称"夹金河"。嘉荫以盛产黄金得名，乌拉嘎金矿在清末已是远近闻名。无数人心怀淘金之梦奔嘉荫而来，致富的遐想曾化为一代又一代人的辛劳和血汗。

　　今日嘉荫城，江堤下建有一座"侏罗纪公园"，园内绿草茵茵，散落着数十只大型恐龙雕塑，"张牙舞爪"的生动造型，大如野象、小如袋鼠，或凶猛或温柔，让人好似走进了一亿多年前的恐龙世界。几公里长的江滨长堤内侧，每一块长方形的空格上，都画着生动鲜活的恐龙图案，雄健的深色躯体，笨重而稚拙，在肥厚的蕨类、蓬勃的树林中，三三两两地奔跑、嬉戏、示爱、觅食、争斗、栖息……恐龙"聚居"的这一条江堤画廊，均出自嘉荫人手绘，是当地宣传干部遐想恐龙的艺术创作。

恐龙——源于"恐怖的蜥蜴"之说，在嘉荫，却近乎一个昵称、一个令人浮想遐思的文化符号。

公元1902年，俄国人马纳金上校，从当地渔民手中获得一种形状古怪的化石。1915年，马纳金将化石运回俄国，试图将这些零散而奇特的残骸碎片恢复成藏在时间深处的本真面目。那几年，俄国人在嘉荫采走了几十普特的化石。1924年，一架完整的恐龙骨架，从岁月的尘埃中无声地站立起来，一时举世皆惊。这条高4.5米，身长8米的黑龙江鸭嘴龙标本，在1925年被命名为"满洲龙"，从远东运回圣彼得堡，至今陈列在圣彼得堡地质博物馆。

遐想恐龙——回望6500多万年前的白垩纪末期，那些已经统治了地球长达约1.5亿年的大型爬行动物，在这个林深草密、温暖潮湿的沼泽地带，度过了恐龙族群最后一段食物充足的美好时光。科学研究至今无法令人信服地证明，经过中生代的三叠纪和侏罗纪的亘古长夜，这片泛古陆上又发生了什么样的地质或气候突变，使得恐龙们在走向灭绝的前夕，大规模地集合于今天的黑龙江流域，在此终老长眠，直至完全消失。

20世纪70年代的嘉荫地区，夏季连发大水，距俄国人发现"第一只中国恐龙"已经过去了大半个世纪，嘉荫西北龙骨山一带的渔民，又一次看见了传说中的怪石。它们呈灰褐色，沉重粗糙，被汹涌的河水卷裹而下，冲至下游的岸边。那是黑龙江的一处岬角弯道，河水连续冲刷，造成水土流失、岩石剥落。这些来自山里和水中的不明物体，奇形怪状、嶙峋坚硬，犹如重见天日的陨石碎块，或是神奇的天外来客，引起村民的恐惧与好奇。

这些怪石，后被专家们鉴定为大型食肉类恐龙的骨骸和牙齿，亦称龙骨。这些实物又一次证明了嘉荫是恐龙故地。在嘉荫龙骨发掘现场，即现今的国家地质公园内，建起了一座神州恐龙博物馆，展出了从嘉荫陆续出土的八具完整的恐龙化石骨架。它们被称为疾走龙、甲龙、鸭嘴龙。高高的拱形穹顶展厅中，那头最高最长的霸王龙，凶猛的扑食姿态和扬起的长颈，令人遐想恐龙当年不可一世的霸气。有一个展柜，珍藏着一小块恐龙的皮肤化石，粗裂的皮肤纹理依然丝丝可见。就在这座地质公园内的龙骨山中，埋藏着恐龙的墓葬群落，据测其中的恐龙遗骸有百具之多……恐龙遗址的全面保护，已成为嘉荫人的自觉。

不要惊扰它们。此后的无尽岁月，愿它们在这里沉睡安息。也许在未来，这种亿万年前遗存的动物基因，将移往另一个星球，在那里复原复活，重新开始恐龙家族的幸福生活。

从馆外的恐龙骨架大型雕塑的根根"龙骨"中穿过，犹如在瞬间飞过时光隧道。白垩纪晚期恐龙整体性灭绝的原因探秘，留给人类一个无解之谜——是小行星撞击地球引起的大爆炸带来的遮天尘雾，造成植物的光合作用暂停而导致食物短缺？是食肉类恐龙与食草类恐龙自相残杀而同归于尽？是气候突变气温下降，空气中含氧量稀少让恐龙窒息而死？是酸雨频频降临，土壤中的微量元素被溶解，恐龙摄入了大量的锶而慢性中毒？是地球磁场发生变化，而恐龙对磁场过于敏感？是恐龙喜爱的裸子植物逐渐消亡，而新生的被子植物含有致命的毒素，导致恐龙排放出过多的甲烷，造成恐龙自身无法呼吸？是侏罗纪的古大陆发生了大分裂与大漂移，海平面上升，居住环境恶化，使得恐龙无法继续生存？

为何在嘉荫一带，至今没有发现一处恐龙蛋化石？莫非恐龙另有隐秘的专用"产房"？（河南西峡曾发现藏有15万枚恐龙蛋的地下"库房"）或是由于白垩纪晚期，地球上开始出现小型哺乳类动物，它们以恐龙蛋为食，把这一带的恐龙蛋统统吃掉了？物种的灭绝究竟是由于不可克服的天敌降临，还是大自然进化的必然？

人类的文明史，与地球生物史相比，是多么微不足道啊。

在遥远的未来，人类仍将会是地球上唯一的高智能生命吗？

谜团重重至今未解，唯有思绪飞扬的种种遐想。

忽有诗来："恐龙已乘长风去，此地空余黑龙江。恐龙一去不复返，黑龙千载水悠悠。"恐龙时代早已结束，而恐龙留下的疑问和不灭的幽灵，却和嘉荫人日日相伴。

抑或由于恐龙的"遗传"，嘉荫人顽强进取，却懂得心存恭敬谦虚；嘉荫人知足常乐，却对世上未知未解的事物，充满探秘的好奇与激情。

在嘉荫农场的学校校史陈列室，我见到了孩子们用大米、绿豆、红豆镶嵌的五彩工艺制品，其中一幅卡通造型的恐龙图形，稚拙夸张甚为可爱。20世纪70年代，位于黑龙江边的嘉荫农场，曾是硝烟弥漫的"前线"，如今则一片祥和富足。学校的设备、师资、教学质量，达到中等城市的教育水准。场部的宾馆商店医院文化宫，一派现代城镇的气象。正是麦收前夕，崭新的农机具，在场院整装待发。在农机站和气象站，一台200多马力的美国进口大型牵引式拖拉机，让我大开眼界：密封的车厢、精密的仪表、可升降的驾驶座、配套的多种农具。车厢后面那台巨大的犁铧，耕作宽度可达13米，翻地耙地起垄一次完成。机器轻轻发动，几分钟之内，十几米宽的巨犁，竟然左右上下折叠成双人床大小，又重新打开，迅速还原。麦收在即，等机头挂上了联合收割机，那就是一台遨游麦海的"巡洋舰"了。

想想吧，高大的车头、雄壮的机身、翻滚的长镰和脱粒机，还有那一根气度轩昂的"长脖子"喷管——恍然间，眼前活脱脱一条21世纪的机器霸王恐龙再世。

我从江畔灰蓝色的江水中，捡起一块浅褐色的碎石。它从上游而来，或是已在江底蛰伏已久？冰凉的石子在我的掌心渐渐变暖，沉得像一块珍稀的木化石，像是嘉荫变迁的见证。夕阳西下，一抹狭长的橘黄色晚霞凝在天边，如同一只回眸远眺的鸭嘴恐龙……

在嘉荫，"恐龙"无处不在。

嘉荫城临江建有一条宽敞坚固的黑龙江大堤，也是一座集防洪、娱乐、健身、休闲于一体的文化公园。1984年黑龙江大水过后，嘉荫人痛定思痛，经多方支援，举全县之力，在2002年，建成这条可防百年一遇洪水的江堤。堤上立有一座大型不锈钢城雕，基座的西侧刻有嘉荫的历史介绍，东侧记录了嘉荫重建江堤的业绩。百米之外，另有一座大理石"嘉荫碑",刻有赋体《龙乡新记》,是嘉荫近年来脱贫致富开拓发展的史诗。

再次眺望那座抽象艺术造型的嘉荫城徽,几只昂首交颈腾空而起的恐龙,变形为一艘扬帆的大船。雕塑题为《远航》——

在嘉荫县体育馆内,有几个正在怡然弹琴绘画的中学生,他们刚刚接到高考录取通知书,来自北京、上海、南京等地的重点大学。暑期过后,这些新一代的"90后"嘉荫人,就将离开家乡,去外面的世界求知探秘、扬帆远航,实现心中的梦想。

"神州第一龙"的故乡嘉荫、黄金玛瑙硫铁蛇纹石的产地嘉荫,还有热情纯朴的嘉荫人——令我的遐想也开始远航。

五色城徽太阳岛

在东方古国以太阳为母题的传说中，位于北疆哈尔滨的太阳岛，是太阳神鸟驮日起飞的那株扶桑神树的另一故地吗？抑或，这个温暖的地名，寄托着雪乡人对于阳光热切而奢侈的渴望？

17世纪意大利的康帕内拉所著《太阳城》所描述的理想社会，曾借喻太阳这颗伟大的恒星，抒发宇宙间万物的灵性和智性。太阳岛，莫非是"太阳城"的一处域外飞地？

希腊神话中的太阳神阿波罗，居于爱琴海中的一座岛屿。他的爱妻罗得斯，是爱神与美神的女儿。那么，哈尔滨的太阳岛，同因罗得斯命名的那座小岛，是否有某种文明的默契？

许多年间，我带着困惑疑虑和奇思异想，一次次走近太阳岛，试图解开寒冷的北方这一炙热的谜语。

起源于长白山天池的松花江，一路坦然浩荡奔泻而来，流经呼兰境内的河段，江水看似不经意地绕了一个几近180度的弯角，把一大片囫囵的黑土地，轻轻松松搂在了怀里。若是从空中遥看，半岛像一个正在浮出水面的圆太阳，从松花江北岸冉冉升起。那个由小渔村而衍生出的被称为"东方小巴黎"的远东著名城市哈尔滨，与其一水之隔，遥相呼应。江上或冰上往来太阳岛的人们，渐渐就有些迷惘：究竟是因为有了这个美丽岛，那座城市才会应运而生；还是因了那座城市的兴盛，太阳岛才逐渐被世人知晓并赏识？

　　这三面环水的太阳岛，生成于江汊河道湖沼纵横的湿地，果然拥有与太阳有关的不凡来历。清朝中叶，太阳岛曾名"太阳滩"：这一带的松花江岸，黄白沙粒洁净硕大，在骄阳下粒粒透明闪烁，炙热如火，被喻为"水上的太阳"。捕鱼季节，渔民归帆收网，夜宿江滩，借沙滩的温度取暖歇息，故名"太阳滩"。至清光绪末年，江河航运业兴起，松花江上行航线开通，第一座航标（土语"照头"）设于突出江面的太阳滩上，"照头"凌空而起，标志醒目，简称"太阳照"，太阳岛之名亦由此衍生而来。另有一种更为通俗浅近的说法，却将其与太阳有关的意思省略了——只因这片水域盛产鳊花鱼，当地满族人称为"太要恩"，发音与"太阳"十分相近。久而久之，满语"太要恩"即变音为"太阳岛"……

　　我愿意相信所有关于太阳岛的传说。正因它的来源和头绪如此丰富杂糅，太阳岛才给予了我们更为宏阔博大的寻访空间。

多年前的一个夏天，和友人们一起划船去太阳岛，江滩上炽热的阳光，无情地灼伤了我的肌肤。阳光的疼痛久久留在我的体内。方知那是一个火辣辣的太阳岛，具有村姑农妇的野性与豪放。

也许是另一个深秋的傍晚，夕阳下，沿江的柳叶如金箔纷纷飘落，融入金色的江水，一江秋水灿然流淌，晃得我睁不开眼。那是一个金色的太阳岛，透出侠客般的豪爽与正义。

又一年某个大雪初霁的冬日，太阳岛寂静的白雪地，与我的脚步声一起浅吟低唱。冰河环绕的江堤下，一座座颇具异国情调的俄式小屋宽大的绿色、绛红色屋顶，隐匿在厚雪之中；我迷失在那座巨大的雪宫殿中杳无人迹的雪巷里，犹如置身于与世隔绝的雪国。那个时刻，它是一个银太阳，放射着幽灵和天使携手飞翔的灵异之光……

太阳岛是如此率真而浓烈、质朴却又华丽、辽阔而又丰饶。环岛的江水不倦喧哗，岛内的湖泊却宁静悠然；岛子连接江北荒原的沼泽中，一丛丛浓密的塔头墩子伫于碧水，更像无数个袖珍的岛中之岛，汇成一片旖旎的湿地风光。那些天然的树林和草地，在秋天的雨后，有熟透的浆果和鲜嫩的蘑菇悄然藏匿；五彩的飞鸟在白云下疾速掠过，如同蓝天下一顶顶旋转的太阳伞。四季更替，岛上的"太阳花""太阳鸟"，都活得尽情尽兴；来往的"太阳雨""太阳风"，以水或冰的形态，挥洒得酣畅淋漓。自我邂逅它的第一时间，我便已心领神会，它不似清雅洒脱的传统水墨写意风格，更非笔触细腻的传统工笔；每时每刻，无论从哪一个角度远望近看，太阳岛都是一幅又一幅油彩醇厚、质地凝重的油画——呈现出大视野中的立体感。

所以，欣赏太阳岛，不仅仅是用眼睛，而且是用心灵去感悟。与那些可玩味细品的江南园林优雅阴柔的文化风格相比，太阳岛是一个胸怀宽广、刚柔相济的北方汉子。

岁月流逝，雪融冰消，今日的璀璨宝岛，谁知百年兴衰中曾浸透多少辛酸与苦涩？

据史书记载，康熙二十八年，驻扎呼兰的水师奉命从太阳岛出发，顺松花江而下，攻克雅克萨人的首府克萨城堡。太阳岛作为呼兰水师的营地而首次声名鹊起。这是太阳岛最早的荣耀。至20世纪20年代，因经商、避难抵达远东的俄国人，在哈尔滨"郊外"发现这一理想的沙滩浴场，在岛上陆续建起一幢幢颇具欧陆风情的木质别墅休闲度假；岛上曾建有一座简洁精巧的圣尼古拉教堂，为岛上的东正教教徒诵经祈祷之用。时而清脆时而低沉的教堂钟声，在雾气中传扬着异质的文明。渐次，哈尔滨人也开始聚集江滩野浴垂钓。20世纪30年代，太阳岛作为塞北一处避暑之地，已初具规模。20世纪70年代末期，我曾多次去过江堤下著名的太阳岛西餐厅。那是一座木质装饰的白色雕花小楼，由犹太人卡茨在20世纪20年代出资开办，曾专为俄国贵族享受。整个外观设计，如同一条乘风驶于江面的大船，顶层围栏如缆，舷窗风轮形状逼真。站在"甲板"上，江风吹起一头乱发，犹如正在起锚远航。如此浪漫多情的建筑，可惜毁于1998年的一场大火，从此只能在梦中与之相遇。

五四运动以后直到抗战全面爆发前，哈尔滨作为赴俄求学的必经通道，先后有瞿秋白、朱自清等学者，曾写下在太阳岛水域舢板驾舟、游泳戏水的文字。我所景仰的女作家萧红，亦在岛上留下了情意绵绵的足迹。艰苦卓绝的抗战时期，岛上隐没于白桦林和老榆树下的俄式民宅，曾经成为中共地下党、东北抗日联军传递情报、转运武器的隐蔽之地。李大钊、刘少奇、赵尚志、杨靖宇等人都曾先后在岛上举行或参加过秘密会议；赵一曼烈士在一间树林小屋生擒过特务，冯仲云夫妇在岛上举行了彩虹下的婚礼……20世纪50年代，作家周立波还曾"隐居"于太阳岛，写作那部著名的长篇小说《暴风骤雨》。

1966年那个乱云倾城的夏天，太阳岛江堤林荫路边茂密的垂柳，曾因一位尊敬的剧作家的离世，集体弯腰鞠躬志哀；草地上所有的白色野花，在那个黑夜里为他开放；柳丝榆叶如挽幛飘飞，一江空茫的黑水悲怆东去奔流入海——那位创作了人们如此喜爱的电影《冰山上的来客》《赫哲人的婚礼》的剧作家乌白辛，在生命最后的时刻，选择了他生前心爱的太阳岛。绿树、江水，面包、香肠、兑了毒药的啤酒……如他生前写作时沉思的姿态，烟蒂从容燃尽，熏焦了他的手指……他把最后的艺术激情留给了太阳岛，也把永远的眷恋留给了太阳岛。那一天的黄昏时分，人们看见一个浑浊的太阳绝望地坠入大江。那是一个令人窒息的黑色太阳岛，从此，太阳岛被赋予凄美悲壮的色调与刚烈的性情。有关不落的红太阳的种种妄语和神话，亦在滔滔江水中破碎陨落沉没……

历史上多次肆虐的松花江特大洪水，是太阳岛历史上不可缺失的记忆。宇宙洪荒、没顶之灾——太阳岛曾托水而生，亦曾覆水沉陷；泽国、淤泥、汪洋、废墟。1998年的洪水，曾淹没了堤下赵朴初题写的"太阳岛"石碑，仅在水面上露出了

"太阳"两个字——那是一个几乎被洪魔溺毙的奄奄一息的太阳。然而,豪爽顽强的哈尔滨人,终是用众人的双手,把"太阳"从水里打捞起来——重现长堤绿树碧水金沙。太阳岛在颓丧的洪水中一次次新生。

拥有百年人文历史的太阳岛,印证了北方民族在黑土地开拓、搏击、进取、自强的力量;也见证了战争、殖民、内乱时代的所有耻辱和伤痛。如今,岛上遗存的历史痕迹虽已踪迹稀渺,但若是静心聆听,仍可从那株百年古榆摇曳的树声中,听见它的叹息:切切不可再用矫情的夸饰来赞美我,这历经百年沧桑的太阳岛,祈盼灵魂与灵魂的呼应和对话。

21世纪开初,太阳岛公园重新规划,修整一新。如今纷至沓来的天下游人,见到的已是一个集自然生态、文化审美、休闲旅游于一体,气势恢宏的国家AAAA级太阳岛公园。那块来自金上京古都、阿什河上游河滩里的天然巨石,在雪雕般洁白的弧形拱桥状的"太阳门"前,犹如一位健硕的守门壮士,体态敦实浑厚,肌肤上折射出油亮的太阳光泽。入太阳门,过"太阳桥",草地一侧矗立着一座巨大的青铜钢琴雕塑,似有一双看不见的纤纤玉手,在琴键上弹奏着流水般的旋律。乘坐电瓶车沿着环岛舒畅的林荫大道一站站前行,可见波光粼粼的太阳湖,与太阳山上飞流激扬的太阳瀑,默契地合奏着"阳光奏鸣曲"。具有东正教传统建筑风格的白色圆顶"水阁云天"和避雨长廊,辉映于湖中的白色倒影,恰如一群大天鹅翩翩飞来,悠悠浮于水面缱绻不去。辽阔的阳光沙滩浴场,沙浪灼烫,显得越发坦荡恣意;鹿苑中随意放养的梅花鹿,正与游客亲密接触；林木幽深的松树岛上，精灵般的小松鼠，在树干上草叶间窸窸窣窣地蹿动，游人伸出手掌喂食，松鼠柔软的小舌尖舔得人手心痒痒。开放而又相对封闭的松鼠岛，设有几处别具匠心的旋转门，游客出入自如，却将企图逃跑的小松鼠彬彬有礼地留在门内了。如今全岛共有2000多只动物，100多种鸟类在此安居。随着民间环保意识的普及，当年那些酷爱狩猎的人，早已放下了心爱的猎枪。

刚入7月，岛上的106万株树木已是绿荫葱茏，几十万平方米绿草坪平坦如毡。举目望去，满眼皆绿——在夏天，岛上的太阳亦是绿的，一个绿色的太阳岛。若是春天，岛上的30余种丁香花灿烂怒放，那时便是一座紫霞萦绕的丁香岛。

更有竖立着群马奔腾铜雕的"东北抗联纪念园"、稚拙淳朴的"北方民间艺术精品馆"，将黑土地的珍贵史料和人文品貌一一展示。日本园林风格的"新潟友谊园"、俄罗斯皇家金色剧院、俄罗斯画家村、于志学美术馆，均镶嵌于太阳岛这硕大的画框之内，与自然景色浑然一体。

隐蔽而幽静的白桦树林间，还有专为情侣们设计的一处"恋爱角"——树叶沙沙，情话喃喃，呵呵，想想哈尔滨人的浪漫情调吧。不不，还是要亲自去"恋爱"一下，才能领略这岛子的甜蜜和微妙。

到了冬季，一年一度的大型雪雕艺术博览会，人们会见到千姿百态的银白色雪塑冰雕，那些与冰雪一起狂欢的日子里，人们在严寒中纵情赏雪踏雪戏雪沐雪浴雪，恰是对于这个缺少冰雪文化滋养的汉民族最为贴切的补偿。

我却偏爱江岸边由一座座百年老别墅重新修葺规划而成的

"俄罗斯风情小镇",那些带露台和低矮的木栅栏的绿屋顶小房子,也许是当年的太阳岛上,曾为哈尔滨人供应新鲜牛奶的俄国人所开办的小型奶牛场——"娜塔莎大婶家"或是"安德烈表叔家"的旧居。我手持模拟的"俄罗斯护照"悄然而入,在开满金盏花、波斯菊的院子里,见到一头漂亮干净、身上带着棕色条纹的小野猪,很有礼貌地低声哼哼着俄语歌曲。还有一对肥硕的白鹅,笨拙地摇摆着身体嘎嘎欢叫致着欢迎词……

时时处处,充满着何等热情、生动、温馨的生活情趣——我的太阳岛。

所以,无论冬夏,太阳岛都是饱满而滋润的。它的饱满,来自早年俄罗斯、日本、韩国、蒙古,以及中国关内的移民,与北方少数民族的文化"混血"和交汇融合;来自它对不同生活方式的宽宥与包容、吸收与演绎;来自它对于不同族类求同而存异的那一份从容和气度。

太阳岛四季不竭的滋润,来自江上的风月、天空的雨雪、草地和树林的呼吸,还有南来北往漂泊的旅人对于这片陌生土地的未来心怀的憧憬、雄心和激情。

太阳岛从不排斥和拒绝——不要问我从哪里来。你来了,你的故乡从此就在这里。

太阳岛从来都豪放而慷慨——既然你来了,我就把花朵和果实都献给你。

很久以前,我曾在太阳岛深处,被一片白桦树林里传来的乐声吸引。碧绿的草地上铺开的方格台布,散落着红肠、鱼子酱、面包和满溢的啤酒。微醺的人们,在收录机的乐曲声中翩翩起舞。有人在树下酣睡,有人晾晒着湿漉漉的泳衣……我知道,这就是太阳岛的仲夏之梦,是被传统文化和文明秩序忽视了的,另一种激情澎湃、率性热忱的生活方式。

那天,我在草地上采集了一大捧野韭菜花,是太阳岛给我的馈赠。回家洗净碾碎,撒上盐末裹着烙饼。草绿色的浆汁中,散发出阳光的香味,浓郁而热辣。

很久以后,我逐渐懂得了如何欣赏太阳岛。它不是我江南的故乡那种遍布人文景观、古迹遗址的风景名胜,而是一片洋溢着野趣和生命活力的原生态自然林地,一个充满了母性的温柔怀抱,一个善于接纳和催生万物的游子天堂。

在北国炽烈、骄蛮或是冷冽的阳光下,宁静而又喧嚣的太阳岛,无数次连接并激发起我们与"太阳"这个全世界共享的语词相关的思绪、内蕴和遐想。

一江之隔的那座年轻的城市,就这样,在塑造自己的同时,亦将城市的性格糅入了太阳岛。亿万年轮回的太阳,每一天都是新的。几番沉落又重生的太阳岛——金太阳、银太阳、绿太阳、黑太阳、香太阳,多彩斑斓太阳岛,如今已成为"天鹅"项下一枚天赐、天然、天佑的五色城徽。

第二辑

长城·槐花

窗前的树

我家的窗前有一棵树。

那是一棵高大的洋槐,树冠差不多可达六层的楼顶。

洋槐与国槐不同。国槐是北京城市的市树,树叶细密,树干敦实,多用作行道树,可遮阴挡雨。北京人的四合院里也常种国槐,7月开花,淡青色的一树小花,在树冠上密密地覆一层,素雅无香。

槐树是北方的树。当我定居北京之后,我很快就留意到它了。

这一年,我们的窗前拥有了一棵洋槐,不,在楼下的空地上,是一大排。只是这一株,粗壮的树干与三层的阳台相齐,碧绿而茂密的树叶部分,恰好正对着我四楼的窗户。

我不知道它为什么叫洋槐,也许是多年前由洋人从西洋引种来。洋槐和国槐的区别,在于洋槐树形高大,春天开花,花朵洁白如雪,香气浓郁,开得热热闹闹轰轰烈烈。

我喜欢洋槐。坐在我的书桌前,一树浓荫收入眼底。从春到秋,由晨至夜,任是有意或是不经意地抬头,终是满眼的赏心悦目。

那树想必已生长了多年。我们还没搬来的时候,它就站立在这里了。或许,我还没出生的时候,它就已成为一棵树了。就因着它的缘故,我们曾经那么希望能拥有这个单元的一扇窗,后来果真如愿。洋槐成了我们窗外的邻居,"抬头不见低头见",天天与它相伴,从此享受着它给予我们的种种惊喜。

洋槐在春天,似乎比其他树都沉稳些。杨与柳都已翠叶青青,它才爆出米粒般大的嫩芽;只星星点点的一层隐绿,悄悄然绝不喧哗。又过些日子,树上忽然就挂满了一串串葡萄似的花苞,又如一只只浅绿色的蜻蜓缀满树枝——当它张开翅膀跃跃欲飞时,薄薄的羽翼被春日温和的云朵染织成一片耀眼的银色。那个清晨你会被一阵来自梦中的花香唤醒,那香味甘甜清雅,淡淡地撩人心脾。你循着这香味走上阳台,身子为之一震,眼前为之一亮,顿时整个世界都因此灿烂:满满的一树雪白,花枝袅袅低垂,如瀑布倾泻四溅,扑面而来。银珠般的花瓣在清风中微微摇曳,花气熏人,人也陶醉。有一团花枝似乎有意往我的窗口翘过来,几乎碰到了阳台的边缘,一伸手一踮脚就够到了。小心采下一串鲜嫩的槐花,一小朵一小朵地放进嘴里,如一个圣洁的吻,甜津津凉丝丝的,轻轻地咽下,心也香了。

洋槐开花的日子,是我们的槐花节。

槐花开了,才知春是真的来了。铺在桌上的稿纸,槐花一般雪白洁白。清风掀起纸页，文思如风中摇曳的槐花，轻盈灵动。

夏的洋槐，满树密集细窄的叶子一片片都长大了，郁葱葱巍巍然一棵大树，可以用"壮硕"来形容。骄阳烈焰下，树叶如华盖蔽日，送来阵阵清风，任凭怎样毒辣的阳光，都不会把它晒蔫。心里愧愧自问，人的承受力不如树。夏日常有雨，暴雨如注时，久久站在窗前看我的槐树——狂风将它的树冠和枝条刮得东歪西倒，满树的绿叶呼号，如一头发怒的雄狮。它翻滚它旋转它战栗它呻吟，曾有好几次我以为它的树枝会被风暴折断，闪电与雷鸣照亮黑暗的瞬间，我窥见它的树干却始终岿然。大雨过后，它轻轻抖落树身的水珠，一片片细碎光滑的叶子被雨水洗得发亮，沉甸甸湿漉漉，饱含着水分，显得越发精神了。

那个时刻我便为它幽幽地滋生出一种感动。自己的心似乎也变得干净而澄明。雨后清新的湿气萦绕书桌徘徊不去，我想：这书桌会不会是用洋槐树木做成的呢？否则为何它负载着沉重的思维却依然结实有力？

洋槐伴我一春一夏的绿色。秋来，窗前好似一块巨大的画板，被涂抹上了一缕缕浅黄鹅黄络黄，渐渐地，树冠变成了金黄色，就像一顶悬在空中的金色皇冠。秋风乍起，槐树叶如雨纷纷飘落，有些叶片会被吹落在阳台上，我的思路常常被树叶的沙沙声打断。我明白那是槐树的一种告别方式，它们痛痛快快利利索索地在空中挥挥手，连头也不回，既不缠绵也不凄切。它们脱离了槐树的老枝，就好比抛开了陈旧与衰老，去往另一个新生的处所。它们一日日稀疏凋零，安然地沉入泥土，把自己还原给自己，那是一个必然、一种整合、一次更新。它们需要休养生息，一如我需要忘却所有的陈词滥调而寻找新的开始。所以凝望这棵斑驳而残缺的树，我并不多么觉得感伤和悲凉——我知道它们明年还会再来。

　　冬天的洋槐陷入了安静的沉思状态，像一位高深莫测的哲人。光秃秃的树干如同赤裸的身体，向人们展示一种无遮无拦的坦率与骄傲。寒流来袭时，它黑色的枝条俨如乐队指挥庄严的手臂，富有节奏地弹跳舞动，指挥着风与房屋的合奏。树叶落尽之后，树杈间露出一只褐色的鸟窝，肥硕的喜鹊啄着树枝喳喳欢叫，几只麻雀飞来飞去到我的阳台上寻食，偶尔还有乌鸦的黑影匆匆掠过，时喜时悲地营造出一派生命的气氛。雪后的槐树一身素裹银光璀璨，真不知是雪如槐花还是槐花如雪。

　　四季的洋槐树便如一幅幅不倦变幻的图画，镶入我窗口这巨大的画框。冬去春来，老槐衰而复荣、败而复兴，重新回来的还是原来那棵老槐；可是，我知道它已不再是原来的那棵槐树了——它的每一片树叶、每一滴浆汁，都由新的细胞、新的物质构成。它是一棵新的老树。无论有没有人理会它，它活得孤独，却也活得自信、活得潇洒。

　　年复一年，我已同我的洋槐度过了六个春秋。在我的一生中，我与槐树无言相对的时间将超过所有的人。这段漫长又真实的日子，槐树与我无声的对话，构成了一种神秘的默契。

山野雕塑

仰起头,天空瓦蓝瓦蓝;俯下身,山野碧绿碧绿。

在城里很久没有见到这么蓝的天了,人离天顿时近了许多。

四周满眼都是绿色。青草就那么蓬勃地蔓延着,绿树就那么挺拔地苍翠着。

一股清冽的山泉,从上游急急而下,到这临近村落的山峡,漫成一片宽阔的沟谷,水流被肥肥的嫩草和密密的树荫团团簇拥着,欢喜地缠绕起来。水里有草叶的碎影,伴着溪水缓缓流去,水色渐渐如翠玉般莹润。

沟里散落着大大小小黑褐色的花岗石,已被多年的山风山洪磨得浑圆;细窄的溪水弯弯绕绕地从石块之间穿流过去,潺潺不息地,涌上来又落下去。很像是一把柔韧的长斧或锤,还有钎,正在一下一下耐心地凿刻着、塑造着它们,千年万年过去，才有了如今千姿百态的形状。

京郊怀柔县八道河乡交界河村，一条狭长而秀丽的山沟。

人们就在溪边水旁的石头上，随意择地而坐，一伸手就可撩着水了。头顶阳光下的叶影，如山谷里吹来湿润而甘甜的微风，从脸上拂过来又拂过去。

这是1993年。怀柔山野雕塑公园的揭幕仪式。"雕塑公园"那几个大字就刻在平地而起的一块光滑巨石上，红绸飘落时，一行字蓦然显现出来。开幕式的横幅荡漾在两棵大树之间，主持人站立在林间一方天然平整的石台上；高功率的音响设备立于溪水之间，音乐与流水共鸣。巨石上两位年轻女子盘腿默坐，架古琴于膝，伴着钱绍武先生朗诵李白的诗句，弦声幽幽，泉水淙淙，空谷传声，余音悠长……

在国内，还从来没有见过一个"会议"，是以这种真正融大自然与艺术于一体的形式进行的。

就连给来宾献花，也献得别出心裁、不同凡响——

那是一大束一大束刚从山上采下来的野花。花形如荷包，浅紫色的口袋花；细碎雪白的山枣花，花瓣上滴着水珠，衬着枝条修长的绿叶，生动烂漫地抖擞着。野花散发着山林野地的气息，像是从地壳深处吮吸出来。花束整齐地浸在沟边的溪水里，新鲜欲滴，枝条根部湿漉漉地淌着水，等待来宾的认领……

我似乎明白这个未来的雕塑公园，为什么要选择建在这条不为人知的美丽山沟里了。

由中央美术学院钱绍武、包泡、隋建国等几位著名雕塑家发起、筹备、奠基的怀柔山野雕塑公园，坐落在交界河村15

平方公里的森林山地之间。公园紧邻神堂峪自然风景区和雁栖湖；东边是青龙峡和云蒙山风景区；北边有八道河乡刚刚开发的长城遗址和濂泉响谷瀑布，山林幽深，泉水环绕。近年来村民多已迁往交通便利的山下居住，但坡上一座座石砌的民居依然完好；沟边山上大量的花岗石，是天然的雕塑材料。在未来，松林山崖边会竖立起千姿百态、风格各异的大型雕塑作品，成为一座名副其实的雕塑公园，然后陆续形成一个艺术家聚集并可举行多种文化活动的艺术村落。

以北大美学教授朱青生先生的阐释，它应是"通过人为的努力来增长自然生长的机会"。"一件艺术作品自己能够长回自然的环境之中，才是它的自然归宿。"

这将是一片神圣的文化净土。素朴而简洁、原始而现代，山水相依、天成地合，这将是人与环境的和谐一致，也是艺术融入自然的丰富试验场所。这里不会有假古董，不会有复制品；没有时尚所艳羡的豪华，更没有争权夺利的恶俗。会有虔诚的艺术家从很远的地方一步步寻找到这里，然后在阳光下和泉水边，用泥土、用石头塑造自己的梦想，留下他们的作品也留下灵魂的形状。这曾是无数艺术家的渴望，然而梦就这样忽然走近了，变得清晰而逼真。

钱绍武教授的话音在山谷树林间回荡。声音被人记住时，也成为一种雕塑。

雕塑公园从一开始构思，就是大手笔。

交界河村将建成一座雕塑公园，也许是一个偶然。但偶然却常常是一种缘分。

那条绝不比黑龙潭逊色的峡谷未开发时，山崖的瀑布无名。八道河乡年轻的乡长和书记，找到了包泡和中央美术学院的青年教师们。艺术家和乡民一起拿着斧子，披荆斩棘地开出了峡谷最初的通道。雕塑系主任钱绍武教授为诚意所感，也加入了这个特殊的集体。后来就有了"濂泉响谷"这个既雅又美的名字。八道河乡意外的收获，是钱老对峡谷的整体开发构想和设计方案——峡谷入口的售票亭、商店、餐馆、别墅，甚至厕所，都使用了本山本土的花岗岩和汉白玉做建筑材料，形如古堡，标新立异。溯山泉而上，处处保持了山野地形原貌，石阶碑刻都是因地制宜，与自然风景相映成趣。乡里原先打算请人制作的一座豪华大牌坊被放弃了，省下了一大笔资金，如今的设计美观大方又独树一帜。乡民对艺术的别样理解、乡领导的远见卓识，现代艺术的发展趋势，使得村民与最高艺术学府的教授们一拍即合——山野雕塑公园就这样诞生了。

　　包泡这个激情昂扬的艺术家，包揽了兴建雕塑公园的全部具体事务，无论巨细，手脚并用，就像创作一件正在进行的室外大型雕塑，大得连自己也看不见头尾。

　　在清风地气中闭上眼睛，能看见未来公园内那些如同雕塑般千奇百怪的房子，以及石缝中的窗户、石上的桌子、大树下的眠床……

　　还有屹立于山水林木间，将与天地日月同在的无数艺术作品。

　　所以，能不能说，山野雕塑公园实际上早已就在这里了呢——

　　雄奇的山峦、宁静的村庄、坚固的石阶小路，那是已被岁月完成的雕塑。

山泉磨砺溪石、山风吹荡古木、云在天顶游走、人在云下思索，那是大自然亲自动手的杰作，是不断创造又不断否定、永远在进行中、永远变幻无穷的雕塑。

鼓乐、人体、岩石与流水——那一天，溪边石上的现代舞表演，已与天地难解难分。那是造型艺术与舞蹈的结晶，是现代雕塑形象的阐述。雕塑原是一个静止的概念，是一种凝固的旋律，但融入自然的现代舞，在这里变成了一种运动的雕塑，塑造出心灵颤动和挣扎中的形态，传递出雕塑作品内在的自由精神。

还有餐桌上的野菜，香椿、花椒叶、木枥芽、龙须草、葫芦条子、玉米面饼子和野菜团子……碧绿金黄、色彩斑斓，盛在农家敦实的大碗里，金字塔一般辉煌壮观。这些新鲜的农家饭，是随时可塑形的软雕塑呀。作者"无名氏"，是山民村姑即兴的集体创作。

面对高山流水，我们已无法判断，什么是雕塑，而什么不是。

山野现代舞

正是中午,大部分天空被阳光遮去了,四周的群山绿得咄咄逼人。

远远地,只听见一阵无节奏的鼓乐,单调地从沟底传来。一声一声随意地敲击着。对面的山谷有回声传来,显得有几分神秘。

山谷越发地静谧了。

从山间的石桥上往下看。深沟中散落着一块块黑褐色的巨石,茂密的青草从石缝中坡地上延伸开去,覆盖了除去石头和溪水以外所有的空间。一股清亮的山泉环绕着石间的空隙,随心所欲地漫溢开去,时而是淙淙溪流,时而是幽幽水潭;时而流淌、时而凝固,锡箔似的在阳光下闪亮。

一个一个金黄色的人体,或躺或卧或蹲或立,裸露于流水和岩石之间,他们薄薄的衣衫几乎与肌肤同色,勾勒出人体优美的曲线。只能从柔软或是刚健的外形,来区分他们的性别,但在这个时间和地点,性别似乎并没有太大的意义。

在怀柔雕塑公园揭幕仪式那天,以山林野地作为舞台的即兴现代舞表演,是整个艺术活动的组成部分之一。鼓乐在石上被拍击,表演已悄悄开始。

作为舞台的背景,始终只有四种颜色:

绿的山、黑的石、银色的溪流、金色的人体。

那是一幅色泽浓艳的画面,却又是极朴素而单纯的。

阳光移动着树叶的碎影,人体缓缓舒展,仿佛是人类始祖最初的觉醒,在蒙昧的天地间开始茫然的探寻。他们是自然之子,山水赋予他们与生俱来的野性,因此他们只用身体无声的语言向天空发问,和土地对话。他们的脸上涂满了泥土,身上淌滴着泉水,泥土和山泉塑造了他们的躯体。他们翻滚、蜷曲、伸展,以形体和动作象征人类与自然息息相关的命运。他们顺水漂流、随泉游走,自由自在、无拘无束,狭长的一条山沟,变成了一座流动的舞台。

山风浩荡,舞者如树叶战栗飘扬却又落地生根。那是树叶的舞蹈。

黄土厚重,舞者如种子来自土壤又回归土壤。那是泥土的舞蹈。

流水欢畅,舞者如水珠汇入江河百折不挠又升上天空。那是溪流的舞蹈。

岩石坚韧,舞者如石之纹、石之棱、石之裂、石之沉稳,那是岩石的舞蹈。

音乐若有若无,轻柔地抚着舞者的肢体,缥缈而悠长。如笛似箫，透出一种哀婉。乐手捧着一种不常见的古乐，陶制，形似梨，瓶口可吹，瓶身有孔，五指按孔成曲。乐手埋头伏于水边，乐声呜咽，流水湍急，那是音乐的舞蹈。

巨石上有一对男女人形，如蟒蛇盘结蠕动，相依相斥，那是爱情的舞蹈。

鼓声忽而变得激越。舞者焦躁着、不安着，绝望、挣扎，浮升、跌落，水潭淹没了人体，岩石重又将他们托举。阳光就在头顶，希望却一再错失……

那是一个循环往复的生命过程，没有目的也没有时间，没有开始也没有结束，像一个现代的西西弗斯神话。

舞蹈仍在持续，舞者的身心已融入自然，就像一座山或是一棵树。

若是做过雕塑公园开幕这一天的观众，舞台从此失去了以往的魅力。

所以雕塑家钱绍武先生说："那就是我的艺术理想，让艺术还原于自然，和天地合为一体。"而交界河村5月那天的现代舞表演，是对自然雕塑本质的阐释。

那个时刻我想起王春红。我似乎感觉表演者中一定有她。但当舞蹈已抽象成一种情绪和思想时，舞者变形的身体和面孔再难以辨认。

我是在一次朋友的聚会上认识春红的。知道她是个痴迷现代舞的女孩，她一直想办一个现代舞学校，让更多的人懂得并学习现代舞。但由于资金和场地的困难，这个梦想至今没有实现。如果今天的舞者中也有她，那真是她一个快乐的节日。

天快黑的时候，迎面走过的人中，我听见了春红唤我的声音,她身上带着泉水和泥土的气息,像是一个从远古归来的现代人。

我说泉水冷吗?她说开始时有点冷,后来就不冷了。我说这是一次真正的现代舞表演,我不用再到剧场去看你演出了。她点头说,演出的感觉真的从来没有这么好,这么过瘾。我说那七个表演者中,到底哪一个是你呢?她说就是石头上那个男女双人舞的。我说不知道为什么,我感觉也是。后来我说你身上都被石子儿划破了吧?她笑笑说那不算什么。我说你们排练过吗?这个构思太棒了!她说是文慧牵的头,前几天文慧只是对我们简单说了说今天演出的设想,没有剧本也没有排练,让我们自己现场发挥。所有的舞蹈语言,都是从我们心里自然流淌出来的……

过了几天,春红打来电话。问我那一天有没有拍照或是录像。我回答说,当时诧异得连呼吸都差点停止了,哪里还想起拍照呢。我反问她自己为什么没安排人拍照呢?春红说,是啊,我们谁都没想起来拍照,我们不是去表演的,而是去和大山和泉水对话的。

我说,不过也许可以重来一次?否则太可惜了。

她在话筒里轻轻叹了口气:那很难,现代舞是一种即兴创作,没有书本、没有规范动作、没有表演程式,因此它不可复、无法再现,因为不会再有同样的情绪了。

我庆幸自己那天去了怀柔,庆幸自己欣赏到了山野溪涧真实的现代舞。它犹如惊鸿一瞥,飞云流霞,稍纵即逝,成为雕塑公园里不可复制的一道风景。

从这个意义上说,现代舞也可以说是行为艺术的一种。

鹦鹉流浪汉

城里爱鸟的人,通常都喜欢漂亮的虎皮鹦鹉。一身绿黄或是蓝黄的羽毛,斑斓璀璨的,养在木笼子里挂起来,听它婉转啁啾的吟唱,既赏心又悦耳。

但那是第几只呢?我总想问。最开始的那一只,现今是在谁家的笼里,还是真如它所愿飞向了自由的蓝天呢?

我是在虎皮鹦鹉不止一次地"逃跑"后,才发现它的这种习性的。

那是一个寒冷的冬夜。

室内的暖气烧得很热,我开了阳台的门透透气。过了一会儿,我想去把门关上,就在我把门往回带的那会儿,我的手碰到了一个软塌塌的东西,把我吓了一大跳。那东西黑乎乎凉飕飕的,蹲在外面的窗台上,轻微地颤抖着。看仔细了,却是一只小鸟,身子几乎已经冻僵了。我壮壮胆伸出手一把抓住它,它温顺乖巧,绝无反抗之意。我用手掌托着,举在灯下,才看清是一只绿颈黄翅的虎皮鹦鹉,身子小小的,半死不活地耷拉着脑袋,微微有一丝气息。两只脚爪,也许是冻伤或是枪伤,一只剩下了两枚脚趾,另一只,一枚脚趾也没有,只留一坨光秃秃的脚掌,立在桌上,站都站不稳。

不知它从哪里来,要到哪里去。在这样一个北风呼啸的黑夜里。

它必是已经精疲力竭了。为着寻找一个温暖的栖息地,居然能在黑暗中用最后一点儿气力,奔向一家透出热气的门缝,可见它是一只生存力顽强的鹦鹉。

假如我没有在入睡前发现它,天亮时也许它已变成一只鹦鹉的"标本"了。

当然,义不容辞,我承担起了动物保护协会的职责。我急忙找出一只买鸡蛋用的折叠式铁丝筐,暂且充当鸟笼,小心地放它进去。家里有现成的小米和酒盅,再摆上一杯清水。它睁了眼,似乎慢慢暖和过来,迟迟疑疑地愣了一会儿,竟然就挣扎着抬起脖子来吃米。它犹豫着吃下去一粒,紧接着飞快地啄起来,一下一下地再也不停,盅里的小米像碎金一般飞溅,一会儿便空了,又添满,却又很快地浅下去。

这小家伙实在是饿坏了。怎么饿成了这个吃相,像个饿死鬼。我说。

阳台没有封闭,只好先把笼子挂在厨房里。垫上接鸟粪的纸板,拴上仿树枝的竹筷,系好米盅和水杯,为收留这位气息奄奄的入侵者,很是忙乎了一阵。当时以为自己从此将步入养鸟的队伍,可算是个风雅"鸟人"了。

第二天一大清早，便被它喳喳的叫声吵醒。起来看它，一夜之间，它竟已在笼子里上蹿下跳的，很是欢实。米盅早已空空见底，水杯也被碰翻一侧。它竭力想要蹦到那根横着的筷子上去，无奈脚无利爪，笼壁攀缘无着，三番五次地跌下来。仍然是锲而不舍，如此折腾多时，终于瞅准一个空子连爬带跳地登上了那根横杆，摇摇晃晃地站住了，然后神气风光地高扬起绿叶般的小脑袋，四下观望，一派轩昂气度。

又喂它米和水。它扑过来，吃得贪婪而疯狂。犹如风卷残云，顷刻间一扫而光。人说"鸟食"，即少而精。它却像是只鸡似的，吃个没完没了。没见过这样的鸟，心里疑惑又惊愕。只怕它在外流浪多日，没饿死这会儿倒会撑死。心里更生出几分怜惜。

如此持续地大吃大喝了几日，它变得身子浑圆，羽毛锃亮。常用那两根脚趾，金鸡独立，牢牢地攀在筷子上，走钢丝一般，小眼睛警觉而锐利地洞察四方。叫声一日比一日地高亢嘹亮，然音律音调全无，一片聒噪之声而已，它却自我感觉极佳，傲慢得像只老鹰。

吃也容忍了，叫也容忍了。想着外面世界的无奈，只希望它从此在我的笼子里安分守己。

却不。过了几日，它明显地开始烦躁不安，几乎一刻不停地在笼子里跳上跳下，尖尖的小嘴急促而猛烈地啄着笼边的钢丝以及笼子里一切可以啄出响声的东西，试图诉说它某种未竟的愿望。胸脯上白色的细绒毛，一片片飘落下来，在空气里浮荡着，如同一份份难以阐释的宣言或是传单。有时它就在笼子里长时间地兜着圈圈，像是一只失控的钟表。

我说，它一定是要下蛋了。母鸡要抱窝时就是这个样子。

找来些软旧的碎布和棉花送进笼里。冷不防，它却在我手背上狠狠地啄了一口。

几天过去，一只蛋的踪影也无。丈夫发笑说，你还不知道它是男是女呢，就下蛋？依我看，它是需要个伴儿。这很容易理解，对吧？

两个人都不善于辨认鸟的性别。于是决定过几天得空就去花鸟市场给它做个"鉴定"。

然而未等我们去花鸟市场为它寻觅配偶并买一只真正的笼子，风云突变。

那一天阳光灿烂，是个难得暖和的冬日。它在厨房里尖声怪叫，闹得不亦乐乎。丈夫被它吵得坐不住，说它一定是想晒晒太阳了，它本来就是天上树上的东西。

就把笼子挂在阳台的钩子上。阳光洒在它翠绿的羽毛上，它昂起小脑袋仰望着蓝天，忽然停止了连日不断的哀鸣，变得非常非常安静，眼睛里闪着一种温柔的光泽。

如果那时我能敏感地察觉到，在它这短暂的宁静中，实际上正酝酿着一个蓄谋已久的越狱计划，一个天赐的逃跑机会正在临近——我也许会立刻加固那只笼子。

那天，就在中午时分，我偶然走近窗口，一抬头，发现它已撞开了笼子顶端的盖板，身子悬在笼子的出口，正挣扎着想从笼子里拱出来。我叫一声"不好"，忙拉开门冲到阳台上去——却已晚了一步。就在我接近笼子的那一刻，它猛地钻出了笼子，拼命地扇动着翅膀，嘟的一声，像粒子弹似的，往天空射去。

它走得义无反顾。连头也不回，顷刻间就没了影儿。只剩下那只空荡荡的铁笼子，在钩子上晃来晃去。

我甚至没有来得及对它喊一声：你就不能再等一等吗？这种偶尔暖和的日子其实并不是春天。冬季还没有过去，你会冻死在外面的啊……

它头也不回，扬长而飞。

我们曾经拥有过半个月之久的虎皮鹦鹉，就这样，来了，又走了。带着它伤残的脚爪，和它一次又一次的逃跑的经验，重又返回了它的流浪生涯。

人说鹦鹉实际上一辈子都在不断地设法逃走。若是有伴儿，它们也会一前一后地仓皇出逃，开始"私奔"一般的甜蜜生活。它们情愿放弃小窝，在风霜雨雪中被击败、被摧残，却仍然不断地寻找着新的家园，固守着无望的期待。有时，它们其实只不过是从一只笼子逃向了另一只笼子而已。但对于自由的冀盼，使得它们永远生活在背叛之中。既背叛笼子，也背叛蓝天。

都以为鹦鹉是一种已被驯养的家鸟，惯性思维使我们走入误区。然而世上还有一种不会学舌却一心只想挣脱羁绊、奔向自由的鹦鹉，一种特立独行的鹦鹉。可惜我是在鹦鹉逃离之后，才懂得鹦鹉执迷的理想。

废弃的笼子在风中摇晃着。我不知它如今在哪里。也许它早已被冻死在野外了。重要的是，它宁可冻死，也不愿被囚于一室一檐之下。于是，寻找与回归自然，就成为它一生中不断重复的主题。

鹫峰鹦鹉

它的个头儿，比起我们在花鸟市场的鸟笼里看到的虎皮鹦鹉，似乎更壮更大些。

然而，这只鹦鹉站立的位置和姿态，却又实在太不像鹦鹉了。它高高地盘踞在古松的顶端，像一只老鹰一般，昂首挺胸，俯瞰众山，居高临下，目空一切。

我停住了脚步，不敢惊动它。

瞬间，我和那只鹦鹉的目光相接，对峙了足足有几十秒钟。

我轻轻说了一声：你好。

它没有理睬我，用自己的钩嘴和双脚来回倒换，在树顶上灵活地走来走去。后来它歪着脑袋瞥了我一眼，猛地张开翅膀飞了起来，强劲的翅膀像两片对称的绿叶，扇起一阵绿色的山风。它发出一声声清脆而温婉的低吟，从高山顶上，十分舒展而惬意地掠过幽深的山谷，消失在茫茫林间。

鹫峰以鹫命名。但我们在鹫峰绝顶，未见老雕，却意外地见到一只鹦鹉。

但这却是在京都远郊的燕山山脉，海拔几百米高的山顶，尤其是在最低气温零下二十几摄氏度的北国，冬季长达三五个月。

如果那是一只春来北归的大雁或是天鹅，也许不足为奇。但鹦鹉原产于热带和亚热带，北方的山林里，尚未听说过有野生鹦鹉生存。在城市楼房窗口悬挂的鸟笼里，常能见到美丽的虎皮鹦鹉。鹦鹉是早已被娇养惯了的"城里人"。

它究竟从哪里来？——难道这是一只来自西藏高原的大鹦鹉吗？

同鹦鹉的会见，总共只有短暂的两分钟时间。而这一只亲眼所见的"野生"鹦鹉，留给了我一连串的问题与问号。

——如果它是遛鸟人放养的鹦鹉，它飞不了这么高。在北京，鹫峰好歹也算得是一座峰了。

鹫峰相传为辽代屯兵72寨之一。自颐和园往北，过了大觉寺不远，就可望见鹫峰。鹫峰森林公园属北京林业大学，多年封山育林，宛若一座巨大的植物宝库。峰顶上有两株高大粗壮的古松，并肩入云。远远看去，恰似两只钩喙箭翎、威风凛凛的秃鹫，鹫峰因此得名。

对鹫峰心仪已久，近日春暖，得闲去鹫峰爬山。果然满山葱郁，林海苍茫，桃杏都已含苞欲放，沿盘山古道拾级而上，一路可听树丛中鸟群啁啾，空谷传声。

气喘吁吁登上山顶，急急去参拜那两株古树。一抬头，不由得倒抽一口冷气：屹立于峰顶高处的那一株巨松，在蓝天白云下，裸露着光秃秃的树干。按说松树的冬季不落叶，然而，这黄褐色的粗壮树干上，却连一片叶子都没有。

古松抑或是太老了。它虽已死去，却依然笔直地挺立在山顶上，栉风沐雨。像一座精美的化石，每一根遒劲的树枝，都在阳光下闪着生命不灭的光泽。

就在这时候，我忽然看见，那棵树的最顶端，矗立着一片玉米穗大小、毛茸茸的绿叶，像是树王头上一顶绿色的王冠。

但那不是绿叶，而是一只大鸟。确切说，是一只翠绿色的大鹦鹉。

——难道它是从南方迁徙过来的野生鸟类吗？可是，记得鹦鹉好像原产于南美，它应该从北方飞往南方，而不是相反。

总之，锦衣玉食的家养鹦鹉，不应该出现在鹫峰这样的地方。春寒三月，它飞到这冷风呼啸的山顶上来干吗呢？

想起了家养的鹦鹉，素有逃亡的习性，去年我写过一篇散文，题名《鹦鹉流浪汉》。再看它那么翠绿鲜亮的羽毛和自信傲慢的气度，我宁可相信——它是一只从谁家的鸟笼中逃跑出来的鹦鹉。说不定，它就是从我家、从我父母家里跑出来的那只鹦鹉呢。

它或许厌倦了笼中的禁锢和城市的封闭，终于不辞而别，毅然"下海"而去。

它不愿再被人豢养，而宁可到山林的自由空气中，吃苦耐劳、自食其力。

可是在这刚刚过去的漫长寒冷的冬天里，它是以何物充饥的呢？它能到雪层底下去寻找树种草籽、昆虫蚂蚁吗？它住在哪里呢？以往娇生惯养的笼中之鸟，会在树上自己搭窝吗？又怎样躲避野物的袭击和恶劣天气的侵害呢？

望着鹦鹉消失的山谷，我的疑问没有答案。

鹭峰没有鹭了，却有归隐山林的鹦鹉，活得像鹭一般自在，不再回城里去。

鹊　巢

窗前是一棵高大苍郁的洋槐。

刚搬进这栋新建的楼房时，槐树看上去有点孤单。冬天的雪花纷纷扬扬地落在树枝上，天一晴便化了，露出干硬的枝条，疏疏朗朗的。曾觉得那棵树上似乎还少了些什么，如同都市八面来风，却依然窒息的日子。

一个初春的清晨，在睡梦中，我忽然听见了几声清亮的鸟叫。

——喜鹊。只有喜鹊，才会发出那样欢快得几乎肆无忌惮的叫声。

果然是喜鹊，而且是两只。细细的脚爪，轻捷地蹦跳在槐树的枝头，上上下下，前后左右，似乎在寻觅着什么。一连几天，它们都这样一刻不停地呼扇着翅膀，穿行在老槐树伞状的空间里，从早到晚，窗前都是它们叽叽喳喳地讨论的声音。它们或许从一开始就喜欢上了这棵洋槐，落脚后就没打算再离开。当我们终于明白这对恩爱的喜鹊夫妇，是在为它们未来的新家选址的时候，那两只喜鹊已经悄悄完成了新居奠基仪式，急急地开工建房了。

巢址选在槐树中部树干的分杈处，宽敞而隐蔽，居高临下又稳稳当当。

那真是两只聪明而又有眼光的喜鹊呢。

它们每天都起得很早，当我起床时，它们早已开始干活了。窗前不时掠过它们匆忙的身影，有时是从很远的地方飞回来，嘴边衔着一根细长的树枝，它们把树枝小心地架设在树杈中间，用它们尖尖的喙，将枝子来来回回地摆布，异常灵巧地把这根树枝从另一根树枝的空隙中穿过去，攀搭勾连在一起。它们有时也就近取材，看准了旁边不远的树枝，然后歪着脑袋，长久地叨啄着一根可以派上用场的枝条，直到把它折断衔走。有时候树枝不小心掉在地上，它们会飞速下降，落在地上把那根宝贵的树枝捡拾回来。当它们重新飞上大树的时候，寻找回来的树枝像一件骄傲的战利品，旗帜一般地迎风招展。

那些日子里，窗前安静了许多。它们忙于劳作，已顾不上喳喳欢歌。

整个春天，我们就这样眼看着鹊巢一点点地丰满起来，日渐成形。

当喜鹊的安居工程接近尾声的时候，槐树已绽开满树的白花，为鹊巢拉上了一道白色的纱帘。深黑色的鹊巢在槐树嫩叶的遮掩下，变得隐隐约约、模模糊糊。雌喜鹊开始闭门不出，在它们共同营造的小窝里，产卵孵蛋"坐月子"。那些日子，只有一只肥硕的雄喜鹊忙碌地飞来飞去的身影。到了初夏时分，就连这一只喜鹊也看不见了——原先正对着我家窗口的鹊巢，已完全被槐树茂密的绿叶遮没。后来终于听见了小喜鹊稚嫩的叽喳声，两只喜鹊变成了一大家子，听着它们欢乐热闹的啁啾，我们的心情也欢快起来。想象着那绿叶丛中的小小鹊巢，一定充满了神秘温馨的情调。

等到秋来叶落时，鹊巢就像早已生长在槐树上似的，同槐树合成了一个整体。

但我没有想到，那只千辛万苦垒成的鹊巢，却并不是喜鹊们一劳永逸的家。

第二年冬末，那两只喜鹊又开始了前一轮的劳作。这一次，它们把巢址选在了比先前更高的树杈上。浩荡的春风中，槐树上摇曳着两只硕大的鹊巢，一个是喜气洋洋的新家，一个是已被它们废弃的老窝。它们的孩子已远走高飞，去营造属于自己的小家了，只有这一对喜鹊父母，留守在这株高高的槐树上。

令我真正感到惊讶的是第三年春天，我们窗前出现了第三只鹊巢，这次是在靠近树的西边，比原先的位置要略低一些。更有趣的是，它们在搭建这个新房的过程中，竟不时地飞到原先的老窝上，去抽取那些柔韧可用的旧枝，然后把它们编织到新窝里去。于是老窝渐渐地缩小下去，变成了一只扁圆形的小船，牢牢地镶嵌在树杈上，风摇树动，那鹊巢却如水行舟，沉浮不惊。喜鹊真也懂得废物利用、物质再生的环境保护吗？是遗传基因使然，还是自然之神让它们为人类做一次无声的训示？细想起来，真有点不可思议。

今年早春,那两位喜鹊老友的行为似乎有些反常。它们一次次匆匆飞过我的窗前,却不再往槐树上落脚。它们依然重复着每年的建房行动,忙忙碌碌地衔枝筑窝,但直到槐树泛青,也并不见树上有新巢落成。我终于心生疑窦,在阳台上四下观望,顺着它们飞行的方向寻去,发现它们已将新巢筑在了西边的另一棵树上。

喜鹊原来是那么喜欢搬家,而且必须不断地改换新址吗?

忽然想起了小时候唱过的一首儿歌,有一句歌词是:"小喜鹊,盖新房。"早知喜鹊是一种聪明又勤劳的鸟,但从不知道,喜鹊还具有这般不易满足、求新求美的禀性。

如今那三只被它们放弃的老窝,静悄悄地留在槐树上,像一所喜鹊王国的遗址纪念馆,展示着喜鹊的生命过程。它们偶尔也飞来探望旧巢,重温往日的辛劳和成果。喜鹊喜鹊,是不是它们总在不断地创造乔迁之喜,才成为欢欢喜喜的喜鹊呢?

瞬息与永恒的舞蹈

那盆昙花养了整整六年,仍是一点动静没有。

我想我对它已是失去希望和耐心了。

时常想起六年前那个奇妙的夏夜,邻家那株高大壮硕的盆栽绿色植物,就像一位羞涩的新娘披上了圣洁的婚纱——从它宽大颀长的叶片上,同时开出了十几朵碗口大的白昙花,它们如同幽冥的高山绝顶上飘然降落的仙鹤,偶尔降落在凡尘之中。那个时刻,都市的喧嚣戛然而止,就连树上的知了都悄悄噤了声。

邻家的奶奶让我带上相机,给她和她的昙花合影。第二天一早,我得到了一个小小的花盆,里面栽着两片刚扦插上的昙花叶片,书签似的挺拔着。它是那盆昙花的孩子,刚做完新娘接着就做了母亲。

年复一年,它无声无息地蛰伏着,枝条一日日蓬勃,却始终连一丝开花的意思都没有。葫芦形的叶片极不规则地四处招摇扩张，长长短短地说不出个形状，占去好大一块空间。窗台上放不下了，怜它好歹是个生命，不忍丢弃，只好请到阳台上去，找一个遮光避风的角落安置了，只在给别的盆花浇水时，捎带着用剩水将它敷衍一下。心里早已断了盼它开花的念想，饥一餐饱一顿地，任其自生自灭。

六年后一个夏天的傍晚。后来觉得，那个傍晚确实有些邪门。除了浇花，平日我其实很少到阳台上去。可那天就好像有谁在阳台上一次次地叫我，那个奇怪的声音始终在我耳边回荡，弄得我心神不定。我从房间走到阳台，又从阳台走回房间，如此反复了三回。我第三次走上阳台时，顺手又去给四季桂浇水，然后弯下腰为四季桂掰下了几片黄叶。我这样做的时候，忽然有一团鹅黄色的绒球，从四季桂根部的墙角边钻出来，闪入了我的视线。我几乎被那个鸭蛋大小的绒球吓了一大跳——它像一个充满弹性的纺锤，贴地翘首，身后有根圆筒状的绿色长茎，连接着那盆昙花的叶片。绒球锥形的尖嘴急切地向外探伸，分明是亲吻的姿态……

那不是球，而是一枝花苞——昙花的花苞，千真万确。

我愣愣地望着这位似乎由天而降的不速之客，不知道该拿它怎么办。后来我用尽全身力气，轻轻将花盆移出墙角，慌慌张张又小心翼翼地把它搬到了房间里。然后屏息静气、睁大眼睛纵览整株花树——是的，上上下下，它只有绝无仅有的这一个花蕾。也许因为只有一个，花苞显得硕大而饱满。

那个蹊跷的傍晚，这盆唯有一个花苞的昙花，由于它第一次来做客，没人知道它将在哪一天、哪个时辰开放。那蛇头似的弯拱翘起的花苞,被窗口的一线斜阳罩上了一层诡秘的光晕。

我想这几天我就是不吃不睡,也要守着它开花的那个时刻。

昙花入室,大概是下午6点多钟。它被放在房间中央的茶几上,我每隔几分钟便望它一眼。每次看它,我都觉得那个花苞似乎正在一点点膨胀起来,原先绷紧的外层苞衣变得柔和而润泽,像一位初登舞台的少女,正在缓缓地抖开她的裙衫。昙花是真的要开了吗?也许那只是一种期待和错觉,但我却又分明听见了从花苞深处传来的极轻微又极空灵的窸窣声,像一场盛会前柔曼的前奏曲,弥漫在黄昏的空气里……

天色一点点暗下来。那一枝鹅黄色的花苞渐渐变得蓬松鼓胀,露出苞衣上那层纯净的白色,雨后的浓云一般饱含水分。晚上7点多钟的时候,它忽然微微抖动了一下,难以察觉的那种战栗,但是我感觉到了,我甚至觉得整盆花树都随之震动。就在它抖动的那个瞬间,闭合的花苞无声地裂开了一个圆形的缺口,散发出一股淡淡的清香。过了一会儿,悬着的花枝又抖动了一下,那个缺口又张大了一些,就像一个苏醒的婴儿,打着哈欠张开了柔软的小嘴。我目不转睛地盯着它看,眼睁睁看着它就要开口说话。一个多小时以后,那个花苞已经变成了一只白色的宽腹宝瓶,从瓶口持续地喷吐出一阵阵香气,香味略带些苦涩,有一种超凡脱俗的意味。香味越来越浓烈,四散开去,整个房间很快就被它奇异的香气笼罩了。

花苞渐渐变得更大也更圆了,变成了一只晶莹透明的玉盅。橄榄形的花苞背后,原先那些紧紧裹挟着花瓣的丝丝淡黄色的针状须茎，如同刺猬的毛发一根根耸立起来，然后慢慢向后仰去。在昙花整个开启的过程中，它们就像一把白色小伞的一根根精巧刚劲的伞骨，用尽了千百个日夜积蓄的气力，牵引着伞面，将那把小伞一点点地撑开来……

弯下腰好奇地从花苞的开口处朝里张望，窥见阔口玉盅里的一点儿小秘密：从昙花的"花洞"底部，伸出一簇蚕丝般光滑的花蕊，一直探到花瓣的边口，那些银丝一根根精巧细密，序列清清爽爽，略微朝上弯曲的顶端，缀满一层金黄色的颗粒绒球。银丝黄蕊，色调感觉很舒服。尤其令人称奇的是，从那簇银丝里，还伸出一支极细的白蔓，约有一指长，雄赳赳地坚挺着，顶端有一个白色的十字形"蝴蝶结"，柔美娇嫩。金银白三色，构成了白昙花蕊素洁雅致的基调。我被惊呆了——"此物只应天上有"，何苦何因落人间？

很久以后我才懂得昙花是雌蕊与雄蕊同体的自花授粉植物。它们躲在白色的透明纱帐里，呢喃低语，交颈而眠。

又半个钟点过去，此时，它终于完完全全绽开了，像一朵碗大的舌匙状白菊，又像一朵冰清玉洁的雪莲。靠近花心的花瓣较为宽厚，距花心越远便越狭长。不，应该说它更像一位美妙绝伦的白衣少女，赤着脚从云中翩然而至。从音乐奏响的那一刻起，她便欣喜地抖开了素洁的衣裙，开始这一场舒缓而优雅的舞蹈。她知道这是自己一生中极其珍贵的一次亮相，也是这个夏季唯一的一次公开演出。自然之神给予她的时间实在太少，她的公演必须在严格的时限中一次完成，她没有机会失误，更不允许失败。于是她虽是初次登台，每一个动作却都娴熟完美。她像一只飞越了雪山的白天鹅，只是在人间稍事停留歇息。她定是经历了千年的苦修,才能拥有花中极品的基因。

她翘首扬脖、她伸展长臂、她伫立挺拔、她旋转跳跃……她的舞姿如此天真烂漫、轻盈灵动,夏夜的凉风吹起她白色的衣裙,她就要飞起来了,飘飘欲仙……

那时是晚上9点多钟,这一场触人心弦的舞蹈,已持续了将近三个小时。她一边舞着,一边将自己身体内多年存储的精华,慷慨地挥洒、耗散殆尽,由于生命之短促,她婀娜轻柔的舞姿带有一种动人心魄的凄美,就像是一位从容不迫地走向刑场的侠女。花瓣背后那一层金色的须毛,像华丽的流苏一般,从她白色的裙边四周纷纷垂落下来……那是她一生中最辉煌的时刻,但辉煌仅有一瞬,死亡即将接踵而至。她的辉煌亦即死亡,她是在死亡的阴影下到达辉煌的。那是一种壮烈而凄婉之美,触目惊心又怅然若失。"昙花一现"改变了时间惯常的节律——等待花开的焦虑,使得时间在那一刻变得无限漫长;目睹生命凋敝的无奈,时间又忽而变得如此短暂。唯其因为昙花没有果实,花落花谢,身后是无尽的寂寞与孤独。传说"昙花一现为韦陀",因而她生来带有一种无望的决绝与安详,也因此与佛家有缘……

盛开的昙花就那么静静地悬在枝头,像一帧被定格的胶片。

但昙花的舞蹈并未就此结束。

那个奇妙的夏夜,白衣少女以她那骄傲而忧伤的姿态,默默等待着死亡的临近。在我见过的奇花异草之中,似乎没有一种鲜花,是以这样的方式告别的。那个瞬间,我比亲眼见到她开花的那一刻,更是惊讶得无言以对——

她忽然又颤动了一下，张开的手臂渐渐向心口合抱。她用修长的指尖梳理着金发般的须毛，又将白色的裙衫一片片收拢，一直到花瓣背后所有的须毛都整理妥帖，恢复成伞骨的形状，她才慢慢垂下白皙的脖颈……她平静而庄严地做完这全套动作，前后大约用了三个多小时——那是舞蹈的尾声中最后复位的表演。昙花的开放是舞蹈，闭合当然也是舞蹈。片片花瓣根根须毛，从张开到闭合，每一个动作都一丝不苟。她用舒缓的舞姿最后一次阐释艺术和生命的真谛。如果死亡不可抗拒，为什么不能让死亡变得美丽？如果死亡必不可免，为什么不能让死亡变得神圣？她定是为自己选择了安乐死那种没有痛苦的死亡方式，所以在最后的极限到来之前，她来得及为自己更衣梳洗，用端庄而整洁的仪态，微笑着迎接死亡。她由于珍惜生命而加倍地珍惜死亡，赋予永别以再生的意味。她不会像那些落英缤纷的花树，将花瓣的残骸凄凉地抛撒一地，她要在入殓前将自己的容颜复归原状，一如生前的娇媚和高贵……

世上也许唯有花期最短的昙花，具有此等视死如归的气度。

至夜半时分，昙花盛开时舒展的花瓣已完整地收拢，重新闭合成一枝橄榄形的花苞，犹如开屏后的孔雀，丝丝入扣地将锦缎似的羽毛一并收好。她只是略略显得有些疲倦，细长的花茎软软地低垂下来，在玻璃台板上衬出一个白色的影子，如同静静地浮游在湖面上的白天鹅倒影。那花苞的白色，比先前要浅淡些，她吐出的香味，也许已将她乳白色的浆汁吸尽。闭合后的花苞，更像一枚种子，将花魂留锁在了里头。而支撑着层层花瓣那伞骨似的一根根须毛，此刻却已奇迹般地空翻转身，

180 度大回环，把那个沉甸甸的花苞，重新牢牢地裹在了掌心。

那天夜里我一直陪伴着她，陪伴着昙花走完了从生到死，生命流逝的全部旅程。夜半时分，她看上去像睡着了，宁静而安详，没有凋败没有萎谢、没有痛苦没有哀愁。她是一个不死的灵魂，昨夜来的时候是什么样子，现在还是什么样子。很多天以后我拿到了那天晚上留下的摄影照片，她在开花前和开花后的模样，几乎没有什么不同。不生不灭，不开不谢——就好像这一个活生生的花苞，从来都没有开放过，或许很快就会再开一次。好像她始终含苞待放，始终无悔无怨，只等那个属于她的时辰一到，她睁眼就会醒来。

这个夏夜，"昙花一现"那个带有贬义的古老词语，正在一步步远去，变成一个遥远回声。这一夜，我又一次恍然大悟，先前的我们，实在是被成语误导得太多了哦。

我明白那个傍晚的阳台，昙花为什么一次次固执地呼唤我了。她要让我看到她的舞蹈，我既是她的观众，也是唯一一位幸运的伴舞者。我见证了她的绚丽与灿烂、瞬息与永生。我听见她对我喃喃细语，生命的价值并不在于时间的长短。当她离去以后，我将用清水和阳光守候那绿色的舞台，等待她明年再度巡回。

如今，距白昙的第一次开花，已经过去了 20 多年。我家的昙花已经"自我繁育"成了几大盆。昙花没有果实，不需要用种子进行繁衍，昙花把自己的生命信息藏在每一片叶子里，每一片叶子都可扦插，只需要一点点土壤、阳光和清水，就能落地生根。每年从夏至秋，昙花们都会按时回来看望我们，一朵朵静静绽放，一次次纵情舞蹈。昙花每一次回来，都和第一年开花的那朵，长得一模一样，就像是那朵昙花的真身再现。所以，昙花的舞蹈，就有了永恒的意味。

高山流水听诗琴

5月杏花时节,一阵微风一场细雨。北京郊外苍茫的燕山山脉,一夜间被山花点亮了,一树树娇艳鲜嫩的粉白色杏花,丛丛叠叠的花蕾花朵,如萦萦缠绕的湿雾晨岚,似天上浮游的云朵,由山脚飘入山谷,顺着山坡恣意蔓延;杏树的嫩叶刚出芽,星星点点绿色,衬出满树轻盈的花枝。刚返青的近山,被雪绒般的杏花覆盖了;沉郁的远山,被挺拔峭立的花树染成了花山。目光跟着杏花林越过延绵的山峦,视线所及,满山漫天,是一座座高低起伏、绵延无尽的绚丽花坛。

琴声悠然响起,虽是寻常的试音调弦,却如一道闪电悄然划过蓝天。树枝草叶忽地静了,大山骤然停止了呼吸,那一曲圆润流畅的丝弦曲乐,似天籁之音,沁入花团锦簇的山谷,惊飞一群五彩山鹊。

《远方的客人请你留下来》,这首活泼欢快的二胡经典民族曲目，此刻，出于一位娇小灵慧的杭州女子之手。

严洁敏，二胡演奏家，中央音乐学院教授，硕士生导师。中国第一位民族器乐演奏和作曲双学士学位获得者。中国音乐家协会二胡学会副会长，中国民族管弦乐学会胡琴专业委员会副会长。出生于杭州。六岁开始学习二胡，十岁考入上海音乐学院附小，1990年以优异的成绩毕业于中央音乐学院。1989年曾获得ART杯中国乐器国际比赛二胡青年专业组二等奖，1994年夺得台北国际民族器乐协奏大赛第一名。2002年获霍英东教育基金会第八届全国高等院校青年教师奖。2004年成为中国教育部首批"新世纪优秀人才支持计划"入选者。曾于1990年获中央音乐学院艺术歌曲创作奖。并于1991年在北京音乐厅成功举办了个人交响作品音乐会，是我国民乐演奏界的佼佼者。严洁敏的二胡演奏音色纯美，技巧全面，表现力丰富，擅长以高难度技法驾驭复杂的曲目。

此刻，她不是在华美的音乐厅灯光下为观众演奏，而是在杏花烂漫的天然舞台上为友人抚琴。女人纤巧的手臂舒缓地拉开琴弓，似乎要把花山拥入怀里。与音乐为伴的女人，必是爱生活更爱自然的。

那个春日，有幸在大山里聆听严洁敏的二胡，是我的福分。二胡作为我国独具魅力的拉弦乐器，既善于表达哀婉忧伤的情感，也能表现气势宏大的意境。此时，在洁敏气韵深长的二胡乐声中，我心已然陶醉。

山路蜿蜒，往山涧深处的小村盘旋而下。路两边都是杏花密密盛开的老树，黝黑的花枝壮硕而秀美；粉白的花朵，亲热地互相簇拥，小风掠过，花瓣纷纷飘落，俏皮地拂过车窗，扬起一片银色的雪末。车子在花丛中穿行，洁敏一路欢笑惊呼，像是回到了孩童时代，在浓密的花荫下欢喜地做游戏。一双水晶般纯净的黑眼睛，瞳仁里映出缕缕花蕊，像两粒嵌了花瓣的琥珀。

那个春日，云在山顶，伸手可及；水在山下，举目可望；就像洁敏在很多年里，一步步走向她的音乐梦想。

眼前闪过一个瘦小的身影，十岁的小女孩，身上背的琴盒，几乎与她身高齐平。她独自一人从杭州登上火车，去上海音乐学院附小读书。只是因为喜欢二胡，耳边每时每刻都有弦乐在萦绕，每一根头发都像是琴弦做成的，一抬手梳头，旋律就飞起来。暑假来了，寒假过去了，每一次开学前，绿色的车厢都会迎来一个背着琴的女孩。她静静地坐在车窗前，心里默念着最喜欢的二胡曲谱，望着未知的远方。

从上海音乐学院附小走进中央音乐学院的艺术殿堂，小琴童走坏了多少双鞋，拉坏了几把琴，拇指肚上磨出了多少厚茧子？十年童子功，是一节一节稳重坚固的枕木，托起银亮的铁轨，从杭州到上海，再一步步送她去北京。呼啸的车头像一只巨大的音箱，在年复一年的轰鸣声中，把洁敏造就成了一位优秀的青年二胡演奏家。

荷兰最有影响的《人民报》（*De Volkskrant*）称严洁敏的演奏为"中国的奥依斯特拉赫""激情的演奏大师"。法国《进步报》(*Le Progres*)评价其"显示了对二胡这种乐器音质音色极高的控制能力以及对戏剧性、对比性卓越的控制能力"。

洁敏接受过多年系统的学院派教育,经受了严格的音乐训练,汲取了华夏沃土赐予她的养料精华。她像一朵恰逢佳期的花苞,将天地赋予她的能量注入琴弦,然后,粲然迸发、绽放。

那个春日,我们在深山里的小石潭边听琴。

泉水冷冽,清澈见底。流苏般飘逸的水草、光滑的鹅卵石、蓝灰色花纹的小游鱼,倏忽就不见了。一只摆渡的铁船停在水边的沙滩上,四下空无一人。山谷静谧,微风拂过崖上的灌木,发出飕飕的声响;忽有翅膀的黑影飞快掠过,在水面上扇起细微的涟漪,只听得一声声婉转的鸟鸣,从坡上的杏花深处传来。碧绿的池水被清风吹皱了,一波一波漾开去,如丝丝缕缕颤动的琴弦。

我们在水边,听《流波曲》,听《河曲》,听《悲歌》,深沉的乐曲犹如泉水汨汨流淌,在委婉哀怨的音调与深沉愤懑的乐声中,泪水悄然涌上来。听《江河水》,二胡悲痛欲绝的倾诉,营造出一种压抑沉闷的气氛,传递了人类超越时空的痛苦。洁敏细腻精准而又激越狂放的演奏风格,将二胡这一古老乐器的魅力发挥到了极致。

那个春日,一缕阳光穿透幽深的峡谷。洁敏如同一个阳光女孩,脸庞和心思同样明朗通透。平日里,洁敏是一个素朴淡定、安静温婉的江南女子,而当她拿起琴弓,沉浸于自己的音乐世界时,忽而变身为一位高贵的艺术女神,浑身散发出浓郁刚烈的激情。她纤细灵巧的双手滑过琴弦,左手揉弦、拨弦,准确控制泛音颤音滑音;右手顿弓跳弓颤弓抛弓,左右开弓,配合默契。琴杆与弓弦在她的臂弯里收放自如,好像已成为她身体的一部分。

大略知道,二胡的音准控制很难,没有可供依赖的明确界定音高位置的标识,由于二胡没有指板,每一个音高都仅凭手指的感觉来掌控。待那一曲终了,试着请教洁敏拉琴的诀窍,她笑着回答:学琴先得学会听啊,没别的窍门,就是听,听到最后,就能听见心里有了回声……

那个春日,在洁敏即兴的琴声中,微风暂歇、游鱼沉浮、飞鸟噤声、杏花凝眸——自然万物与我们一起屏息静气,倾听这一场没有舞台和乐队的独奏音乐会。

夕阳西斜,山谷沉寂。石潭两侧巨石兀立,灰褐色的石壁,鬼斧神工般刻出粗放的线条,如同一座座奇幻苍健的石雕。琴音回旋,如丝如瀑,从石崖上温婉地垂落;忽又变得高亢激愤,音符中透出韧性的硬度——洁敏的演奏技巧如此神妙,每一声长音与短符,每一个华彩乐段或是抒情旋律,都充满了刚柔相济的温情与力量。《急板》是意大利作曲家斯特凡诺·贝隆(Setfano Bellon)专门为严洁敏创作的一首赋格曲,由一组长音和快速移位及不间断的循环构成乐曲的主要部分。洁敏炉火纯青的技艺,将古老的二胡奏出了崭新的乐感。由二胡改编的《流浪者之歌》,在洁敏的演奏下,以频繁的快速换把及大跳、快速换弦、超高把位的快速两手配合等高难度技巧,将二胡演奏水准推向了一个新的高峰。音色音质之华丽精湛，可与最优秀的小提琴曲媲美，令人惊叹。

那个春日，唯一遗憾的是，洁敏在山野林间的即兴演出，没有乐队。我曾在剧院欣赏过她的独奏音乐会，二胡与庞大的管弦乐队，二胡与弦乐四重奏、大提琴互相配合，将音乐会竞相推入高潮。记得在一首协奏曲中，乐队将碰铃清澈的音色揉进了乐曲，给那个乐段增添了空灵的禅意。

音乐是抽象的情感表达，无论是创作者、演奏者还是欣赏者，理解音乐享受音乐，都需要超然的悟性和心的呼应。此时此地，我只能想象，这一场在青山绿水中独特的二胡独奏音乐会——"台下"的淙淙泉水、啾啾鱼虫、飒飒山风，啁啾鸟鸣，还有树叶的哗响与杏花无声的震颤……组成了天然和谐的配器，那是大自然专为洁敏配置的最独特的"爱乐乐团"。

那个春日，二胡乐曲在微波涟漪的水边久久不散。其中有不少曲目，都是由洁敏自己改编或是编配的。早在1988年，严洁敏就凭自己的实力和才华，考入被人们视为"最难考的"中央音乐学院作曲系，1991年，获得民族器乐演奏与作曲双学士学位，并成功地在北京音乐厅举办了个人交响乐作品音乐会。她是一位出色的演奏家，同时也是一位勤于拓展自己知识结构、勇于尝试二胡曲目的现代性、善于把二胡融入世界现代音乐的创造者。

那个春日，洁敏的丈夫赵戈，亦在水边乘兴操琴，琴弦如戈，乐声如帛，一对神仙眷侣。赵戈教授任教于中国音乐学院，同样兼长于二胡演奏与教学。多年来，赵戈与洁敏共同磋商探讨二胡技艺，在乐坛携手而行。洁敏拥有这样一位体贴仁厚的丈夫，是洁敏的幸运。这个比翼齐飞的音乐之家，告诉了我们,什么叫作"琴瑟和谐"。

多年来,洁敏已经录制并出版了大量的个人专辑。新近出版的音像专辑《诗弦》(Ⅰ、Ⅱ)是她表演艺术的精粹和珍品。

诗弦——丝弦似水,意韵如诗。高山流水,皆为知音。

边缘与跳脱
——有关HAYA的传说

有关HAYA（哈雅乐团）的传说，以音乐的形式，已在年轻人中流传了很久。

"鲜花在盛开，故事在风中流淌"——这是《HAYA的传说》的开篇歌词。狂风旋风台风微风、风雪风暴风物风情，草原马头琴与风马牛不相及的爵士乐架子鼓……精灵般的主唱歌手黛青塔娜，从遥远的故乡青海湖走来，一架通红的篝火，在晚风中闪烁飘忽，照亮了周围的黑暗……

我与HAYA专场音乐会相遇的那一刻，整个世界倏然沉寂。偌大的北展剧场，顷刻安静得没有任何一种可以被称为声音的声音了。HAYA自创的乐曲骤然而起，从天穹如瀑布倾泻而下，由脚底如暖泉喷涌。它们拥抱我亲吻我撞击我淹没我，泵入我的胸膛，穿透我的血管。空气被HAYA的音乐一寸寸挤走，呼吸被HAYA的乐曲掌控，我陷入了无边的皑皑雪原，又从绿色的山谷中升起。

这个北风呼啸的冬夜，是我第二次听HAYA的演出。上一次，那个无风的秋夜，在黄勇持续举办了十年的北京九门国际爵士音乐节上初识HAYA，它钻入我耳膜的那一刻，也席卷了我的心灵。

HAYA的音乐呈现，以苍凉深沉的传统蒙古乐曲为基调，散发着浓郁的草原气息，充满了大自然蓬勃的生命力。美丽的女歌手黛青塔娜，醇厚高昂透明的嗓音、优美丰富的肢体语言，展现了蒙古族艺术家极致的情韵。然而，乱云狂风、雄鹰盘旋——在HAYA的音乐中，我听见了西班牙吉他、电吉他、手鼓、康佳鼓、爵士鼓、贝斯……那些用于现代摇滚乐演奏的乐器，昂然介入了古老的蒙古乐曲。短促有力的鼓乐、吉他强劲的拨弦、贝斯宏阔的低音，呼应着烘托着悠扬的马头琴声，低沉而又剽悍的呼麦时断时续，分明仍是蒙古的底色。如此大幅度的两极跳跃，带来了新奇鲜活的乐感——古老的草原，正伸开着它健硕的双臂拥抱世界……

爱上HAYA，不仅仅由于HAYA音乐源自蒙古，更因为HAYA已经跳脱出蒙古。

黛青塔娜在HAYA最新的专辑《疯马》，也是HAYA最具代表性的作品《疯马》中唱道："……你的良知如胚芽般大小，但我相信这坠落的泪水，会灌溉他、灌溉他长大……""长大"一词的音高如异峰陡然拔地而起，直入云霄。紧接着进入最关键的曲段："你将我刻在红色的山脉，去崇拜飞翔的鹰奔跑的马，在那片荒芜的原野中鼓声阵阵，鼓声阵阵，鼓声阵阵……"乐队的鼓点越来越急促,她的歌声越来越激昂,犹如高空霹雳闪电,声声叩击人心。小黛在险峻的高音区徘徊长达一分多钟,那是绝望的呐喊与灵魂的呼唤,高亢宛若来自苍穹,飞扬在纯净的冰山绝顶,歌者似已灵魂出窍,听众亦身心俱裂。那一段淋漓尽致的高音之后,忽而一个柔美的滑音,好似从高山雪场的滑道飞速俯冲,流畅得连一丝雪末都没有溅起,她已平缓滑入一片宁静的山谷,我们听见了清泉飞瀑、风之叹息、鸟之呢喃,催人思索世间万物的生息与共。歌声渐渐低下去,低至难以分辨的丝丝细微气息,沉入大地深处……

《疯马》以如此高难度的唱奏水准,成功地炫出黛青塔娜与HAYA乐队的完美技艺。

HAYA著名的《迁徙》,野性奔放的另类构思。乐曲开场,静默中传来黛青塔娜哭泣般的呻吟与挣扎,诉说如今的草原,游牧人与动物迁徙中断、人和动物再也无处可迁的悲哀与无奈。至乐曲高潮处,黛青塔娜发出了愤怒的吼叫与痛苦的哀号,如同一声声刺耳的警钟,在《嘎达梅林》忧伤的旋律中久久哀鸣。《寂静的天空》用蒙古语演唱,旋律带有蒙古、藏两族和俄罗斯文化杂糅的抒情风格,天生一个返璞归真的黛青塔娜,浅吟不忸怩、低唱不做作,声音结实通透而又放松自如。《飞翔的鹰》充分展示了黛青塔娜宽广的音域,她用蒙古语反复诵唱的歌词,又像是藏传佛教的六字真言,具有诵经的节奏。《真言》一曲中,小黛席地而坐,捧拥并敲击洁白的玉钵,鼓乐中的神秘氛围亦含有虔诚的佛教意味。《啦哩》中的小黛变得轻快潇洒,曲调的节奏频率、舒展的舞姿、蒙古语男声小合唱、隆重质朴的呼麦……使纯正的蒙古气息扑面而来。

《莽古斯》一曲,打击乐与呼麦都极为出色,小黛的多才多艺更是"原形毕露",灵巧娴熟的蒙古族抖肩膀舞蹈动作,令人心生欢喜。《风的足迹》中,开场即小黛的一段印第安笛演奏,腔膛粗重而笛声幽柔,犹似秋风驰于原野……

就这样,HAYA将华夏民族以单音为主的传统音乐,与西方音乐的和声复调及配器相融合;把蒙古音乐宽广悠扬的音乐元素,与来自黑人民间音乐的爵士乐率性激越的特性,进行了神奇的重组,有一种超然世外的辽阔与纯净。HAYA的音乐理想,是让歌声直指心灵、指引心的方向,以此开启对人与自然的省思与祝祷。在HAYA所有的原创乐曲中,蒙古马头琴、长调、呼麦、萨满舞、非洲打击乐、印度鼓、印第安笛等世界各地美妙神秘的声音,以先锋音乐的表现手法、大胆的实验性诠释,完成了传统蒙古文化精髓与现代艺术精神的互相渗透。

HAYA——汉译"哈雅"。在舞台的背景天幕上,HAYA四个英文字母中的Y,被略加修饰,设计为成吉思汗当年征战的长矛"苏鲁定"的简洁图形。这一象征勇气与胜利的草原符号嵌入了英语,意味着对西方世界的参与。HAYA取自蒙古语"边缘"之意,亦即":跳脱"规则的束缚,摒弃传统的抑制,具有包容、开放的特性,由边缘走向泛主流,使蒙古音乐跳脱为世界音乐。

何为"世界音乐"?

世界音乐的含义为"跨界"与"融合"。

不再是单纯以民族音乐取悦西方听众,不再仅仅是展示民族艺术供人欣赏,而是寻找国际化的音乐语言。只有那些能够引发人类共鸣的音乐，才能从此与世界平等对话。

2006年，主唱黛青塔娜与马头琴手张全胜、吉他手陈希博、呼麦手兼鼓手宝音，组成了HAYA——哈雅乐团。2011年，来自法国的贝斯手艾瑞克·拉坦齐奥（Eric Lattanzio）加盟HAYA。

十年过去，那盆篝火始终暖暖地亮着，照亮着人类也照亮了HAYA自身。

五位视音乐为生命的年轻人，HAYA五人小乐团，就像一只饱满的手掌，每一根手指都不可缺。

HAYA的创始人、英俊持重的音乐制作人张全胜，一个吉祥如意的名字，也是乐团的灵魂人物，兼任乐团的词曲创作及马头琴演奏。托"全胜"的才情与福分，HAYA建团以来，每一张专辑发行、每一场演出，几乎都"全胜"。女神一般聪慧沉静的黛青塔娜，长发如飘逸的青草、长辫如缠绕的青藤，无论默立行走还是舞蹈静思，都是一首无声的歌。她用无所不能的音乐技艺，传递出美善的内涵与空灵的意境。她曾说："我们每个人内心都是有灵性的，我们用音乐唤醒灵性，让它和我们的天地、家园做一个连接。不管走到哪里，音乐传递的都是和万物相连的感觉。"

HAYA乐团的吉他手陈希博，毕业于中央民族大学。其父为蒙古族，母亲是锡伯族（故起名"希博"?）。他出生于艺术之家，在马头琴声中长大，那双专注凝神的眼睛，沉浸于对音乐的痴迷；希博由马头琴手转而成为吉他高手，吉他好像长在他的手上，没有他完不成的高难度技巧，《重生》一曲中，一把吉他几乎可比一个乐队。HAYA的呼麦手兼鼓手宝音，生于赤峰，自幼学习打击乐。曾赴日本深造音乐演奏技巧，目前已成为国内顶级的鼓手之一。宝音宝音，一个天生献身音乐的人，看起来有些憨厚羞涩，然而世上各式各样奇怪的鼓，都能在他手下发出不同凡响的节奏；宝石宝马宝藏宝塔宝瓶般宝贵的音乐，成为 HAYA 与听众的宝贝儿。来自法国的贝斯手艾瑞克，七岁学习音乐，2001 年以贝斯演奏第一名的成绩毕业于法国国际现代音乐学院。2011 年因志趣相投而加盟 HA-YA，可谓"洋为中用""中西合璧"。当他穿上华丽的蒙古袍子，在舞台上抱着大贝斯淡定演奏时，看上去就像一位真正的蒙古王爷，沉稳而高贵……

在某次音乐节上，全胜曾深情诵读海子的诗歌《九月》：

……远在远方的风比远方更远／我的琴声呜咽　泪水全无／我把这远方的远归还草原／一个叫马头 一个叫马尾／……明月如镜高悬草原映照千年岁月／我的琴声呜咽　泪水全无……

HAYA 的音乐理念与海子的诗歌精神相通——虽然草原万物还在为我所用，可人类终究无法逾越世界的极限——远方只能被涉足，却无法被占有；远方的风甚至挣脱了远方的边界，吹向了更远的永恒。草原上斑斓的鲜花，好似破损的"伤口"，撕开了沉睡的大地，因而"琴声呜咽　泪水全无"。HAYA 和海子都想把远方的远归还草原，音乐与诗歌携手成为"黑暗中的舞者"。

在当代多元文化的背景下，HAYA 在传承和弘扬本民族音乐的同时，以探寻心灵的方式去发现人类音乐的共性。建团十年来，HAYA自由行走于世界各地，唱遍日本、法国、瑞典、加拿大等国家，横扫金曲奖、金钟奖、华语音乐传媒大奖等诸多奖项。每每一曲未落，已被热烈的掌声、起立致意的欢呼淹没。曾多次应中国文化部邀请，代表中国在国外举行专场音乐会。2012年6月，HAYA专辑《迁徙》获得第23届台湾金曲奖最佳跨界音乐专辑奖。2015年8月，HAYA第五张专辑《疯马》再次获得第26届台湾金曲奖最佳跨界音乐专辑奖。HAYA乐团始终坚持自己独有的音乐风格，从不受传统作曲法的约束，自觉挣脱传统音乐的边界，在一次次突围中升入新的艺术境界。HAYA发行新的音乐专辑，每一张都是原创精品，总是给人以出乎意料的惊喜。其国际名望和业内声誉远盛于在国内的知名度，成为当代世界音乐艺术精神的标志。

十年了，HAYA蓬勃红旺的篝火燃遍了东西方音乐节。

我爱HAYA，爱它不羁的自由表达，爱它与自然万物相融的灵性。

以《风的足迹》的歌词，作为本文的尾句：

"我消失在光的尽头，追寻着风的足迹……"

第三辑

大漠·西域

鸣沙山听沙

鸣沙山,我又来了,来看你。

在敦煌城里,若是遇上合适的角度,偶尔一抬头,就望见了你。你的身子一半在阳光下,另一半在阴影里,你微微翘首,神色严峻地仰望着天空,沙脊的轮廓如刀刻一般刚硬,又如漫坡流水一般柔软。你的脚下是无垠的黄沙、起伏的沙丘,伸展延绵翻腾。你耸立着,比周围的沙丘要高出许多。由于你站在沙丘之上,所以你不再是沙丘,而被称为沙山,不是聚沙成塔而是聚沙成山。那些细米粒状的黄沙,究竟是何时或如何变成硬的山的呢?我只看见,那么多年过去,你站在城郊那个固定的位置一动不动,仍如我当年见到的样子——稳稳当当,笃笃定定,不增不减,不高不低。

时光已过去多久了?上一次来敦煌,还是20世纪90年代初。光阴如同一条内陆河,扎入沙漠腹地,消失无踪。25年倏忽而过,人已两鬓微白。而鸣沙山,你的沙依然、你的山依旧。

西汉时有鸣沙山好似演奏钟鼓管弦音乐的记载。《后汉书·郡国志》引南朝《耆旧记》云:敦煌"山有鸣沙之异,水有悬泉之神"。《旧唐书·地理志》载鸣沙山"天气晴朗时,沙鸣闻于城内"。敦煌遗书载鸣沙山"盛夏自鸣,人马践之,声振数十里,风俗端午,城中子女皆跻高峰,一齐蹙下,其沙吼声如雷"。清代《敦煌县志》早已将"沙岭晴鸣"列为敦煌八景之一。

鸣沙山,莫非你是一座音乐之城?鸣沙当歌,鸣沙似泣。

鸣沙山,我不是来看你,而是来听你。

那么多年里,我的耳边总是流淌着沙子的鸣响——它们不是河流的汩汩声,也不是海浪的哗哗声,更不是瀑布的轰隆声。它或如沙漏一般细密悄然,或许像一股巨大的泥石流兀然生成,从高处倾泻而下摧枯拉朽,沙声低沉而凄厉,缓慢而尖锐,在瞬间覆盖了摧毁了一切。那个声音多年来始终在我耳边挥之不去,曾经,我试图记录它复述它,但我始终无法描述流沙的声音。

25年前,千里河西陇上之行的最后一站——敦煌。

去敦煌是为了莫高窟,那座佛教艺术的殿堂。瞻仰千年的洞穴遗存的壁画雕像,是一次朝圣之旅。但心里另有所念,心心念念的,是茫茫大漠中那座神奇的鸣沙山。

《旧唐书·地理志》记载:"天气晴朗时,沙鸣闻于城内。"说的是在晴朗干爽的刮风天,敦煌城内都能听见沙子鸣鸣的鸣响。匍匐于沙山脚下的月牙泉,是一个忠实的听众,她蜷起身子,以膜拜的姿态,倾听着来自沙漠的圣乐。

那年夏天的傍晚,我站在鸣沙山脚下。血红的夕阳隐去山后,天空纯金一般烁亮,眼前一片混沌的金黄。鸣沙山被天边的余光勾勒出完美的线条,如同一座巨大的金字塔,在暮色中静静蹲伏。天低了地窄了原野消失大海沉没,唯有这凝固的沙山,如同宇宙洪荒时代的一座巨型雕塑群,矗立于塔克拉玛干沙漠的起点或是尽头。

遐想沙漠的起源,亘古荒原,万古寂寥,是太阳的巨磨盘、弯月的尖利齿,把大山啃噬、磨砺了一遍又一遍,强劲的朔风经年累月把地壳的表层揉成沙砾,沙子铺满了整个戈壁滩。然而,粉身碎骨的岩石在梦里都希望变回大山,多少个世纪,沙子在风中低声祈祷、或在风中激昂地呼号。沙漠缺水但不缺风,狂风暴风寒风,一年四季都在大漠巡回。一无所有的沙子们只能求助于尘暴,央请大漠上那一场接一场强劲的干热风,把自己重新筑成一座山。鸣沙山,你是一座山,却也不是。你本是连绵的沙丘,和大漠连在一起。但你从沙漠中站起来了,你是站立的沙漠。

鸣沙山在那一刻变得不那么真实——一座沙子聚成的山,线条如此流畅,造型如此有棱有角、轮廓分明。当鸣沙山成为鸣沙山之时,已是一个雄健而威武的西北汉子,壮硕的脸膛上刻下了粗重的线条。延绵几十公里的山脊,如一道道锋利的刀刃,被巨人挎于腰间挥舞于长空之下。风终于塑沙成山,此后的漫长岁月,在他敦厚的胸腔里逐年孕育而成——莫高窟。

然而,此刻的鸣沙山,四下静默悄然无声,鸣沙山固执地保持沉默。我并没有听见"好似演奏钟鼓管弦音乐"声传来。更没有"城中子女皆跻高峰,一齐蹙下,其沙吼声如雷"。

我听不见沙鸣。

那一年,还是有兴致的年龄。干脆脱去了鞋袜,光脚走上沙丘。沙子虽然粗糙,却埋着白昼阳光的热度,有一种温热的暖意,从脚跟缓缓浮起。脚下坚固的沙山分明是柔软松散的,满怀善意和温存。沿着山脊上坡,步履艰难,进一步退半步,只好手脚并用往上爬,像一匹负重的骆驼。沙中的脚窝很深,而底板硬实,不必担心陷落。沙窝似有弹性,席梦思般地托着,起起伏伏,沉沉浮浮,跳着即兴而随意的舞蹈,在身后扔下一长串沙纹涟漪……

也许再不会有比鸣沙山更坦率的山了——它没有外衣没有包装,没有树林没有青苔,一无遮拦地铺陈开去,裸露的身体从容地展示着它优美的体态和曲线。据说金黄色的鸣沙山全由细沙聚积而成,沙粒有红、黄、蓝、白、黑五色,若在放大镜下观看,一粒粒晶莹剔透。眼前浩瀚无垠的金沙山银沙湾,蜿蜒起伏形态各异竭尽想象:海湾、新月、烽火台、蟒蛇、船帆、波涛……在安静中露出几分羞怯,坦荡中含有几分矜持,从春到冬,敞开胸怀默默地呵护着来往西域的路人。

夕阳渐渐沉落,月亮从大漠尽头悄悄升起。沉浸在月色与天光中的沙山,如同南极海面上漂浮的洁白冷冽的冰峰。回望身后,沙坡笔陡如削,四壁悬空。若是乘坐降落伞在山顶上逆风一跃,便徐徐降落到海绵般的沙谷中去。还有用木头和竹片做成的滑板,人坐在上面,双脚收拢,一用力便从沙坡上冲来,如出弦之箭,只需一两分钟时间就滑到了山下。

同伴中却没有人愿意坐滑板，一个个纵身跃入沙海，双手代桨，挂在陡峭的沙坡上，连滚带爬地往下"出溜"。一时间，前前后后人影幢幢，像一座座移动的小沙丘。

据说，人若从山顶往下滑，脚下的沙子会呜呜作响；沙粒随人流动，发出管弦鼓乐般的隆隆声响。又说，狂风起时，沙山会发出巨大的响声；轻风吹拂时，又似管弦丝竹，鸣沙山因此得名。

就在下滑的那一刻，我似乎听见身下传来微弱的响声，窸窸窣窣，嗡嗡嘤嘤，难道这就是鸣沙吗，还是我的衣角与干爽的沙子摩擦的声音？我的身体缓慢地往山下滑去，衣领和鞋子里灌满了沙子，如同沉重的沙漠之舟。我的胳膊和腿摩挲着沙子，如同干爽的沙之浴。那个声音仍在耳边，我俯身侧耳，聆听、细辨，我听见的并非是管弦乐的节奏，更非"其沙吼声如雷"，而是一种如泣如诉的呻吟和诉说，还有愤怒的尖叫和呼喊……相传党河流域原是一块水草丰美的绿洲，汉代一位将军率领大军西征，夜间遭敌军的偷袭，正当两军厮杀之际，大风突起，漫天黄沙将两军人马全部埋入沙中。悲歌相送，英魂不灭，此后这里就有了鸣沙山。沙鸣来自他们的拼杀之声……

我一时不由得思维停滞感官笨拙，身子顿时悬停在沙坡的中段，犹如吊挂在半空。大漠的晚风掠起阵阵浮沙，迷了我的眼睛。声音持续着，犹如一个巨大的气旋笼罩，围绕着我的头顶和耳畔，长长的拖腔，如同空谷足音，或是戈壁深处传来的大漠回声，威严悲切慷慨怨怒。就在那个瞬间，我似乎听见了鸣沙的碎步自远方步步走近，如清雪和细雨落在树叶上，滴滴答答，若有若无，像清代诗人苏履吉的诗句所描述："雷送余音声袅袅，风生细响语喁喁。"

袅袅？喁喁？正待细细辨识，沙舟突然自行启动，脚底失控一蹬，便迅速出溜到了沙山脚下。

那个声音消失了，就像一个乐章末尾骤然出现的休止符，连震荡的余音都没有。月夜已有了寒意，月色迷茫，大漠寂寂，静谧的山谷中，万籁无声。

此刻，没有鸣沙没有流沙没有狂沙，没有任何与沙子有关的声音。只有黑暗中同伴的欢声笑语。

刚才那个袅袅喁喁的声音，难道是我的幻觉吗？

我惊异，我惶惑，我，听不懂鸣沙山。

我沮丧地坐在沙地上，开始耐心地清理鞋子里的沙子。很快，每个人脚下都倒出了一小堆沙子。是的，每一个游客无论滑到山脚还是步行到山下，都在无意中削下了一层沙子，裹下了一层沙子。哦哦，前来膜拜鸣沙山的人，几乎每个人都要从鸣沙山上带走些许沙子。晴夜灼灼月光如昼，面前的鸣沙山，游人在梁上坡上留下的那一行行凌乱的脚印依稀可见。那些沙子被塞在鞋壳里衣缝里头发里，带到敦煌城，带回我们来的那个地方。鸣沙山每日流失黄沙无数，可是，沙山为什么没有一天天矮下去呢？敦煌遗书载鸣沙山"盛夏自鸣，人马践之，声振数十里"。这鸣沙山终日被络绎不绝的游人踩踏，为什么却始终巍然耸立完好如初？奇妙的是，当第二天太阳升起来的时候，昨晚留下的那些杂乱的脚印，会消失得无影无踪。那个被践踏被蹂躏的鸣沙山，梳洗打扮后面目一新——犹似杳无人迹的沙峰、缎子般的金山，一道道沙脊如浪涛翻滚，轮廓清晰线条舒缓。沙海澎湃、沙峰磅礴,坡面上没有一丝波纹和皱褶。

据《沙州图经》记载,敦煌鸣沙山"流动无定,俄然深谷为陵,高岩为谷,峰危似削,孤烟如画,夕疑无地"。这描述了敦煌鸣沙山因流沙造成的形状多变。鸣沙并非自鸣,而是风吹动沙子或人与沙面产生摩擦而发出的鸣响,为天地奇响自然妙音,是西域的颂歌,是大漠之绝唱。

不不,沙子既会歌唱,也能怒吼。那不是琴弦不是妙音,而是"人马践之"的沙子发出的呼喊,是沙子的尖叫和抗议,既是念诵也是咒语。我虽然没有听见如雷的沙鸣,但不等于这世上没有沙鸣。

鸣沙山,这一刻,我似乎听懂了你。

但我仍然不明白,鸣沙山为何拥有如此强大的自我复原功能。有人说,那是因为风——是风之手,将沙子一一驱赶回它们原来的位置。每夜每夜,风都在沙山重复着同一游戏,乐此不疲。风相信散沙可以任意塑造,当风成为沙子的需要时,沙子就会自己跳跃走动并手舞足蹈。这强悍的粗暴的风,是世上最具破坏力的自然力量,也是一种强效黏合剂。

是的,是风。可是,为什么别处的风没有这般神力,为什么偏偏在敦煌?在鸣沙山?

告别敦煌那一日,在机场偶遇一位甘肃朋友,闲谈时我说起了关于鸣沙山的疑问。他解答说,他恰好对此有过一番研究:由于鸣沙山特殊的地理位置,日间蒸腾的气流在夜间下沉,便生成了小股冷风涡流,来自东南、西南、西北三个方向的风,沿着这一带沙丘的坡地顺势而下,在鸣沙山的谷地交汇。风与风的角逐形成了气旋，气旋像一把巨大的熨斗，来来回回地摩挲，一夜之间，便将鸣沙山"人马践之"的踪迹一一抚平，抹去了沙山的每一道伤痕。所以，鸣沙山每天都是新的……

我恍然大悟却又越发迷茫。风能够把以往的一切全都删除，风过之处，真的就像什么都没发生过一样吗？鸣沙山你在说什么？我听不懂。

佛陀曾曰：一沙一世界，一叶一菩提。微尘之中，藏有多少我们无法读解的奥秘。

声声驼铃，消失在大漠深处。风已飘然而去，鸣沙山，却无言。

海 市

穿越浩瀚的戈壁滩时,我突然发现,天地间,原来竟如此单纯。

天很蓝。蓝得像海,一无杂质。悠悠白云飘来,丝丝缕缕地悬停在头顶,天幕有如巨幅浮雕。

地很平,一马平川。视线里弥漫着黄褐色的沙地,从车轮下一直通向地球的尽头,眼里除了黄沙还是黄沙。粗糙的沙滩散落着碎石般的沙砾,精细的沙丘上,刻着一圈圈年轮般的波纹;日月凝聚而成的沙岗,如长堤般延绵伸展;路边掠过废弃的村落,断壁残垣是一片触目惊心的灰黄……

偶尔有远远的山,是祁连山也许是昆仑山。卧龙似的蜿蜒着,如黑黢黢的树根纠结、缠绕在一起。皱褶却整齐而光滑,透着西北的苍劲。峰顶的积雪分外鲜明,蓝莹莹地闪烁,像一双双苍茫而忧郁的眼睛。

旋风突然就出现了。风夹裹着黄沙,构成了风的形状,像一只只倒扣的金钟,呈"U"字形,底部紧贴着戈壁滩,任意地旋转舞蹈着。那是一页奇妙的图景,大漠上凝固的黄色成为一块巨大的底版,与摇曳的黄色旋风浑然一体。镂空的风柱又似一柱直上直下的喷泉,慰藉着沙漠里干渴的旅人。

再没有更多的颜色了。戈壁只有单纯得近乎单调的金黄。

当然,还有白灼的阳光,令戈壁越发地一览无余。

在长久单调的旅途中,假如眼前忽而掠过了几丛稀稀拉拉的骆驼草,那样短暂而可怜的一点绿色,也会给人带来莫大的惊喜。针叶状的骆驼草总是自顾自一丛丛生长着,周围聚起一个个小沙堆,略略地高出沙地,远看就像是一座座小小的绿岛,淹没在无边无际的沙海之中。

却没有一棵绿树。

出凉州、经张掖、过酒泉,漫漫长途,古城的绿洲与绿洲之间,没有河,没有泉,也没有井。

黄沙古道,掩埋了多少饥渴的流放者的白骨和忧伤的灵魂。

真的没有绿树也没有河流吗?苍天在上,谁能拯救这苍茫死寂的戈壁?

昏沉沉的困倦中我睁开眼。如闪电掠过黑夜,我的眼睛为之一亮——抑或是海,灰蓝色的水波荡漾着,弥漫着,悬浮于沙洲之上,宁静而安谧。水上横一道长长的湖堤,堤上有树,清晰而精致的树影,一棵棵生动地排列着,像故乡西湖十景之一的苏堤春晓。更奇妙的是,水面上还映着绿树的倒影,水墨画一般,朦胧得柔美。在沙漠的骄阳和干旱中,那水,想必是清凉又甘甜的。

那是个什么地方呢？我问，是个好去处。

海市。司机淡淡回答。

海市——海市蜃楼吗？

对嘛，海市蜃楼。叫你们赶上了！

车上的人都醒了，迷迷糊糊的，都来看这海市。

怎么就和真的景致一模一样啊？把眼睛睁得大大，也看不出这虚无缥缈的海市，同实实在在的风景，有什么区别。虽然远在天边，那水中的倒影却是真真切切。有点儿怀疑自己的眼睛，也怀疑司机漫不经心的介绍。就只差停车下车，自己徒步穿越大漠，直奔那远处的湖岸，去看个究竟了。

——嗨，你去吧，没等你找着那个地方，你就在沙漠里渴死累死了。司机显得有些幸灾乐祸。千百年来，有多少人被它骗了，都以为那是真的，奔着那水去，奔着那好风景。可你走它也走，越走越远，一辈子也走不到头……

脑子里忽然涌出许许多多关于海市蜃楼的传说。

……焦渴的找水人，怀着虔诚和崇敬之情，流尽了最后一滴汗、耗完了最后一滴血，倒毙在沙漠里。也许临死时，还在期待着他那一个可望而不可即的梦幻和理想，会如奇迹般出现……

再看海市，那清清的湖、静静的树，分明露着一个狡诈和虚伪的微笑。海市是一个陷阱，误入其中的猎物，成为海市下一个猎物的诱饵。

可为什么，曾有人会以生命相托，祭祀这本来虚无而渺茫的幻影呢？

连同我在内。

如不是亲见,我也不相信如此美丽诱人的海市,会是一个骗局。

然而,海市因沙漠的气流和折光而现,海市本无意。海市没有罪过。

而人,辛劳饥渴、疲于奔命的赶路人,在茫茫戈壁、漫漫大漠之中,盼望远方绿树环抱的绿洲,那是苦难的旅程中心灵的庇护地。人在绝望之中,以心造的幻影苦挨岁月,以幻觉中的温柔之乡慰藉自己,是无奈也是不得已。人们轻信海市,人没有罪过。

但如果是一些备足了水的人,为另一些缺水的人,刻意造出一个人为的海市来呢?造出一个连他自己也并不相信、更不会以真情和生命去抵押的神话。那人造的海市,便是一种真正的罪孽了。

尽管海市的谎言早已被人戳穿了很久,却仍然还有饥不择食、自欺欺人的后来者,走进那没有坐标的戈壁滩,在无水的沙海中迷失自己。

车窗外,遥远的海市依然烟波浩渺、树影幢幢,美得充满诱惑。

车迎着那片海市而行,海市始终浮游在沙漠的尽头,在我前行的左侧,固执地不肯离去。

有一阵寒战从心头掠过,不敢再看海市一眼。那时候我只剩下一个愿望:我只想快快走完这片苍凉的不毛之地。

临近中午,阳光越发炽烈,金色的戈壁像要燃烧起来。

抵达安西城时,天空忽然飘来几片黑云,一阵凉气袭过,豆大的雨点落下，干燥的地面扬起一层白粉，雨却顷刻无踪无影。旋即，清朗而广袤的天穹之下，横空划出一道巨大的七色彩虹，勾勒出一片绚丽的辉煌。

司机说，你们的运气不错啊，戈壁滩上的旋风、海市、彩虹，丝路花雨，都看见了。我走那么多次，也不是回回都有的啊。

我心里却觉着一种莫名的酸楚。我只想快快地往前走，快些到达前面那片真正的绿洲。没有狰狞的旋风、没有虚幻的海市、没有稍纵即逝的彩虹，却有实实在在的人声，冒着炊烟的房屋、井台、柴垛和农田。

戈壁是单纯的，在这片单纯得近乎单调的黄色世界里，美丽的海市和斑斓的飞虹成为沙漠的调色板。当彩虹悄然隐去、海市无声消失的时候，人们仍然只能依靠自己的双脚走出戈壁，去寻找活水和黑土，寻找蔚蓝色的大海和坚实的船帆。

谁能在这里修筑一条巨大的引水渠呢？就像新疆神奇的坎儿井。然后，在路边种上一排排树苗。那是一种看得见、摸得着的绿色。浇灌、浸润着绿叶的水，就在树根下流淌。

在河西走廊的戈壁滩，海市曾给我虚妄的错觉，却也使我清醒。

缤纷西域

当你还是个小姑娘的时候，就开始向往那个地方了。那个时候，它是葡萄干和哈密瓜，是闪亮的丝织小帽和维吾尔女孩头上数不清的小辫子。

少女时代，你越发地渴望它。它是动人心弦的音乐，是旋转的长裙，是冰山神秘的来客，是苍凉雄奇的边塞诗……

后来你长成了一个青年，你从江南去往东北，日日在北大荒的原野上耕作，你却依然在一个个迷茫的瞬间里，竭尽自己的想象力仰慕它。那时它已是一首豪放的军垦赞歌，是天山牧场和雪白无垠的棉田……

几十年间，你都在为自己当初没有机会选择那个地方而遗憾。后来的那些岁月过得如此匆忙，它遗落在你的记忆中，竟连远远地看它一眼都没有可能。于是你曾绝望地怀疑，自己这一生是否与新疆无缘？

你想它想了许多年,盼它盼了许多年。一个人去往那个自己魂牵梦萦之处,竟然要在路上走将近半个世纪吗?

忽然地,它说来就来了。愿望本是一粒在地层深处蛰伏了千年的莲子,若是遇见阳光和水,一春一夏便衍成了清水芙蓉的荷塘。其实你知道它是不灭的,在你之前的千年万年以及在你身后的茫茫日月,它都会永恒地屹立在那里——并非仅止于西域的疆土,而是长存于史书和人心。

然而,不是它来,是你来了。你急急地走向它扑向它,或许因你在漫长的时间隧道里已经走了太久,你惊讶地发现,你未启程却早已匍匐在它的脚下。

那真是你失散了太久的那个情人吗?

你凝视它拥抱它抚摸它亲吻它,你穿越了从乌鲁木齐到伊犁的天山独库公路,再从空中跃过塔里木河,由北疆飞抵南疆的喀什。路途漫漫遥不可及,你耗尽了全身的热情和精力,仍然仅仅涉猎了它版图的小小一个局部。它是一个伟岸而傲慢的巨人,不可被通读被浏览。它只伸出一只手掌给你,掌心那波斯图案般的美丽肤纹已够你揣摩。

那个时刻你突然睁不开眼睛,许多年来覆盖在你心里那个模糊的影子,猛然变成清晰而刺眼的光与色,如飞碟般旋转着掠过长空、降落于山川河谷。你笼罩在一片眩目的色彩之中,难辨日月昼夜。

你因看不清它的全貌而惶恐战栗,它实在太辽远太壮阔了,它不可被你占有哪怕是分享——你走近它却不可走尽它,当你明白这点时,你无奈地闭上眼睛任凭它退出你的视线,怀着几十年积攒的思绪悻悻离去。

当你离去以后，你才发现自己依旧留在那里，再也走不出它广袤的疆界。

当你回到出发前的地方，你才发现自己几乎把它整个儿带回来了。

那些绚丽的光与色始终跟随着你笼罩着你，如同一幅幅色彩浓烈而厚重的巨大油画，喷射着缤纷的彩焰，悬挂于你视线所及任何一个方向的上空，那样的辉煌与绚丽，使得眼前的世界不再有颜色了。

你在恍惚迷离与莫名的感动中，试图细细地辨析它们——那种剧烈晃动着的金色，是西域白昼焦灼的阳光，阳光犹如密密的金线铜丝，将戈壁和沙漠护上一层金色的盔甲，亮得坚不可摧；炽热的暖色戈壁与田地，是那片疆土最本分的底色，连阳光下蒸腾的雾气都是金色的，所以它的呼吸也变成了金色。入了夏，金色的底版上有了明黄橙黄鹅黄棕黄，熟透的甜瓜玉米向日葵，纷纷为它涂抹上鲜润的金黄，还有四季喷香松软的金黄烤馕，西域的金色，天上地下浑然一体了。

那么蓝色呢？金黄的底色下，端庄而略带些忧郁的蓝色是经年不变的主调——屏障般护卫着抑或是切割着西域的天山、阿勒泰山和昆仑山山脉，永远以深沉的蓝灰色与头顶海洋般碧蓝的天空遥相呼应。天蓝得透明，山蓝得醇厚；天蓝得拒人千里，山蓝得揽人入怀。那天上地下的蓝色，高贵却不矜持，鲜活却不妖媚，竟是如此默契与相知。还有蓝宝石般的天池，从山岚中呼之欲出，石破天惊，那样纯粹与凝练的蓝色，疑是汇融天下之蓝提取所得，终成仰卧于山巅的一个蓝精灵。

西域的绿色，在形状上有些古怪，呈利剑状钻天入云的，是雪岭的云杉和松树；攀棚爬蔓在庭院遮出一片绿荫的，是葡萄和果树。那绿色不似中原一马平川一望无际，而是一星半点、星星点点渐次放射开去，圈成一片浓密的绿洲。一旦走出那绿色，就走到秋的金黄和冬的白色里去了，所以那绿色很是宝贵。绿洲外的山野，绿色往往与蓝亲近，深蓝色雾霭蒙蒙的山谷里有树，翠蓝色的天空下有树，都是青出于蓝而胜于蓝。西域的绿色一旦出现，使得上下左右的蓝色更显得生气勃发。那绿色像是用刮刀托了油彩镶嵌上去，与蓝色错杂，一层层叠加，勾勒出棱角分明的线条，浮雕一般，展示着西域的力度和质感。

  冷艳而高傲的白色总是若隐若现，缥缈无定，像是画面上刻意留下的大片空白，任人遐想。银白色的冰坂雪峰，冷不丁地揭了面纱露一露脸，忽远忽近地跟随，又神秘地消失。深山公路旁，偶有人扬着一团白色的东西叫卖，那朵冰山雪莲虽已干缩，花瓣上却明明留着雪的痕迹，依然冰清玉洁，白得让人怜爱。河谷里的水湍急地流淌着，都是冰川雪山上融化的雪水，白色的瀑布浸透了雪的颜色，那水珠也像雪花一般是六角形的？还有散落在河谷中坡地上悠悠的羊群，哈萨克牧人白色的毡房……白色是高山大漠中最随和的色彩，为其他所有的颜色做了忠诚的铺垫。

  最后是红色，热烈而欢乐的红色，像是火山爆发时奔突的熔岩，从沉稳的蓝黄绿白中跳跃迸溅出来。若是春，漫山遍野红似朝霞的莱丽喀扎克（天山红花）和野芍药，红得娇艳；若是夏，有玛瑙般的西瓜红樱桃红草莓紫红葡萄，红得浪漫；若是秋，满目皆是熟透的红苹果与红山楂，红得醉人；即便是冬，亦有晶莹的玫瑰红葡萄酒，为寒冬的冰山雪野补上几分暖色。那是鲜血的颜色，是自然成熟的颜色，不带有任何矫饰和造作。它从生命中来又回到生命中去，即便凋敝，也留一片健康的赭红在西域人的肤色上……

五彩缤纷的西域，所有的颜色都不孤独，它们彼此萦绕、相互渗透，化作七彩交织的波斯地毯，化作维吾尔人家廊檐和窗棂上精心绘制的花卉图案，化作哈萨克姑娘飞扬灵动的服饰，化作华丽恢弘的清真寺彩釉镶砌的殿堂与塔顶……

究竟是自然原始的色彩塑造了西域人，还是西域人强壮彪悍的生命力，创造了这绚丽不褪的色彩呢？许多年中，你曾走过许多地方，可唯有西域的色彩，令你如此入迷。

造物主究竟如何将这些天下美丽的颜色，集于一地，汇于一窗，配置得如此和谐？色彩不是外衣不是表象，年复一年，色彩一寸寸生长于它的内心，那是苦难中璀璨的希望。以至于少了任何一种颜色，它都将不再成为那个叫作新疆的地方。

由此你认定了它的个性是浪漫而诗意的，色彩是西域人的一种存在方式，甚至，是西域人与生俱来的一种天性。

色彩中其实包裹着一个人、一个民族的气韵和魂魄。

色彩可以传递心灵的全部情感，丰富而热烈——你懂得这个，是从缤纷西域回来之后。

滴水葡萄沟

进入吐鲁番盆地以后,地面上的河水好像就突然消失了。

由火焰山归来,再走交河古城,遍野赤地,满目焦黄,赭红色的岩石上留着燃烧的痕迹,断壁残垣的每一粒沙土都烫得咄咄逼人。荒山秃岭如同红毛怪狰狞邪恶,被那亿万年前的一把天火烧得扭曲变形。谁都不曾真正见过那场远古的烈焰,但艾丁盐湖却仍被火的余威一日日吸尽烤干……

车子穿过大山间魔障般的浮尘燥土,不慌不忙驶入一片平缓的谷底。

那山沟干瘪瘦弱,在阳光下像一条晒干的腌鱼。

忽然就有凉爽的风拂面而过。风里隐含着一丝水的湿润,舌尖也沾上了甘甜的气息,远远地有芳香的果味淡淡飘来,仙乐似的稍纵即逝。

水汽萦绕不去,绿色便冷不丁登场了。一点、一丛、一树、一排,突如其来,铺天盖地,顷刻便衍生成一片绿色的绒毯。

那绿色团团簇簇,一扇扇绿窗似的悬着,缀着嫩绿色的窗帘,继而织成丝毯一般的绿墙,屏风似的挡了去路,人行其中,如同得了穿墙术,在草绿色的流苏中恣意穿行。再往前,绿色已凝固成一片屋顶,架起一座绿色的长廊,九曲回旋,一道道重重叠叠。脚下的光影是墨绿的,踩着绿色的波浪在走;头顶的天空是翠绿的,披着绿色的云在飞——大漠戈壁上也有绿色的云吗?这里是吐鲁番的葡萄沟。

那是一座真正由葡萄构筑的绿色宫殿,绿荫下随意散落着一张张圆桌长椅,摆满了美酒佳肴。宫殿的墙是柔韧而密实的葡萄叶做的,有着翡翠的质感;宫殿的穹顶上缀满了珠珠串串的无核白小葡萄,像夜空闪烁的星星,但它们亲切平易,唾手可得,不似星星那么遥不可及。你若向着宫殿的任意一个方向伸出手去,除了葡萄以外,指尖不会再碰到别的;你闭上眼睛,那绿宝石的荧荧亮光依然穿透黑暗,为你导引西域之路。

这究竟真是那种叫作葡萄的水果,还是玉石深处潜藏的一汪水胆呢?

进入炎热干旱的盛夏,葡萄已经真正熟透,身体中饱含的新鲜汁水,即将把它锡薄而透明的皮肤胀裂,只须轻轻一碰,它内心喷薄欲出的激情就要爆发出来。那激情是清澈而又黏稠的,能把人的心粘在吐鲁番那个地方。

它几乎不是被我送入口中的,而是像一勺琼浆玉液,轻轻地滑过咽喉,甚至不忍用牙齿伤害它,只用舌迎接它,它便像雪花似的融化了。

那分明已不是叫作葡萄的平常水果，它是一个个透明的水球，一粒粒晶莹的水珠，披一层白银似的霜花，珠珠串串，凝固着悬挂着，随时都会坠落下来。

吐鲁番的葡萄是用水做的啊。

那个时刻，我听见了滴水的声音，像是从黄昏的寺院中传来的钟声，抑或是清脆而沉稳的木鱼敲击声，在宁静中传递着永恒，声声不息……

然而我寻不见它的来路，它从坚硬而粗粝的沟崖中钻出来，从棕褐色的岩石上渗出来，一丝一丝，一滴一滴，在干涸的石缝中开凿着自己隐伏的通道。水滴石穿，水到渠成，紧靠着山崖的角落，汩汩水滴铺就茸茸一片苔藓，葡萄架下，似有细密的雨丝一阵阵袭来。吐鲁番的天地虽然旱燥，而地下之水已汇聚成泉，泉已汇流成池，池已汇融成河。

细水长流着，将一整个翡翠般的葡萄沟透透地滋润了。

那座偌大的葡萄宫，已被无数条曲曲弯弯的水渠，分割成了一座座小绿岛。

地上是悠悠小河的长廊，空中是青青葡萄的长廊，天上地下郁郁葱葱。吐鲁番的葡萄沟，莫不是把江南水乡挪来了吗？

方知这葡萄沟原来是一个绿色的魔瓶，千百年间，将火洲方圆百里的甘泉清溪，都吮吸净尽了。

从天山下来的雪水河，为了躲避太阳，早就转入了地下。人说吐鲁番的水是以坎儿井的形式存在，只在地底深处流淌。

我却说不。我说，吐鲁番的水，不再以水的形式存在，而是以葡萄的形式存在。葡萄收藏了水再奉献水，水和葡萄从此生生不灭。

我又说不。我说，吐鲁番的水已化作了葡萄，那是水的灵魂。吐鲁番的葡萄以水的灵魂再现，一粒有灵魂的种子，已将生命的源泉随身携带。

天山向日葵

"葵花朵朵向太阳",是我们曾经唱得烂熟的歌词。

向日葵朝着太阳旋转,是一种不容怀疑、不可更改的事实。或许,已成为一种被反复应用的理念,一个众所周知的定论。

如若不是去往遥远的西域,在巍峨的天山脚下,亲见那一片蓬勃兴盛的向日葵,你也许一生都会对这个命题深信不疑。

然而,当雪山顶上的云雾消散的那个瞬间,冰川露出它本真的面目,你惊讶你震撼你欣喜你失落,你突然发现了那个几十年未解的秘密,于是你瞠目结舌、回肠荡气,更有一声声无情的发问,如箭如雹往心底袭来。

那是一个阳光明艳的上午,高耸的天山银白色的雪峰已近在咫尺,忽而,公路左侧那一大片金灿灿的向日葵,从你的车窗前急速掠过,像是热带阳光下翻腾起伏的金色海浪。它们排成一行行整齐的队列，好似正在接受检阅的士兵，硕大的头颅上，佩戴着一顶顶镶着金边的宽檐草帽，急切地扬着脸盘，庄严地迎着东方，欢喜地接受着热烈的阳光久久的爱抚。

起初，你并没有特别在意。车正向南行驶，阳光来自东方，因此，那一大片盛开的向日葵，面孔恰好背对着你，你能看见这一大片整齐的向日葵地密如苗圃的青色枝干，油绿而肥厚的叶片，以及正朝着阳光呼喊的橙黄色花盘。那金箔似的花瓣背后涂抹着阳光的阴影，在风中微微战栗。

你惊叹，还从来没有见过这么大面积种植的向日葵，真壮观啊。

你说，可惜我们在它们身后，看不见它们的全貌。

你暗暗想，等着下午归来时，太阳在西边，就可以见到正对着阳光的向日葵了。那该是何等绚丽何等气势磅礴啊！

从天山下来，已是傍晚时分，阳光依然炽烈，亮得晃眼。从很远的地方就望见了那一大片向日葵海洋，像是天边扑腾着一群金色羽毛的大鸟。

车渐渐驶近，你喜欢你兴奋，大家都想起了梵高，朋友说停车照相吧，这么美丽这么灿烂的向日葵，我们也该做一回向阳花儿了。

秘密就是在那一刻被突然揭开的。

太阳西下，阳光已在公路的西侧停留了整整一个下午，它给了那一大片向日葵足够的时间改换方向，如果向日葵确实有围着太阳旋转的习性，应该是完全来得及付诸行动的。

然而，那一大片向日葵花，却依然无动于衷，纹丝不动，固执地颔首朝东，只将一圈圈绿色的蒂盘对着西斜的太阳。它们的姿势同上午相比,没有一丝一毫的改变,甚至没有一丁点儿想要跟着阳光旋转的那种意思,一株株粗壮的葵秆笔挺地伫立着,用那个沉甸甸的花盘后脑勺,拒绝了阳光的亲吻。

夕阳逼近,金黄色的花瓣背面被阳光照得通体透亮,发出纯金般的光泽。像是无数面迎风招展的小黄旗,将那整片向日葵地的上空都辉映出一片升腾的金光。

它们宁可迎着风,也不愿迎着阳光吗?

呵,这是一片背对着太阳的向日葵。

你在那片向日葵林子里久久徘徊,你抚摸它们丝绢般柔润的花瓣,你摇晃它们毛茸茸青绿色的枝干,你仰望枝头上那饱满的褐黄色果盘,你围着它们不停地转圈,揉着眼一遍又一遍地望着太阳,生怕是自己的眼睛出了毛病——

那众所周知的向阳花儿,莫非竟是一个弥天大谎吗?

究竟是天下的向日葵,根本从来就没有围着太阳旋转的习性,还是这天山脚下的向日葵,忽然改变了遗传基因,成为一个叛逆的例外?

或许是阳光的亮度和吸引力不够?可在阳光下你明明睁不开眼。

难道是土地贫瘠使得它们心有余而力不足?可它们一棵棵都健壮如树。

也许是那些成熟的向日葵种子太饱满了,身体重得转不过去转不动了?也许是它们的脑子(花盘)里装了太多东西,有了独立思考的能力?它们似乎还年轻,新鲜活泼的花瓣一朵朵一片片抖擞着,轻轻松松地翘首顾盼,那么欣欣向荣,快快活活的样子。它们背对着太阳的时候,仍是高傲地扬着脑袋,没有丝毫谄媚的谦卑。

　　那么，它们一定是一些从异域引进的特殊品种，被天山的雪水滋养，变成了向日葵种群中的异类？可当你咀嚼那些并无异味的香喷喷的葵花子，你还能区分它们来自哪里吗？

　　你无法向它们诉说你的惊奇，你茫然你沉吟，你百思不得其解。

　　于是你胡乱猜测：也许以往所见那些单株的向日葵，需要竭力迎合阳光来驱赶孤独，阳光权作它们的伙伴或是依仗；而眼前是一群向日葵呀，当它们形成了向日葵群体之时，便互相手拉着手，一齐勇敢地抬起头来了。

　　它们是一个不再低头的集体。当你再次凝视它们的时候，你发现这偌大一片密密的向日葵林子，一眼望到它四周的边边角角，竟然没有一株，哪怕是一株瘦弱或是低矮的向日葵，悄悄地迎着阳光凑上脸去。它们始终保持这样挺拔的站姿，从早晨站到了傍晚，还将一直站到明天的太阳再度升起。也许，会站到它们的大帽檐干枯卷曲，站到最后被收割的镰刀砍倒。

　　是的，向日葵，它只是在懵懂、轻飘的幼年或少年时，会跟着太阳旋转。当它们的葵秆纷纷断裂、沉重的花盘终于坠地，那一定是花盘里的种子真正成熟、熟透了的日子。

　　明白了，向日葵。

　　此刻，你不得不背对着它们，在夕阳里重新上路。

　　天山脚下那一大片背对着太阳的向日葵，在你的影册里留下了一株株直立的背影。由于它们都逆着光亮，因而看不见它们的笑脸。

蒙古房子

远远望去，它像一只白色的大蘑菇，从绿茵茵的草地上钻出来，在阳光下闪着白亮的光泽。

走近了，那是一座硕大的蒙古包，比通常的蒙古包要大上两倍，显得心宽体胖的样子，憨实地伫立在草场中央。蒙古包外左侧的空地上，有一座黑褐色的牛粪堆，砖墙似的码成一长排；右侧的空地上，是一所小小的铁皮屋子，屋顶上竖立着一根烟囱管道，正冒着缕缕白烟。如今草原上的牧民，在夏季游牧的草场上，都开始在蒙古包外面搭建厨房，蒙古包里既干净又不至于因生火而太热。

离厨房不远的一长排车架上，晾着一张血淋淋的羊皮，看来主人刚杀了羊。

再走近些，下车来到蒙古包跟前，却发现那不是一座蒙古包，而是一所房子。

蒙古人管自己住的毡房叫"包",蒙古人没有房子的概念。但那确实是一所房子,汉人才有的房屋。它的外墙用水泥砌成,呈灰白色;它的四面有窗,窗是木框加玻璃的,可以灵活开合;它的屋顶不是蒙古包的毡子,而是水泥,也是灰白色的;略有不同的是,屋顶上没有瓦。

从厨房里蹿出一只大狗,很凶地叫唤,是蒙古狗。于是从那房子里,走出几个穿蒙古袍子的姑娘,脸膛黑红,身板健壮,用蒙古话打招呼,让我们进屋去坐——那么,这里确实应该是蒙古人的住所。

走进蒙古包,不,是走进屋子,屋子里的地用砖铺成,屋顶下有多根木柱支撑。四周转圈是炕,炕仅尺把高,比北方汉人村屯里的炕,要低矮得多。但炕的面积极大,足以容纳几十个人。炕沿上镶着一圈平整光滑的硬木,像是凳子,随处可坐。正是下午,屋里朝西的窗户关着,朝东的窗户开着,有凉风阵阵吹来,屋里敞亮又凉爽,不似蒙古包那么昏暗闷热。

再细细打量琢磨,渐渐就有些糊涂起来。说是屋子,也不算个真正的屋子,四壁是弧形,屋顶是穹形,墙和地都被纳入一个浑圆的"天花板"之下,活活就是个蒙古包的形状。炕上铺着蒙古人用的地毯,炕角上扔着蒙古女人绣的袍子花边……

姑娘们已经端上一大盆热气腾腾的手抓肉,屋子里弥漫着羊肉的香味。

就又跑到"屋子"外面去看,强烈的阳光下,"屋子"又变成一座千真万确的白色蒙古包,蹲守在绿色的草地上。

大家议论说,这座又像蒙古包又像汉人房子的草原新"建筑",倒是有些讲究。既在外形上保留了蒙古的民族风格,采用了蒙古包简洁省略的结构，又解决了采光通风等诸多实际问题，可谓是20世纪90年代的草原特色。

忍不住问姑娘们，这房子是谁盖的。回答说是她们的父亲萨色楞，是他自己想出来的主意。别人家的夏季牧场都用临时的蒙古包代替，但他说，这是自己家的草场，不是说牧民拥有永久产权吗，在这儿盖一座水泥的蒙古包，像定居点那样，就没人敢来占我家的草场了。每年夏天我们来这儿放羊，住上一阵子，美得很！

一匹红鬃马飞驰而来，一个精壮的中年汉子在蒙古包前翻身下马。

有人问他："你这个家，究竟是个蒙古包呢，还是个房子？"

那个名叫萨色楞的蒙古男子，想也不想就回答说：

"是个包，也是个房子，大伙儿都管它叫个蒙古房子。"

他又用不熟练的汉语补了一句："这是马和驴的孩子，哈，不懂？我让蒙古包和汉人的房子结婚，它们就变成了这个样子……"

那个曾经的游牧时代，被终止在一所"蒙古房子"里。我是应该称赞他的房子，还是不说话，上炕闷头吃手抓肉？

草原之路

草原深处其实没有路。

因为草原上根本就不需要路。在草原上行走，只需要方向。方向便是草原的路。平坦而辽阔的草原，手随便往哪儿一指，就是路了。只要方向对头，往哪儿走不是走呢？往哪儿走会走不过去呢？无论夏季还是冬季，路在草原根本就不是个话题，路，在草原上，是一种随着人的脚步就能无限延长的飞毯。

草原没有路，所以处处都是路了。草原的路，是任何一个人、一匹马或是一群羊，都可以任意开辟和创造的。你只要认准了太阳，认准了自己的位置，认准了你要去的那个地方，策马狂奔、驱车飞驰，你从油绿的牧草中间穿过，草纷纷躺倒了为你让路。你在草地中央压出一条最近的直线，若是中间没有沼泽没有小河挡着，一条路就这样形成了。

草原上没有路，所以是很容易迷路的。没有太阳的日子，沙暴风雪的日子，刹那间，天底下的路统统都消失了，你也在原野上失去了方向。那时候，一块土疙瘩、一株蒿秆、一座沙丘、一缕远远的蒙古包炊烟，种种蛛丝马迹，都可成为路的标记、路的印迹、路的参照。它是迷路人的再生之途。

草原上其实也是有路的，就看你识得不识得。

那也许只是一些牛车的车辙，或宽或窄，或浅或深。车辙复车辙，年长日久，就变成了路。干旱的日子，它们坚实平展，在微风中扬起阵阵沙尘；雨季来临时，草原松软的土地被车轮碾压出一道道深沟，变得坑坑洼洼，那沟里盛满了水，一路闪烁过去，像是绿草地上扭动的一条银蛇。天晴了，有新生的尖草从沟边钻出来，密密的胡须似的，将车辙的沟坎镶嵌出一道道毛茸茸的绿格子和绿条纹，路就这样凸显出来了，变成了绿白黄三色相间的天然图案，一条斑斓的长地毯，在草地上通往无尽的远方。

所以，草原即便有路，那路也不是固定不变的。草原上的路，一旦用得太久了，就会变成一道深沟甚至是一条小溪。大雨后的草原滑腻而疲沓，原有的车辙，被车轮轧过，不知不觉就改换了原来的位置。路会自己选那些干爽的高地，从旧有的车辙旁悄悄溜过。草地上常常可见一道道忽左忽右的车辙，像波纹一般一圈圈扩散开去，重复徘徊数次，好像在思考和选择，然后再继续向前。原来，草原之路是随时可以被修改被矫正的呵，那才是路的最初形式，是世上最古老最原始的路的缘起。所以，草原上的路绝不是一成不变的，它按照行路的便利自行调整。因为它不是水泥路、柏油路，它没有被框定的路基,只是一条由马蹄牛车,在草丛里蹚出来的土路。

草原的路是自由的。草原游牧的蒙古包在哪里,它就去往哪里。

一条黄褐色的土路,从远方蜿蜒而来,又往远方延伸而去,两边都望不见尽头。它从大草原穿过,又影影绰绰地消失在大草原上,像一条柔韧的血管。

蒙古人就是从这草原之路上,走向外面的世界的吗?

如果有一天,草原上的路,被笔直坚固的高速公路取代,那么我们将不再拥有自由的草原。

风过无痕

7月,内蒙古锡林郭勒大草原。

那是一片绿色的海洋,凉风卷起一层层起伏的草浪,从海的深处一直涌到脚面;无垠的潮汐中弥漫着牧草和野花的气息,溅湿了衣衫和眼睛。

缓缓的草坡往天的尽头延绵开去,绿草细短而密集;坡下有湖,三条银亮的小河蜿蜒注入湖内,春或秋,常有大雁和天鹅飞来落脚歇息。顺着坡下的小河往山里走,有一条韭菜沟,满满一沟的野韭菜。

"这里就是我们的夏季草场。"他说,"那时候,知青的蒙古包就搭在这儿,说不定就是我脚下的这片草地。"

20年过去了,重回草原一直是他放不下的心愿,一个悉心珍藏的梦。

他在离开草原后漫长的日子里,曾无数次地为我描述过上述情景。草原早已被我在想象中熟读，成为一幅幅虽远犹近的油画。

然而，视线之内的草坡上并没有蒙古包，更没有门前飘扬的红旗和语录牌；远处那如同白蘑菇一般星星散落的蒙古包，不再是知青的。

草原就这样突然变得陌生，那曾经被知青们以为是知青的草原。

那条韭菜沟还会在吗？年复一年，无人采摘的野韭菜已枯荣多少回？

"你看，那是我们的冬季草场。"他指着远处蓝色的山影，仍是难以抑制的兴奋。

巨大的冬季草场，却已被分割成若干片方圆几公里的小草场，承包给牧民经营。各家各户的草场四周，用铁丝网围起了规整的"草库仑"，作为彼此的地界。千年游牧的蒙古民族，已在自家草场的中心，建起了定居的砖瓦房。房子里的彩色电视播放着美国电视剧，陌生的孩子们嬉戏着，风力发电机正在房后转得呼呼作响。

同行的友人笑着对一位青年牧民说："还认得我吗？那时你一年级，刚桌子那么高，我教过你，算是你的老师呢。"牧民茫然地摇头，又恍然大悟地点头。

没有知青了！当"白灾""黑灾"都过去，草原恢复成它原来应有的模样。

驱车欲往团部走，人说如今那不叫团部了，叫"苏木"，蒙语"乡"的意思。"苏木"所在的那条街上，挤满了商店旅社饭馆，一座银色的微波发射塔冲天而立，电话直通世界任何一个地方。当年的团部门前，现今挂着乡政府的牌子，院里原来的那排红砖房，已被翻建重盖成一栋两层小楼……

"那就去六连吧。"他说。沮丧中仍抱定最后一线希望——那是他生活过多年的连部。

草渐渐地高了，通往六连的土路，被湮没在汹涌的草浪中，唯有干涸枯瘦的车辙依稀可辨。这条当年被知青深深浅浅的脚印和牛车蹚出来的土路，如今已很少有人走了，除了放牧的马倌儿羊倌儿，也许根本没有人会到那个叫作六连的地方去了。但这是知青的六连，从北京回来的六连知青，怎么能不到六连去呢？

黄褐色的土路在荒野上断断续续地延伸，在绿草中时隐时现。地平线始终遥远，蓝天下迟迟没有出现六连的踪影——它们在我熟知的画面上，是一大片赭红色的砖房和黄泥土圈，被白云衬托着，从浓绿色的草地上浮升上来。

车子在草原上转了一个圈又一个圈，会不会迷路了呢？像当年刚来这里时那样。但太阳高悬，方向并没有错。何况，曾经是闭着眼睛也能走到的地方。

然而还是没有，六连踪迹全无。莫非六连真是沉到地底下去了吗？即便没有了六连的名称和人，也该有六连留下的房屋和圈舍什么的，那毕竟是几十个北京知青，生活过十几年的地方啊？！

六连终于以遗址的形状，从一片杂乱的草丛中被偶尔发现，已是夕阳西下时分。它们像是被蚀空的朽屋，终于在某一个风暴的夜晚整体坍倒，大雨浇塌了土墙，草根揉碎了土块，大风吹散了土末，断裂的梁柱和破碎的砖瓦已被人捡拾殆尽，在后来没有知青的岁月中，运往别处派上了别的用场，只留下一截截仅至脚背的黄土屋基。残垣断壁之间，细细辨别，能认出一格格隐隐约约的方块，是当年知青宿舍留下的墙基……

还有水井呢？锅台呢？马棚和牛粪堆呢？

唯有遥远的歌声，在荒芜中低低回荡。

不用去寻访大漠中的那些古城遗址。离开草原仅仅20年，创造过那段历史的人，就面对着自己的历史遗迹——像是在活着的时候，着手整理自己青春的遗骨残骸。

知青的六连和六连的知青，无言相对。

六连就这样被留在身后，走出几步远去，那模糊的土堆便消失在草丛中，再也看不见了。回望六连，六连就像从来没有过的一样。

从车窗前掠过一座小山，山顶上隆起尖尖的石堆，彩色的经幡在风中翻卷。他说那是敖包，敖包是牧民心中的圣地。知青时代，敖包曾被夷平，人们只有在歌声中与敖包相会。

归途中经过一座蒙古包，进去歇脚，案台上供奉着一尊佛像，一个佩戴佛珠的老人靠墙坐在地毡上，正在专心诵经。有人告诉我们，那是一位喇嘛。

知青走了，老牧民大多故去，留在这里守望草原的，是永远的喇嘛和敖包。

风过无痕，但有痕的伤痛依旧，是那个年代青春的注脚。

石砌的史书——阿斯哈图

"阿斯哈图"是什么意思？——阿斯哈图是蒙语，汉译为"险峻的山峰"。

阿斯哈图在哪里？——阿斯哈图在内蒙古自治区的中北部，克什克腾旗境内，大兴安岭南端黄岗峰北。

去阿斯哈图怎么走？——由北京至赤峰，再到克什克腾旗经棚镇，然后再往北，车行三小时。在夏季，这是一次绿色的旅程。人和车始终在起伏的草原上穿行，淹没在望不见边际的绿色之中。偶尔掠过大片大片的紫花苜蓿，在风中摇曳的白色雏菊，初冬的雪地一般纯净。绿色是夏季草原的底色，绿色是一种胸怀，绿得安详而坦荡。悠闲散落在原野上成群的红牛黑马白羊，在绿色中浮游，给人以与自由有关的种种联想。

是什么原因让你走那么远的路，去阿斯哈图？

——是因为克什克腾国家地质公园独一无二的"冰川

石林"。

世上有很多冰川遗址和怪石奇林呵，为什么非要去阿斯哈图呢？

——阿斯哈图是独一无二的。我曾走过的地方，那些秀美的石林都太精致了。阿斯哈图的石林宏伟霸气，我喜欢它磅礴的气势和气度，那种不可一世的傲慢、遗世独立的尊严。

可是草原上怎会有险峻的岩石和山峰呢？

——阿斯哈图在草原深处。把绿色走到尽头，耸立的大山阻断了去路。大山拔地而起，如同草原剽悍的巨人卫队。换车上山，峰回路转，扬起一路烟尘。山脚是一层层茂密的白桦原始次森林，沿途可见灌木草坡交替，是一派高原风光。抬头仰望，山顶嶙峋的巨石轮廓，似乎遥不可及。

阿斯哈图的山峰终于呈现在你眼前的时候，穿着什么颜色的袍子？

——我无法辨别它的颜色，因为它始终在不断的变化之中。灿灿斜阳直射之下，它是暖金色；背阴处却是中性的灰褐；远远的剪影是冷冷的黑；走到近前细细观摩，越发觉得它的调性难以确定。色块互相渗透融合，一抹赭红、一层青灰、一团麻黄、一片蓝绿；当它们混合在一起，就构成了斑驳沉着的杂色，似一座巨大的露天矿藏。我更愿意想象草原的冬天，大雪纷飞，它们在厚厚的雪地上岿然不动，还原成远古第四纪纯银色的冰川。

阿斯哈图的岩石究竟是什么形状，能让人如此震撼？

——我无法描绘它的形状，因为每一座山岩的姿态，从每一个不同的角度望去，都会变成另一种样子。通常，它们会被牵强地解释成各种世俗的物体，被赋予某些象征性的意义，比如塔、鹰或是情侣。但在我看来，阿斯哈图是一座史前古城堡的遗址，高达几十米的城墙巍然矗立，陡峭的烽火台依然坚硬，石砌的通道在荒草中依稀可辨，奇巧牢固的防守工事潜藏在拐角的暗处……那是一个消失了的巨人王国，山峦间每一道高不可及的残垣断壁上，都遗留着当年的巨人营造城堡的痕迹。若是从这一处墙砖走向另一座石壁，要经过开阔辽远的山梁与谷地。在夕阳下眺望周边五平方公里范围内四处散落的城堡废墟，我确信巨人王国是曾经存在过的。唯因其巨，而不堪其重。

那么你见到阿斯哈图石林城堡中的巨人脚印了吗？

——我见到山坡上以完整的巨石铺就的巨人卧榻。我看到山谷中粗粝的岩石上烙刻的巨人手纹。在荒凉的城堡石壁下，开满金红浅紫的野花，每一片战栗在风中的花瓣，都残留着远古的气息。但我最终被阿斯哈图慑服，是因为阿斯哈图山巅上那些神奇的花岗石，就像一座图书馆，书本摞得一架一架，每本书或方或扁，就像用锋利的刀斧削凿后打磨而成。岁月流逝风雨剥蚀，它们被挤压成棱角浑圆的石块石板，边缘清晰、线条流畅、厚薄均匀，然后整整齐齐地重叠码放，犹如一页页巨型厚纸，最后被装订成了一本本重量级的大书，存放在山峦的高地上。我第一眼仰视它们的那个瞬间，有一种打开翻阅的冲动。我想这石头的书页里，定是藏有文字的，每一页都有葱郁的白桦树林、烂漫的山花作为插图，这是一座用石头史书垒砌的城堡，岩缝里刻录着历史的沧桑。

阿斯哈图，原来是一部巨人的史书。那么，你在其中读懂了什么？

——史书未著一字而尽得风流。我读出了大自然的鬼斧神工，读出了花岗石的固执与坚硬，读出天空的宽容，读出时间的永恒。然而，我听见风声沉重的翻页、听见沙砾迸溅时悲壮的吟咏，那一刻，我知道自己仍然读不懂它，不可参悟的阿斯哈图，解不开的迷思。

你走不出阿斯哈图了，这一座巨大的地质博物馆。

——是的，是图书馆，也是博物馆。回望阿斯哈图，我看见巨石峰尖上的冰山漂砾插入云层，将绚丽的晚霞温柔地撕裂。想象着远古时期冰封雪盖的阿斯哈图，怎样在微弱的暖意中渐渐苏醒；高原隆升，顶开了巨大的冰盖，雪层崩塌；冰川融水，刨蚀浸蚀拔蚀冲蚀，终至水滴石穿水落石出。克什克腾的阿斯哈图石林，是冰川馈赠给人类的珍贵遗产。惊心动魄、波澜壮阔的大手笔，超越了以往所有的文字记录。

没想到，克什克腾竟然是如此奇妙的一个地方。

——它奇妙、奇崛、奇丽，太令人惊叹。克什克腾紧挨着锡林郭勒草原，这座异峰突起的阿斯哈图，纠正了我们以往对草原的肤浅认识。其实，没有巨人也没有巨人王国，地壳的运动才是草原的父母。它们留下了这部石砌的史书，从此将被人们一次次用目光抚摸，然后，记住。

惊叹克什克腾

乌兰布统古战场
——克什克腾旗散记之一

由北京驾车出发一直往北,上坝过张北再往北,穿越浑善达克沙地,至桑根达来往东,驶上横贯内蒙古东西的"呼海大通道",飞奔一小时,到达经棚镇,即克什克腾旗所在地。全程620公里。

踏上克什克腾旗草原,双脚就有些飘然起来。不知道自己这一脚踩下去,是否正踩在某个历史的转折点上。夏日的凉风袭过,传来几百年前呼啸的马蹄声声;蓝天上透明的白云飘过,投下移动的暗影,犹如军旗猎猎仍在挥舞。

"克什克腾"——蒙古语:近卫亲军。公元13世纪蒙古族崛起于大漠南北,相传成吉思汗称汗前两年出征乃蛮部时,曾从蒙古各万户长、百户长和白身人（即自由民）中选拔卫队，称为"克什克腾"。近卫亲军日夜拱卫于成吉思汗身边，助他指挥千军万马。成吉思汗黄金家族的老祖母阿兰豁阿，就出自弘吉剌分族豁罗拉剌思部落；成吉思汗的皇后孛儿帖，正是弘吉剌部首领特薛禅的女儿。1214年成吉思汗对漠南进行分封，弘吉剌部的牧地边界，囊括了东起哲盟，西北至大兴安岭，南至今日赤峰境的所有辖区。克什克腾境内达里诺尔湖畔的应昌路古城，在元代也因此成为弘吉剌部繁盛一时的驻夏之地。

那些曾经惊天动地的故事，如今都变成了青草的汁液，在春风里无声地枯荣。

经由白音敖包，临近阿斯哈图石林的贡格尔草原，路边可见到标有"弘吉剌部落"原址的字样。昔日的部落已星散无形，却有挺拔而浓密的沙地云杉林，漫坡漫岗地屹立。百年云杉骄傲地俯瞰脚下的草原，只在风中摆动，却从不低头。厚实的绿墙，像一道重重叠叠的树阵，挡住旅人的脚步；更像是一个有生命的标识，为当年勇猛的弘吉剌部，留下了一片又一片绿色的注释。

克什克腾地处内蒙古高原、大兴安岭山脉和阴山山脉的接合部，素有"塞上金三角"之称。先后曾有商族、山戎、东胡等先民聚居；秦有匈奴，汉有乌桓、鲜卑，晋有契丹，至元朝，终成北方草原经济文化中心。克什克腾曾经的辉煌，皆有史料可考。延绵百里的石壁岩画，描绘了先民"畋鱼以食、皮毛以衣"的日常生活和狩猎景观；在茫茫草原和崇山峻岭中起伏的金界壕残迹、低矮破碎的长城、边堡遗址，诉说着千百年来北方少数民族的崛起与纷争。

乌兰布统，注定要成为克什克腾的灵魂。

从克什克腾旗政府所在地的经棚镇，去乌兰布统古战场的桦木沟一路，地貌酷似新疆伊犁的果子沟。满目青山与起伏的草原连成一体，坡上层层杉木松林绿得凝重，坡下的草原绿得坦荡；山上是黑森森的杉树林，缓坡下是平展展的绿地。墨绿草绿浅绿灰绿，就连吸进去的空气也是绿色的。头顶的天空蓝得清澈，浓亮的白云雪山一般耸立。时有妖冶艳丽的野花从车窗前掠过，深红浅紫，闪烁飞翔，让人眼乱心颤。那一路的景色，像是一台华丽的戏剧，刚刚拉开序幕。前方是一个巨大的旋转舞台，动一动就会有新的惊奇出现。

"乌兰布统"——蒙语：红色的坛子。

红褐色的乌兰布统峰，在草甸的远处兀自独立。清澈的乌兰公河，如勇士镶银的佩带，绕山而过。山下一汪湖水，宁静如镜。隔水相望，乌兰布统峰犹如一瓮赤坛，倒置于碧水之中。草甸四处野花灼灼，脚下草厚如毡，踩上去绵软而柔韧，雨季湿润的青草气息，从根叶上溅出来。

史载公元1690年，清康熙皇帝率20万大军，在乌兰布统峰下，与蒙古残部准噶尔汗国之王、厄鲁特人首领噶尔丹决战。17世纪后半叶，噶尔丹、康熙大帝、彼得大帝并立于世，号称当时世界上的"三大帝"。而清王朝，唯独剩下准噶尔汗国的噶尔丹，始终与清对抗不肯降服。于是康熙率大军御驾亲征以除心头之患。噶尔丹部两万余人，依山傍水，隔河据高岸，"缚驼结阵以待"——将大量骆驼横卧于山梁，裹以湿毡，背上加箱架，以防清军炮火。并从驼阵中放枪发矢，顽强抵抗。清军以猛烈炮火轰击驼阵，激战半日，驼阵终被轰开，血流成河。噶尔丹兵退入山林，据险坚守。至夜，康熙之舅父、内大臣佟国纲，率清军左翼循河绕山腰而上，大败噶尔丹军；右翼被沼泽河崖阻拦，退回原地。次日续战，双方死伤无数。佟国纲英勇战死，将士之血染红峰下水泊，该湖从此人称"将军泡子"。据知，蒙语中"布统"亦为"雾霭"之意，大战平息，稠血染红湖水，湖上红色的雾霭数日不散；雾水相连，红峰若隐若现，遂得名"乌兰（红色）布统"。若是细细寻访山上当年的"十二连营"旧址，据说可捡到锈迹斑斑的箭头……

准噶尔部被击退后，以计谋拖延清军追击，夜渡西拉木伦河逃走。但沿途遭受瘟疫，退回科布多时，仅剩几千人。清军重创噶尔丹军后，康熙亲自率军追击，又经昭莫多战事，噶尔丹逃往鄂尔多斯地区，欲往西藏求生。清廷多次劝降，噶尔丹至死不降，于1697年赴额黑阿剌尔的途中，突然病死在布颜图河畔。一代枭雄噶尔丹败亡之后，清朝才算获得了征服蒙古最后一个部族的初步胜利。

从乌兰布统古战场一直策马往南，便是坝上草原的木兰围场了。自元代起，这一带水草丰茂的草原，即为历代皇家的避暑狩猎胜地。

如今，胜者与败者都已销声匿迹，历史的伤口貌似愈合。在乌兰布统，建起了一座影视基地，以草原为背景的摄制组常年不断。乌兰布统成为一个美丽的疤痕，展示并提醒着，岁月长河中民族融合的艰辛历程。

大青山冰臼
——克什克腾旗散记之二

克什克腾旗的贡格尔草原，是距北京最近最美的草原。

克什克腾的每一寸草地，都有着不凡的来历。在克旗，深呼吸、勤侧耳，脚步轻轻、目光炯炯，全身的感官都高度警戒，不可错过一处的惊讶和精彩。

最让克旗人骄傲的，莫过于阿斯哈图世界地质公园了，那是需要单章另述的奇特石林。但在我看来，世人尚未所知的兴安岭南端的大青山冰臼，也足够神奇。从远处看，只见草原的尽头突起一座横亘数十里的城池，高墙连天，顶端遍布锋利的兵器旗杆，狰狞凶险，似乎武装到了牙齿。走到近前，仰视大青山，雾气中却见奇峰缥缈，竟有几分妖娆和妩媚。

雾中登大青山，一路惊呼不已。迎面陡立的石壁上，一尊天然的巨佛惟妙惟肖，令人顿生敬畏之心；眼前身后的嶙峋怪石，气势夺人，如一座座巨大的城堡高耸入天，可望而不可即；其险其峻其妙其趣，与黄山可有一比。克旗多白桦，遍至大青山，路边石缝里粗壮的白桦树，树干秀美清爽白净，犹如一个个白衣秀士，隐居山林苦读；路人经过，只把一身纹丝不动的白袍子背对于人，树叶微颤，算是打了招呼。

大汗淋漓中终于登上山脊，众人惊呼，陡然进入别一番天地：平坦的山顶上，只见巨大而光滑的花岗岩石坡，一座接一座地铺排。裸露的岩石黄褐相间，夹有橙红的沙砾，覆有灰绿色苔藓，眼前一片五色斑斓。石坡起伏，以沟壑相连，可知是由多年流水冲刷而成。坡上凹凸处,嵌有无数形状各异的石盆,圆形菱形长方形极不规则;大如缸锅、小如杯碗,深浅不一,当地民间称之为"九缸十八锅"。最大的一个石盆,长十米,宽五米,深达三米,内有积土,一株粗壮的白桦树安稳地立于其中,花草环绕,犹如一个巨型天然盆景。小池内若有积水,或蓝或绿,远望像一只巨人的眼睛,不眨不闭、安然凝视天穹。那池水得天地雨露精华,或清或浊,弯腰即可撩水洗面,如入仙人浴场;最奇妙的一个石池,其形不可言传,似地心柔软的岩浆,曾被一双神手捏玩,做成个独具匠心的模具,冷却后就成了多角章鱼或是海龟化石;池内那一汪清水,以石成形,因此变得有棱有角。更有一奇绝的石池,两端皆有光洁的细槽,如漫漫岁月之水,从这端流入,又从那一端流出去了……

那一刻的感觉,犹如降至一个星外的魔幻世界,山顶空寂,昔人已去,空余遍地的锅碗瓢盆,也留下生趣盎然的千古谜语。那石池口小肚大底平,其形酷似古代舂米的石臼。直到20世纪90年代,经地质学家考证,确定克什克腾的石盆怪池皆为冰臼。大青山冰臼,是目前世界上发现的规模最大、类型最多、保存完好的冰臼群之一。

早在第四纪冰川时期,大青山被厚厚的冰雪覆盖,冰雪层高于山顶岩石数百米。随着气候变暖,冰川融水沿冰川裂隙,自高处飞流直下,猛烈冲蚀基岩,日复一日,以"水滴石穿"之力,将山顶的岩石打磨光滑。当岩石无法承受水的力量时,飞流渐渐侵入岩石的表层,"磨"出一个个浑圆椭圆的冰臼,形成冰臼奇观。冰川融雪,以柔克刚,悠悠万世,竟将坚硬的花岗岩掏心挖洞,雕刻成了奇形怪状的容器,把冰川当年的英姿,镶嵌在石窝窝里保存了。弱水三千,分一瓢在此。冰瀑雕刻的不是岩石,而是时间。在大青山,可见到消逝的冰川融雪,永远留存在冰臼里的刻度。

而身后,悬崖下即是坦荡的草坡,草原以青草的方式,纪念着冰川父亲给予它们的生命。

在大雨中下山,浓雾水汽里,高山草甸一路起伏。金蓝红紫的野花簇簇,被雨水洗得发亮。山梨核桃果实累累,似在花果山巡游。随意扒开湿漉漉的灌木草丛,一坨坨碗口大的蘑菇跃入眼帘,雪莲一般洁白。石阶逶迤,云雾中险峰时隐时现,若是晴天,举目可见花岗岩峰林、天桥石棚怪石——僧石、猴石、蛇石、鹰石、美女石……正遗憾,前方山壁忽露一方通透的天然石洞,天光乍泄,山体洞开,像是一扇巨大的石窗,欲为神秘的大青山解密。

下山回望,雄奇的大青山在身后耸立,顿觉克什克腾的草原有了立体感。巍巍兴安岭延伸至南麓末端,似乎意犹未尽,于是在平缓的草原上,让这亦秀亦雄、兼南北名山之长的大青山,写下了最后一笔。

达里诺尔之水
——克什克腾旗散记之三

站在达里诺尔(湖)边,即刻对"湖"的概念发生了疑问——浩瀚无垠的达里湖,蓝得生动而深邃,再往远处望去,渺渺烟波,不见对岸和湖心的岛屿。热辣的阳光下,强硬的风却依然凉爽，犹如在大海边。如若不是湖上汹涌的波涛一浪接一浪地涌来，恍然间分不清眼前是湖是海，是蓝天还是水面。

果然，蒙语的达里诺尔，汉译即"像海一样的湖"。

达里诺尔，位于贡格尔草原南部，素有"草原明珠"之称。总面积240平方公里，水深1～13米，水质微咸，系内蒙古第二大内陆湖。湖中盛产鲫鱼、瓦氏雅罗鱼，肉质鲜嫩细腻。达里诺尔又称"中国天鹅湖"，是西伯利亚候鸟飞往我国东南沿海及日本、朝鲜一带的集散地。计有国家一类保护鸟类丹顶鹤、白鹤、白枕鹤，二类保护鸟类大天鹅、小天鹅、灰鹤、蓑衣鹤等16目33科152种。每年春秋，达里湖即成百鸟乐园，啾啁啼鸣之声，如惊涛拍岸，声震四野，喧嚣数十里。据说2000年10月，六万多只白天鹅聚集达里湖，如白云飘落，融化在阳光里；像天使沐浴，将湖水都染成了银白色。那是怎样壮观而神奇的景象啊——克什克腾的宝贝达里诺尔。

时值盛夏，天鹅白鹤皆已远去，唯有几只白色的水鸟、灰色的野鸭，从湖边翩然飞起，悠悠掠过水面，倏忽又不见踪影。想象着每年的初冬时节，湖面渐渐封冻，冰层将湖水慢慢围困，那是群鸟们携妻挈子离开达里诺尔的日子。清晨冷冽的阳光下，鸟们掠过苇丛，俯拍冰面，绕湖数圈，迟迟不肯离去。那是怎样伤感动人的情形啊——蒙古高原的宝贝达里诺尔。

几日里走遍克什克腾，只见湖泊如镜河流似银，山环水绕。克什克腾，是被清泉好水养出来的。水源来自兴安岭广阔丰沛的植被，也许，还有近年来被灌木和榆树逐渐覆盖的浑善达克沙地，从那生长着美丽的干枝梅的沙地深处和底部，一滴滴渗透积攒下来。

达里诺尔东南部，尚有一个岗史诺尔，也称公主湖，虽比达里湖小了许多，却如星伴月，璀璨旖旎，别有一番风情。辽河上游水量充沛的西拉木伦河，人称母亲河，古称乐水，19世纪后称黑水。河水一路奔腾，穿越草甸林海，八条支流汇入，形成网状水系，滋润着草原山林。乌兰布统的乌兰公河，即为其中之一。西拉木伦河中上游山高谷深，水流湍急；下游河床宽阔，水势平缓。更有数十条内流河，或宽或窄，或细或长，如同飘落在草原上的银色哈达，在绿草地上绕了一个弯又一个弯。仅一掌之宽的迷你耗来河，像一条不见首尾的长蛇，隐没于草丛之中，不留意几乎看不见它的游动，这也许是世界上最细的一条河，却也是尽心尽力的一条河，蜿蜒流淌，最终汇入沼泽湖泊，化为草原的血脉。

仅有冷泉清流，克什克腾还没有说完。尚有温泉，人称热水塘，才把克旗的水穷尽了。克什腾河流湖泊中清凉凉的水渗入了地下，在草原深处母亲的怀里焐了一焐，再钻出地面来的时候，带着母亲的体温，就变成了滚烫的热水。

热水汤泉距经棚镇30公里，水温高达85摄氏度，微有硫黄气味，含数十种化学元素，具有镇痛消炎解毒等功效。早在公元10世纪，辽太宗即来此地沐浴；元代，鲁王封其为"圣泉""神泉"；清代康熙二十六年，康熙皇帝曾来温泉沐浴，至今存有遗址；1930年，西藏九世班禅曲吉尼玛来经棚讲经后，亦在温泉坐汤。每逢夏日，自携毡房驾车前来治病的牧人不可胜数。如今，温泉已是一座初具规模的小镇，建起各式温泉宾馆，迎候八方来客。每到傍晚时分，热气升腾，氤氲弥漫,疲劳的旅人浸泡在热水中,祛汗洗尘,在水中微微地醉去,在水上做个好梦。若是冬季,克什克腾的温泉,把满山的冰雪都融化了,把人的肚肠都暖透了。

说不尽的克什克腾,就连风都会发热。达里诺尔湖边的高地上,矗立着一座座高大的风能发电塔,银白色三角叶片在风中旋转,如同观赏科幻大片。再往西北方向去,就进入锡林郭勒的地界了。

去内蒙古的克什克腾旗之前,事先已准备了许多惊叹号,却仍是不够用。临别时对着经棚镇说一句:怎么天下所有的好地方,青山、绿水、草甸、草原、奇石、岩画、温泉、沙地,还有森林,都一并聚齐在克什克腾旗了呢?——大自然造物,原也多有偏爱,把克什克腾"爱"成了一部草原生态的百科全书。

西拉木伦河漂流

西拉木伦河来自兴安岭南端的湟源河谷,为商代先民的摇篮,也是红山文化的发祥地之一。据说湟源的沙丘若垄似链,形成盆地,泉水自谷底沼泽中涌出,万泉竞喷,汇成水泊。上游石壁对峙,悬崖迭起,水流湍急,轰若雷鸣,有小三峡之称。契丹辽太宗耶律德光及乾隆皇帝,曾寻访西拉木伦河源头并题诗称颂。几百年过去,西拉木伦依然奔流不倦、生生不息。

我见到的西拉木伦,已是中下游地段。水势略减,趋于平缓,浑黄的河水,坦然自若地穿过两岸苍郁的灌木。河道时宽时窄时隐时现,在岸边的高地远望,像一条林中秘道。

我独自一人浮在水面,悠悠然顺河而下。

前后左右都是水,急促而安稳地流淌。触手可及筏子外沿冰凉的河水,倾耳是流水汩汩的哗响;我闻到了河面上飘来弥漫着青草和湿土味的甘甜气息,清洁着我的呼吸;隔着充满弹性的橡皮筏子底部,能感觉到水在暗处使劲。整条河像是一个巨大的旋涡,无休止地旋转着,就连天空也已消失在水里……

西拉木伦,你从哪里来,带我去哪里?

没有帆,也没有罗盘,我是一座移动的孤岛,或是一块南极崩裂的浮冰,在水上漫无目的地漂流。

那一天下午,阳光早早隐没,从草原上吹来的风已有凉意;河面上没有闪烁的光斑,水是朴素平淡的本色,甚至显得有些冷漠。橡皮筏子下水的那一刻,只觉得身上的热气忽地被河水吸走了大半;波浪起伏,筏子颠簸起来,身子晃了晃,人就晕了,睁眼闭眼都是流淌的水。阴郁的河面,如同一条狭长的陷阱,会把人吸进去。心倏然抽紧,生出几分恐惧。

先后下水的同伴,筏子都已迅速四散,各自荡漾开去,橙红色的救生衣犹如曲水流觞的酒杯,不由自主地朝下游行走。我无法驾驭自己的筏子向任何人靠拢。水下像是有一只看不见的手,控制并离间所有的漂流筏,使得它们彼此之间无从相濡以沫。

四周空无一人,孤独感渐渐袭来,在水面上形影相吊。

那是一个宽阔的河湾,弯曲的河道延伸至此,水中突起一摊金色的沙洲,像一个问号,下面有一个被放大了的小点。筏子一往无前,撞向沙滩的边缘,悄然搁浅,无人搭救。用木桨撑住河底,胡乱用力,听见橡皮搓擦着沙滩的声音,像是要揩去水中的痕迹。反复挣扎全然徒劳,筏子像一块磁铁被牢牢吸在河床上。忽而,却又轻轻一颤,猛地弹了出去,迅即将沙洲甩在了后头。却不是桨的力量,而是水流突然改变方向,将我重新送入河道的主流。

水流逐渐加快,如轻舟过峡,一泻数里。眼见河面朝着前方倾斜下去,形成水的梯级坡度。水势忽猛,溅起团团浪花,水下似乎布满阴谋诡计,埋伏着无数道沟壑岔口,路径纠缠纠结,像是隐形的魔爪,拽着筏子一会儿往左、一会儿往右,全然没有方向可言。人在水上,对于水下却一无所知,那水看似温情脉脉,转瞬就凶相毕露。束手无策地看着自己的筏子往岸边直冲过去,一头插入密集的柳丛,让粗韧的柳条一根根从头顶掠过,任其拍击鞭打,却无从躲避动弹不得。几回心惊胆战,自以为山穷水尽,流水无情,只能任其戏弄摆布了。绝望之中,水下的魔怪突然大动恻隐之心,那筏子似有神助,只一个华丽转身,自行掉头突出重围,卷入另一股劲流,如同冰上速滑,瞬息间蹿出老远。等到回过神来,人已在河的中央——天高水阔,水平如镜,筏子稳稳地朝着下游航行,一时畅通无阻……如此三番四复,每一次都在险情绝境中侥幸脱逃。再一次误入歧途时,只须坦然用手轻轻撩开树枝,等着撞击河岸那一瞬的力量将筏子顶开,旋转—踮脚—凌空—落地,筏子已在新的起点上。那一套连贯的动作,完成得如此圆熟爽利,像配合默契的双人华尔兹舞步,在河面上一圈一圈地纵情奔放。圆舞曲的乐声从空中传来,只听微风、鸟鸣、流水声声……

漂流着,无拘无束。若是遇到浪花翻滚的激流险滩,爽性松开水中的木桨,身子一动不动,任随筏子从容漂去——它一个顺势鱼跃,从水瀑上灵巧翻过,稳稳落在水梯的下一层平缓处，衣衫上竟连水花儿都不溅一朵……

目光疑惑地透入水下，似乎隐隐看见了有关命运的昭示，或是另一种解读。

很多时候，人生，生活，就像漂流本身——当水流具有足够的运力时，顺其自然是最好的选择。水下（或是命运）潜藏着我们无法透视的规律，要说随波逐流，其实也就是循着波浪和水流的动向，借力前行而已。

在西拉木伦的夕阳下，我手里的木桨已不知去向。很多年来，我曾一次次梦见自己用脚尖在水面上行走，就像大海中那条渴望成为人的鱼。

那是一段平缓的河道，几乎感觉不到水的流动。我坦然地悠漾在河面上，把身子放平，躺下来，头发几乎垂在水面。雾气涸湿了我的眼睛，水声充盈着我的耳廓，水滴从我的脸颊上滚落：枕河——那一刻我的脑中跳出这两个字。我就这样枕着西拉木伦河，摇曳、晃动、眩晕……我的身体蜷缩起来，躲藏在一个透明的水箱里，像是回到了母亲体内，四周的汁液丰盈而温暖。于是，半个世纪前，曾在母腹里的种种感受，都被一一记起并重新经历。那时初有人形，在黑暗中分分秒秒地生长，寻找生命的出口。就像在河心漂流，只等着那股暖流把你送去人世间……

潺潺水声对我耳语：漂流是流，漂泊是泊；不是漂泊、不是漂浮、不是漂荡，而是漂流——流水的流、流动的流、流淌的流、流传的流……

我抬起头，头发在滴水，不知是雨是泪。青青的河岸上，有一匹剽悍的白马在低头饮水,忽而扬起脖颈,嘶声辽远;岸边的灌木丛,苍老的根部一大半浸在水里,依然牢牢地抓着河岸略带赭色的泥土;一大丛紫色的雏菊开得明艳,细小的种子落在水里,也将会去漂流。远处的山峰逶迤,山顶上悬着一团浓云,莲花般地展开几片花瓣,山尖上一棵枝叶清晰的小树,深色的树影,恰好镶嵌在云朵里,似莲花的花蕊,吉祥而超脱……

我藏匿于水中,融化在西拉木伦河的怀里。

真想这样无休无止无忧无虑无牵无挂地漂流下去,直到天荒地老。在漂流的途中,每一滴水都是起点;在漂流的路上,每一寸堤岸都可到达终点。

就这样顺流而下,不问去路,不问归途。水下有一只看不见的手,一路托举着我的躯体,然后,在汩汩的流水中,将我的心情和心灵一并清洗。

天边草原芍药谷

延绵起伏的草坡,绒毡似的铺了一层浅浅的绿,丘陵草浪划出舒缓的弧线,一坡又一坡、一波又一波,如浪如云,把地平线遮去一半。无边的草原形成一个个绿色的旋涡,车和人在绿浪里翻滚,忽高忽低忽前忽后,绿得令人眩晕。

视线里没有一棵树。

天边草原。

灼烈的阳光无遮无拦地倾洒下来,那些矮矮茁茁的绿草,裸露在原野上,顶着阳光站立,无处藏躲,却无一丝怯懦。沙尘袭来、暴雨倾泻、大雪覆盖,无助的小草,坦然迎向天空,慨然无怨地承受着。细弱的草根与草根,在薄薄的土层下手牵着手,一根连着一根、一片连着一片,就把无边无际的绿草原托起来了。

走了多远的路呢?远处山脊的明线,勾勒出坡地草原层次分明的轮廓。那些深浅不一的暗影，是丘陵的皱褶，分出了坡地的阴面和阳面。

野芍药花惊现的那一刻，空气骤然凝固了。

她们从山谷里低地里探出头来，一团团柔润的白与粉，一只只仙桃般浑圆的花苞、一朵朵粲然开启的鲜花、一枝枝昂首俏立的深绿色枝叶，在草丛里漫坡遍野地散落开去。数不清的野生芍药花，如同一群群粉色白色的鸟群，从天边飞来栖息于此，铺满了这整整一面隐蔽而又开阔的凹形谷地。她们在阳光下安静地梳理着轻盈而光滑的羽翅，展示着纯洁无瑕的身体。粉白粉红，星星点点，织成了一块巨大的花毯。远远望去，眼前这一片绿山谷，已被盛开的野芍药，染成了缤纷绚丽的鲜花草原。

在这天高地阔、旷野无垠的草原深处，蛰伏着如此大面积的野生芍药。令人难以置信。她们更像一群超凡脱俗的花仙子，在草地上忘情嬉戏，心无旁骛地举行着一场隆重的演出。她们是在为自己舞蹈，并不介意是否有人观赏。

我被眼前这壮观的天然芍药之美震慑了。在坡顶上停下来，屏息静气，不敢迈出脚步。众里寻你千百度，蓦然回首，野芍药，我可找到你们了。

草原寂静无声，只听得草叶簌簌在脚下响动，还有自己急促的呼吸。小心地撩开齐膝的花枝，磕磕绊绊地接近她，跌跌撞撞地靠近她。再晚一步，唯恐她又乘风飞去倏然无影。我的前后左右身前身后都是绽开的野芍药，一朵亲吻着我的裙角，一朵拂弄着我的裙带，弯腰抚摸眼前这一朵，前面又有一朵在呼唤我……我触到了她薄如蝉翼的花瓣，闻到了花蕊中喷发出来的阵阵香味；左边是挺立的芍药花苞，右边是灿烂的芍药花朵，身后是繁茂的芍药花枝。芍药的花瓣在风中轻轻摇曳，花叶发出一阵阵浓郁的青草气息，花朵散着一阵阵清甜清爽清淡的芳香。我陷落于此起彼伏的花海花浪中，乱花迷眼；我匍匐在她脚下，只想伸出双臂把她拢在怀里。

　　芍药花浅杯状的大花蕾，多为粉红色，形似玉兰花苞，却更饱满健壮。那些已绽开的花朵，花瓣是纯正的白色或淡淡的粉色，远望几乎与牡丹或荷花同大。天空碧蓝如水，朵朵白云悬停不动。分不清是天上的白云一片片落下来变成了白芍药，还是一朵朵白芍药浮上了天空……野生芍药花朵多为单瓣，一朵有十几枚花瓣环绕，一棵植株上一簇可开几朵，并列几簇可达十几朵，开得烂漫狂野、无拘无束。鲜丽的金黄色花蕊上，布满了细密的花粉，弹之欲出，传递着芍药的爱情。花萼片约五枚，叶状披针形。花蕊中翘起几支精巧的红色"小拇指"，大概是雌蕊吧。在一朵即将落花的花蕊中，"小拇指"变成了成熟的纺锤形果实，搓捻后有黑色的圆粒花籽掉落下来……

　　到了秋季，芍药花叶一朵朵一片片落尽，地面上干干净净，就像芍药从没来过世上一样。她们消失于厚雪之下，好像在做一个藏猫猫的游戏。由于芍药的地下根茎硕大，有充足的养料让她们安然度过严冬。

　　山谷静悄悄，几只蜜蜂嗡嗡地飞过，钻入花蕊不见了。

　　啾啾鸟叫，咕咕虫鸣，还有风的声音。

　　很多年前，我和母亲游览北京香山，曾在樱桃沟发现几株人工种植的盛开芍药花，细细品赏，那洁白的花瓣近乎透明，片片如玉似水，花形叶片与牡丹极其相似，花大叶肥，华美绚丽,好像是专与牡丹媲美而来。

我一直分不清牡丹和芍药。

然而,在这片草原深处的芍药谷,我终于明白了芍药与牡丹的区别。

芍药花长长的花茎,由根部簇生,每一枝都是直立而独立的,她们好奇地抻长了脖子,向上探问着天空。芍药的花朵高于植株,一朵朵活泼泼地悬浮于枝头,欢天喜地的样子,是一种率性无羁的姿态。而牡丹开花时,嵌于绿叶之中或悬浮于绿叶之上,因有花枝绿叶扶托,显得沉稳富态,有雍容华贵之相。

若说牡丹高冷,那么芍药热情。

若说牡丹富态,那么芍药妩媚。

若说牡丹华丽,那么芍药生动。

若说牡丹高贵,那么芍药柔韧。

牡丹的精致之美,是被人工栽培养育出来的;而野芍药,带着一种天然蓬勃之美,自由自在,质朴灵动。

芍药属毛茛目,被人们誉为"花仙"和"花相",是国内"十大名花"之一,也被称为"五月花神"。芍药自古就被作为爱情之花,因其又名"别离草",现已被尊为七夕之花。芍药花瓣可煮粥,芍药根可入药……

赞叹着芍药所有的美与好,脑中闪过了《红楼梦》中《憨湘云醉眠芍药裀》的片段:宝玉过生日那天,史湘云喝醉酒,在园中山后一个石凳上睡着了。她头枕着一包芍药花瓣,芍药花飞了她一身,手中扇子落在地下,也被芍药花埋了一半,身边蜂围蝶绕……"芍药裀",应该是盛满芍药花瓣的包袱,湘

云枕着香气四溢的包袱醉卧而眠,芍药花飞了一身——何等诗意何等浪漫呢;

真正让我惊叹的,是眼前这漫山遍野的芍药花,覆盖了整整一个山谷,坡上坡下清一色的芍药,别无一朵杂花。她们此起彼落竞相争艳,热闹而丰满。这里既不是公园,更不是人工栽培的花坛。这片偌大的芍药谷,是真正的野生芍药,她们是从这亘古荒原湿润的山谷里自己长出来的,自生自灭,自由自在。

与公园人工培育的芍药花不同,野生芍药的花朵略小,多为单瓣,但植株茁壮,蔚然成片。这些芍药花的种子,究竟是什么时候落在这个山谷里的呢?在这片人迹罕至的草原上,这片或肥沃或瘠薄的土壤,她们或千挑万选,或随遇而安,沉潜于地下雪下冰下。春天来了,根茎悄悄萌动,她们便从草地上轰轰烈烈地钻出来。据说芍药发芽的场景蔚为壮观,水红色或浅紫红的短粗花芽,形似竹笋,出土后花芽颜色加深,变为深紫红色或黄褐色,而后迅速形成花的营养器官——茎和叶,茎叶一枝枝蓬蓬勃勃,萌发出强劲的生命活力。

大自然拥有何等的神力与造化,创造出了如此壮美的奇迹。千百年来,芍药花历经了多少次干旱或冰雹的劫难,侥幸存活下来并繁衍成谷。她们具有何等旺盛与顽强的生命基因,才能在这冬季长达八个月之久的高寒草原扎下深根;在她们娇嫩的花苞内,蕴含着何等强大的忍耐力与爆发力,年复一年,光阴荏苒,花开花落。只要草原的春天来了,无论怎样恶劣的春天,无论春寒春雪,她们都会踩着花期,去而复来。

天边草原、天上草原、天堂草原。

据知,在乌拉盖这一带草原上,大大小小的芍药谷有几十处。管委会对其进行了严格的保护,目前只有一个芍药谷对外开放,景区在山坡上搭建了长长的木栈道,供游人隔空观赏。芍药被称为别离草,是因为离人折花话别呢,还是因为她们随时会飘然离去?如若有一天芍药不辞而别,夏季的草原也就黯然失色了。

在距北京几百公里的草原深处,拥有这一片保存完好、未被侵犯的芍药谷;在这个污浊的世界上,在山脊的皱褶里,深藏着这一片纯净的鲜花草原——这是上天赐予草原人的珍宝。而我们,所有拥向草原的赏花人,在赞美芍药的同时,能否呵护她们,为她们做些什么呢?

图书在版编目(CIP)数据

北方 / 张抗抗著. —杭州：浙江文艺出版社，2019.8
ISBN 978-7-5339-5735-3

Ⅰ.①北… Ⅱ.①张… Ⅲ.①散文集—中国—当代 Ⅳ.①I267

中国版本图书馆CIP数据核字(2019)第121975号

策划统筹	王晓乐	责任编辑	陈　潇
营销编辑	张恩惠	装帧设计	海未来
责任校对	陈　玲	责任印制	张丽敏

北　方　BEIFANG

张抗抗　著

出版	浙江文艺出版社
地址	杭州市体育场路347号
邮编	310006
网址	www.zjwycbs.cn
经销	浙江省新华书店集团有限公司
制版	杭州天一图文制作有限公司
印刷	浙江海虹彩色印务有限公司
开本	880毫米×1230毫米　1/32
印张	9.125
字数	197千
插页	5
印数	0001-8000
版次	2019年8月第1版
印次	2019年8月第1次印刷
书号	ISBN 978-7-5339-5735-3
定价	58.00元

版权所有　违者必究
(如有印刷质量问题，请寄承印单位调换)